KB177538

장외인간

이외수 장편소설 2

장외인간

해냄

이외수 장편소설 2

장외인간

|차례|

이외수 장편소설 1

장외인간

| 차례 |

28
닭들의 떼죽음. 퀴즈의 정답. 건의서를 보내다

"닭고기 좋아하시는 분들 각별히 조심하셔야겠습니다."

노인이 다녀간 다음날부터 첫번째 재앙에 대한 예언이 적중할 조짐을 보이기 시작했다.

방송국들이 아침부터 조류독감에 대한 뉴스를 집중적으로 보도하고 있었으며 신문들도 조류독감에 대한 심각성을 다투어 대서특필하고 있었다.

"조류독감 바이러스가 다른 동물에게도 전염될 뿐만 아니라 인간에게도 전염된다는 사실이 밝혀졌습니다."

베트남 정부는 조류독감이 발생한 12개 성(省)에서 닭과 오리를 포함한 가금류(家禽類)를 도살하도록 초강경 조치를 취했으며 이는 조류독감으로 추정되는 환자 13명이 숨진 사태에 근거한 비상 대책이라는 설명이었다. 조류독감은 가금류끼리만 전염되는 질병이 아니라 인간에게도 전염되는 질병이라는 것이었다.

"세계보건기구는 조류독감 변종 바이러스가 사람의 인플루엔자 바이러스와 결합될 경우 전세계에서 수백만 명의 사망자가 발생할 수 있다고 경고했습니다."

나는 뉴스를 들으면서도 사태의 심각성을 실감할 수가 없었다. 지금까지 살아오면서 닭이나 새들이 독감에 걸린다는 생각은 해본 적이 없었다. 하지만 우리나라에서도 경남 양산에서 4천 5백여 마리의 닭들이 떼죽음을 당하고 같은 날 전북 익산에서 1만 2천여 마리의 닭들이 떼죽음을 당하는 사태를 계기로 조류독감이 빠르게 확산되어 지금은 전국이 비상사태에 돌입했다는 것이었다. 연일 닭들이 수만 마리씩 떼죽음을 당하고 양계업자들이 파산하는 사태가 속출하고 있었다. 닭들의 비극은 언제까지 계속될 것인가. 지금까지 내가 알고 있는 닭들의 비극은 조류독감으로 떼죽음을 당하는 닭들의 비극에 비하면 차라리 희극에 속한다는 생각이 들었다.

"미국 메릴랜드 주 동부 해안의 한 양계장에서 조류독감이 발생해 닭 십만여 마리를 도살처분했다는 소식입니다."

조류독감은 베트남 한국 일본 중국 태국 대만 등 아시아 지역을 강타하고 차츰 세계 전역으로 공포를 확산시켜 나가고 있었다. 아직 조류독감이 발생하지 않은 나라들은 닭고기 수입을 전면적으로 중지시키는 조처를 단행했으며 조류독감 발생국으로부터의 여행객 출입국을 철저하게 통제하는 조처도 불사하겠다는 나라도 있었다. 이러다가는 닭이 저주의 동물이 될지도 모른다는 생각까지 들 지경이었다. 물론 초딩놈 일당은 조류독감에 대한 보도가 시작되던 날부터 완전히 발길을 끊어버렸다. 그러나 좋아할 입장이 아니었다. 다른 손님들도 완전히 발길을 끊어버렸기 때문이었다. 닭갈비가 대표적인 먹거리로 알려져 있는 춘천은 조류독감 때문에 치명적인 피해를 입고 있었다. 뉴스가 터지던 날부터 단 한 명의 손님조차 오지 않는 날이 허다하다고 업주들은 울상을 짓고 있었다. 특별한 대책이 없었다. 모든 닭갈비집들이 속수무책, 파산할 날만 기다리고 있었다.

치킨집도 마찬가지였다. 소자본으로 비교적 안전하게 운영할 수 있는 장점이 있기 때문에 약 4만 개의 업소들이 생계형으로 유지되고 있으며 조류독감의 직접적 영향권에 들어가 있는 사람만 72만여 명에 이르는 것으로 알려져 있었다.

그런데 일본은 같은 조류독감이 발생했는데도 닭고기 소비가 줄어들지 않았다는 보도가 전해졌다. 정부와 언론이 발빠른 초기대응으로 소비자를 안심시킨 결과로 분석되고 있었다.

하지만 우리는 정반대였다. 정부도 언론도 단세포적으로 대처해서 결과적으로 막대한 피해를 초래했다. 텔레비전에서는 연일 떼죽음을 당해서 땅에 파묻히는 닭들을 보여주었고 신문에서는 연일 조류독감의 피해액이나 예방책을 설파하기에 여념이 없었다. 뿐만 아니라 감염된 닭은 절대로 유출될 수 없다는 사실과 섭씨 75도 이상의 열에 조리해서 먹으면 아무 이상이 없다는 사실을 널리 전파하는 일에도 지나칠 정도로 인색했다. 그저 심각성을 알리는 일에만 목소리를 높이고 있었다.

"중앙로에서만 닭갈비집이 다섯 군데나 문을 닫았어요."

"무슨 통닭집 주인은 자살까지 했다는데."

"오리고기 파는 사람들도 줄지어 문을 닫고 있대요."

닭과 관련된 생산업체 공급업체 판매업체들이 차례로 도산하고 있었다. 정부는 두 주일이 경과될 때까지도 적절한 대책을 제시하지 못하고 있었다. 업주들은 지나가는 사람들이 볼 수 있도록 문을 활짝 열어두고 식구들과 닭갈비를 먹는 광경을 공개해 보기도 했다. 괜찮아요. 우리는 매일 이렇게 닭갈비를 먹었는데도 안 죽었어요. 들어오세요. 그래도 손님들은 오지 않았다.

그러나 제영이는 초연했다. 조류독감을 아스피린 몇 알만 먹으면 퇴치되는 질병 정도로 생각하는 태도였다. 그녀는 팔자 좋게 명품타령만 연발하고 있었다.

"외출해서도 닭순이 패션으로 거리를 활보하기는 싫어."

"명품 핸드백 있잖아."

"세팅이 되어 있어야지, 겨우 핸드백 하나 달랑 명품으로 들고 다니면 얼마나 쪽팔리는지 모르는구만. 적어도 구두 정도는 같은 브랜드로 세팅이 되어 있어야지."

"지금이 명품타령할 때야?"

"달력에 명품타령하는 날 빨간 숫자로 국경일처럼 표시해 놓았나?"

"그런 데 돈 쓰려고 초딩놈한테까지 굽실거리면서 닭갈비 팔지 않았어."

"그런 데라니?"

"여기 와서 산 구두만 세 켤레라는 건 알고 있겠지."

"그중에 하나라도 명품이 있어?"

제영이는 찬수녀석과 하루에도 몇 번씩 티격태격을 일삼더니 결국은 이불을 뒤집어쓰고는 단식투쟁에 들어갔다. 그녀는 머리에 띠까지 두르고 있었으며 거기에는 명품이라는 붉은 구호가 선명하게 박혀 있었다. 일종의 노사분규였다. 젠장할. 총인원 세 명밖에 안 되는 업체에서 한 달 건너 한 번씩 노사분규가 일어나고 있었다.

나는 막연하게 봄이 되기를 기다리고 있었다. 봄이 되면 소요가 돌아오고 소요가 돌아오면 매사가 잘 풀릴 것 같은 느낌이었다. 그러나 이번 겨울은 유난히 길고도 지루했다. 나는 날마다 백자심경선주병에 염사된 달을 들여다보면서 시적 감흥을 되살리려는 시도를 거듭하고 있었다. 그러나 시를 쓰기에는 주변이 너무나 을씨년스러운 분위기였다.

그런데 어느 날 뜻하지 않았던 손님이 금불알에 나타났다.

밤이었다. 찬수녀석이 어떤 손님이 가게에서 나를 찾는다고 해서 나가보니 여자 하나가 용감하게도 닭갈비를 시켜놓고 내가 나타나기를 기다리고 있었다. 처음 보는 여자였다. 스물여덟 살쯤으로 짐작되는 나이였다. 미인이었다. 여자가 앉아 있다는 사실 하나만으로도 을씨년스럽던 실내가 환하게 밝아진 느낌이었다.

"처음 뵙겠습니다. 백하연이라고 합니다. 인영 언니한테 말씀 많이 들었습니다. 언니하고 같은 교회를 다니고 있어요. 하지만 언니의 채근 때문이 아니라 제가 만나뵙고 싶어서 찾아온 겁니다."

여자는 나를 보자 자리에서 일어나 차분한 목소리로 자기를 소개했다. 나는 약간 당황하면서 네에, 라고만 대답했다. 나는 직감으로 알아차릴 수 있었다. 그녀가 바로 누나가 내게 소개시켜 주고 싶어 안달을 했던 여자라는 사실을. 신앙심이 돈독한 여자. 외국 무슨 음대에서 피아노를 전공했다는 여자. 누나로 하여금 음식에도 성령이 임한다는 사실을 깨닫게 해주었다는 여자. 그녀가 무슨 일로 직접 나를 찾아온 것일까. 쇠판에 깔린 닭갈비 토막들이 성령의 손길이 임하기를 기다리며 다투어 지글거리고 있었다.

"조류독감이 무섭지 않으신가요?"

"먹어도 괜찮으니까 파시겠지요?"

누나였다면 조류독감이 무섭지 않으십니까, 라고 물으면 틀림없이 하나님이 계시는데 무엇이 두렵겠느냐고 반문했을 것이다. 하지만 여자는 전혀 교인 티를 드러내지 않고 있었다.

"미리 연락을 드리고 찾아뵈었어야 하겠지만 마음이 급해서 절차를 생략해 버렸어요."

"무슨 일로 마음이 그렇게 급하셨는데요."

"오늘 비로소 모든 종교적 딜레마를 해결할 수 있는 열쇠 하나를 찾아냈거든요."

"그 열쇠가 저와 무슨 상관이라도 있습니까?"

"있지요."

"궁금해지는데요."

"일단 술 한 잔 주시겠어요?"

여자는 놀랍게도 술까지 마시겠다는 결의를 표명해 보였다.

누나가 알면 삼박사일 동안 식음을 전폐하고 통곡의 기도를 올릴 사건이었다.

"술을 드셔도 괜찮겠습니까?"

"조류독감도 겁내지 않는 여자가 주류독감인들 겁내겠어요?"

그리하여 여자와의 대작이 시작되었다. 그녀는 술병이나 잔을 다루는 솜씨가 능숙했다. 누나가 알면 파문시키려 들지 않을까요, 라고 물었더니 자기는 파문당하면 신흥종교를 하나 창시할 작정이라고 말했다. 자기도 한때는 쓰라린 방황기가 있었는데 그때는 술이 진통제가 되어준 적이 많았다는 것이었다. 여자는 아무래도 누나와 다른 종교관을 가지고 있는 것 같았다.

"언니한테 내셨다는 퀴즈 말인데요. 제가 정답을 알아냈어요. 그러니까 선생님과 대면할 자격이 있는 거지요?"

소주병 하나가 바닥이 드러날 무렵이었다. 여자가 퀴즈에 대한 이야기를 꺼냈다. 그녀를 회피할 목적으로 누나에게 의도적으로 출제했던 퀴즈였다. 하지만 여자는 자신이 독신주의자라고 말했다. 다만 누나가 그녀의 독신주의를 장애에 의한 열등의식이 만들어낸 자기방편으로 곡해해서 서로를 소개시켜 주려고 애를 썼다는 설명이었다. 아무튼 그녀는 퀴즈의 정답을 마침내 알아냈고, 자기로서는 확인해 보아야만 직성이 풀릴 것 같아서 나를 찾아오게 되었으니, 부담은 느끼지 마시라는 말도 덧붙였다.

"문제부터 확인해 보아야겠네요. 어느 날 의심 많은 신자 하나가 하나님을 찾아가서 당신이 정말 전지전능하신 하나님이냐고 물었어요. 하나님이 그렇다고 대답하셨지요. 그러자 신자가 말했어요. 저는 도저히 믿을 수가 없습니다. 당신이 정말 전지전능하신 하나님이라면 당신도 드시지 못하는 돌덩어리 하나를 만들어주십시오. 그래서 하나님은 의심 많은 신자에게 돌덩어리 하나를 만들어주었어요. 그러자 이번에는 신자가 당신이 정말로 전지전능하시다면 이 돌덩어리를 한번 들어보시라고 말했지요. 이때 과연 하나님은 어떻게 하셨을까. 만약 그 돌덩어리를 드시면, 당신도 드시지 못하는 돌을 만들어 달라고 했던 신자를 속인 것이 되고, 드시지 못하면, 전지전능하지 못한 하나님이 되고 만다. 과연 하나님이라면 어떻게 하셨을까. 제가 기억하는 대로 말씀드렸어요. 혹시 틀린 부분은 없나요?"

"기억하시는 그대롭니다."

"혹시 틀린 부분이 있으면 어쩌나 걱정했어요. 문제를 틀리게 기억하고 있으면 제가 찾아낸 정답도 틀릴 가능성이 높거든요."

하지만 나는 그 퀴즈를 소요에게 들었고 소요는 답을 가르쳐주지 않았다. 그래서 여자가 찾아낸 정답이 소요의 정답과 일치하는

지 어긋나는지를 알아낼 재간이 없었다. 하지만 소요는 누가 들어도 반론의 여지가 없는 정답을 찾아내야 한다는 단서를 붙였다. 누나로 하여금 음식에도 성령이 임한다는 사실을 깨닫게 만들었던 여자가 찾아낸 정답은 과연 어떤 것일까.

"그 퀴즈는,"

여자는 잠시 말을 끊고 소주 한 잔을 가볍게 비운 다음 약간 상기된 목소리로 다시 말을 이어 나가기 시작했다.

"그 퀴즈는 모든 종교의 본질이 무엇인가를 깨닫게 만드는 마력을 지니고 있어요. 하나님은 신도의 요구대로 당신이 들지 못하는 돌을 만드셨습니다. 왜 그랬을까요."

"모르겠습니다."

"그리고 그걸 들어보라고 했을 때 어떻게 하셨을까요."

"역시 모르겠는데요."

"번쩍 들어 보이셨을 거예요."

여자의 목소리는 확신에 차 있었다.

"분명히 신도는 당신도 들지 못하는 돌을 만들어 달라고 했습니다. 그런데 그것을 번쩍 들어버리면 신도를 기만하는 처사가 아닐까요."

"신도가 선생님처럼 왜 저를 기만하셨느냐고 묻는다면 하나님께서는 어떻게 대답하실까요. 바로 이렇게 대답하셨을 거예요."

여자는 여기서 잠깐 말을 중단했다가 다시 진지한 표정으로 말하기 시작했다.

"내가 들지 못하는 돌을 만들어준 것도 너를 사랑하기 때문이며, 내가 들지 못하는 돌을 들어 보인 것도 너를 사랑하기 때문이니라."

종교적 본질에 입각한다면 반론의 여지가 없는 답변이었다.

"어떻게 아셨습니까."

내가 물었다.

"하나님이 실제로 그런 문제에 봉착하면 과연 어떻게 대처하실까, 저도 몹시 궁금했어요. 그래서 정답을 가르쳐 달라고 보름 동안 하나님께 열심히 기도를 드렸어요. 그런데 어느 날 홀연히 하나님의 음성이 들렸지요. 물론 남들이야 믿지 않겠지만 저한테는 진실이에요."

그녀의 답변이었다.

"하나님의 음성을 자주 들으십니까."

"아니요."

"솔직히 말씀드려서 저도 문제만 알고 있었지 정답은 모르고 있었습니다. 하지만 다른 답이 있으리라는 생각은 들지 않는군요."

인간들은 때로 모든 종교의 본질이 권능이 아니라 사랑이라는 사실을 망각하면서 살아간다. 그래서 견고한 종교적 아집이나 엄숙한 종교적 무지를 혼합해서 배타라는 이름의 벽돌담을 높이 쌓아 올린다. 그들에게는 벽돌담 바깥에 살고 있는 인간들이 대부분 사탄으로 보인다. 하지만 종교가 사랑이라는 본질을 버리면 사탄의 집단과 별반 다르지 않다. 하나님의 거룩함도 종교의 위대함도 사랑이 없으면 성립되지 않는다. 내가 들지 못하는 돌을 만들어준 것도 너를 사랑하기 때문이며, 내가 들지 못하는 돌을 들어 보인 것도 너를 사랑하기 때문이니라. 나는 그 말을 듣고 갑자기 숙연해지고 말았다.

"하나님께서 가르쳐주신 정답을 듣고 난 다음부터는 어떤 미물이라도 소중하게 생각하면서 살아갈 수 있다는 생각이 들었어요. 이따금 찾아와서 대작을 신청해도 부담 느끼시지 않을 거지요?"

"아무래도 우리 누나가 가만히 있지 않을 것 같은데요."

"파문당하면 신흥종교 하나 창시할 거라니까요."

"교주로 등극하시면 제가 첫번째 신도가 되어드리겠습니다."

여자가 돌아간 다음 나는, 모든 썩어 문드러짐과 모든 싸가지 없음을 사랑이라는 이름으로 아름답게 바라볼 수 있는 날이 내게도 올 수 있기를 빌었다.

조류독감이 여전히 기승을 부리고 있었다. 가금류와 관련된 업체들이 대소를 가리지 않고 줄지어 도산하고 있었다. 조류독감이 국가경제에 막대한 타격을 입히고 있다는 사실을 정부가 자각하기 시작하면서 텔레비전에서는 날마다 인기 연예인들이 닭고기를 먹는 장면과 각급 기관장들이 닭고기를 먹는 장면을 뻔질나게 보여주기 시작했다. 닭고기, 익혀 먹으면 안전합니다. 감염된 닭고기는 시중에 유통되지 않습니다. 닭고기를 먹으면서 아무리 떠들어대도 한번 주저앉은 경기는 쉽사리 회복될 기미를 보이지 않고 있었다. 닭갈비집. 닭도리탕집. 치킨점. 삼계탕집. 닭발 장사. 계란 장사.

오리탕집. 유황오리전문식당. 오리털판매업체. 모조리 된서리를 맞고 도산하는 사태가 속출하고 있었다.

保險金二十億.

제영이의 말에 의하면 노인은 닭들이 떼죽음을 당하면서 첫번째 재앙이 시작될 것임을 예언했다. 그리고 노트에 적어준 여섯 글자가 많은 사람들을 파산지경에서 구해줄 거라는 설명도 있었다. 첫번째 재앙이 조류독감을 의미한다는 사실쯤은 깊이 생각해 볼 여지조차 없었다. 그러나 보험금 20억은 무엇을 뜻하는 것일까.

나는 한동안 『정감록(鄭鑑錄)』이나 〈채지가(採芝歌)〉에 있는 암호문을 판독할 때 흔히 쓰인다는 측자법(仄字法)이나 파자법(破字法)을 적용시켜 보았다. 어떤 방법을 적용시켜 보아도 의미전달이 될 만한 단어가 조성되지 않았다. 노인은 조류독감이 닥치는 시기를 알고 있었다. 많은 사람들이 파산지경에 이르게 된다는 사실도 알고 있었다. 암호는 어렵게 만들수록 판독이 힘들어진다. 그러면 시간이 걸릴 수밖에 없고 시간이 걸리는 만큼 어려움을 겪는 사람들도 늘어나게 된다. 그렇다면 노인은 가장 단순한 방법을 선택하지 않았을까.

가장 단순한 방법은 무엇일까. 닭갈비를 먹다가 조류독감에 걸리면 피해자에게 보험금 20억을 지불해 주는 방법이 아닐까. 닭갈비는 대체로 서민들이 즐기는 음식이다. 서민들에게 이십억이라는 돈은 온 가족이 평생을 바쳐서도 모으기가 힘든 돈이다. 바야흐로 지금은 황금만능의 시대. 어쩌면 돈에 한이 맺힌 서민들이 문전성시를 이룰지도 모른다는 생각이 들었다.

하지만 또 한편으로는, 아무리 돈이라면 사족을 못 쓰는 사람이라도 목숨을 걸고 닭갈비를 먹을까, 라는 의구심도 없지는 않았다. 그래도 나는 밑져야 본전이라는 생각으로 어느 날 한국계육협회와 치킨외식산업협회에 보험에 대한 건의안을 보냈다. 가금류와 관계된 업자들이 보험에 가입해서 닭고기나 오리고기를 먹다가 조류독감에 감염되면 피해자에게 보험금 20억 정도를 보상하자는 건의안이었다.

29
경포에는 몇 개의 달이 뜨는가

강릉에 도착했을 때는 날이 저물어 있었다.

부모님이 돌아가시고 처음 가져보는 일탈이었다. 바다를 보면 시를 쓸 수 있을지도 모른다는 생각에서 충동적으로 강릉행을 결정했다. 버스가 춘천을 벗어나면서 너무 오래 닭냄새를 맡으면서 살았다는 생각이 들었다. 조류독감은 여전히 업자들의 숨통을 조이고 있었다. 닭고기 먹기 운동의 일환으로 식사 때마다 닭고기를 먹어온 각급 기관장들은 이제 닭고기 소리만 들어도 닭살이 돋는다는 하소연을 털어놓고 있었다. 하지만 나는 차창 밖으로 흐르는 풍경들을 바라보면서 집요하게 달라붙는 현실의식들을 단호하게 잘라버리고 있었다.

강릉은 중학교 때 수학여행을 한 번 와본 이래로 처음이었다.

버스에서 내렸을 때는 날이 저물고 있었다. 택시를 잡았다. 조수석에 앉아 풍경들을 내다보고 있는데 비릿한 바다냄새가 코끝을 스치고 지나갔다. 오래도록 열어보지 않았던 내 기억의 서랍 속에서 잊혀져 버렸던 단어들이 우화(羽化)를 꿈꾸는 벌레들처럼 한 마리씩 기어 나와 시적(詩的) 변환을 시도하고 있었다.

다리의 용도를 잊어버린 오징어. 시간의 공동묘지. 그리움으로 번성하는 미역 수풀. 몽상의 말미잘. 버지니아 울프의 영혼. 실신하는 물보라. 해삼의 우울한 분만. 별이 되고 싶은 불가사리. 기억의 표류. 정어리떼. 끝없는 절망의 깊이. 장 콕토의 엽시(葉詩). 노망으로 시도 때도 없이 먹물을 분사하고 다니는 문어. 멀리 떠 있는 고기잡이 배들의 불빛.

내 기억의 서랍 속에서 우화를 꿈꾸는 벌레들처럼 기어 나온 단어들이 미숙한 시적 변환을 시도하는 동안 택시는 목적지에 도착했다. 나는 경포호 근처 장급 여관 하나를 숙소로 정하고 여장을 풀었다. 시장기가 느껴졌다. 금강산도 식후경이다. 나는 초당의 순두부 백반이 유명하다는 소리를 들은 적이 있었다.

"혼숙은 안 되는데."

"아주머니. 제 조카들입니다. 방학을 기해서 바다를 보여주겠다고 약속했어요. 무슨 일이 있으면 제가 책임진다니까요."

"조카들이 삼촌하고 전혀 안 닮았구만."

"외탁을 하면 안 닮을 수도 있지요. 그리고 유전적으로는 삼촌지간보다 사촌지간이 더 많이 닮는다는 거 아주머니도 알고 계시잖아요."

"그렇기는 하지만."

"돈을 아끼겠다는 생각에서가 아니라 조카들하고 같이 밤을 새우면서 이야기를 나누고 싶다는 생각에서 방을 하나만 정하겠다는 거니까 아주머니께서 너그럽게 선처해 주세요."

밖으로 나오니 서른 살 안팎으로 보이는 사내가 고등학생으로 보이는 사내아이 하나와 여자아이 하나를 데리고 주인 아주머니와 혼숙 문제로 실랑이를 벌이고 있었다. 결국 주인 아주머니는 사내의 설득을 그대로 받아들이고 세 사람 모두를 한 방에서 재워주기로 작정해 버린 눈치였다. 나는 밖으로 나와 택시를 잡았다.

초당에 도착하니 솔숲 사이로 성큼성큼 어둠의 군단들이 진군해 오고 있었다. 순두부 백반집 하나를 찾아들어가 시장기를 풀었다. 경포로 다시 돌아오니 온 세상이 어둠의 군단에 점령당해 있었다. 밤바다를 보고 싶었다. 지나가는 커플 하나를 붙잡고 바다로 가는 길을 물었더니 친절하게 가르쳐주었다.

커플이 가르쳐준 방향으로 걸어가니 바다가 보이기 전에 파도소리가 먼저 들렸다. 어둠 속에서 허연 거품을 베어 물고 통곡하는 바다. 나는 백사장에 앉아 오랫동안 밤바다의 울음소리를 듣고 있었다. 지금까지 내가 겪은 슬픔이나 아픔들은 아무것도 아니라는 생각이 들었다. 바람이 장도(長刀)를 꺼내 들고 통곡하는 밤바다의 등가죽을 무자비하게 난도질하고 있었다.

나는 극심한 추위를 느끼면서 경포호 쪽으로 걸음을 옮겼다. 바다를 무자비하게 난도질하던 바람이 목격자를 의식했는지 다급하게 솔숲을 빠져 달아나는 소리가 들렸다. 경포호를 끼고 산책로가 만들어져 있었다. 산책로를 따라 가로등이 켜져 있었다. 겨울인데도 수많은 사람들이 산책로를 걸어 다니고 있었다. 대부분이 연인들 같았다. 나는 실낱같은 기대감으로 하늘을 쳐다보았다. 그러나 하늘에는 별들만 영롱했다. 역시 달은 보이지 않았다.

중학교 2학년 때의 가을이었다. 경포로 수학여행을 왔었다. 국어를 가르치던 담임이 버스에서 퀴즈 하나를 출제했다. 경포에 달이 몇 개 뜨는지 알아맞히는 놈이 있으면 오늘밤 자신의 입회 하에 그놈만 술을 마실 수 있도록 허락해 주겠다는 조건이었다. 급우들은 술을 마시고 싶은 일념 하나로 저마다 근거 없는 답들을 불쑥불쑥 내밀어보기 시작했다.

"열 개입니다."

"숫자만 맞히면 되는 문제가 아니다. 왜 열 개인지 말해 보아라."

"새끼를 쳤습니다."

"다른 지방에서는 달이 새끼를 치지 않는데 왜 경포에서는 달이 새끼를 칠까?"

"바다에 암놈 달이 있기 때문입니다."

"발상이 기발하기는 하지만 정답은 아니다."

그때도 학생들은 대부분 월말고사나 기말고사에 출제될 가능성이 희박한 일반상식 따위에는 도무지 관심을 기울이지 않았다.

"경포에는 달이 없습니다."

"어째서?"

"본래는 하나가 있었는데 바다에 빠져 죽었습니다."

"왜 바다에 빠져 죽었을까?"

"해를 짝사랑했는데 한 번도 만나주지 않아서요."

"역시 재미있는 발상이지만 정답은 아니다."

"날마다 구름이 많이 끼어서 달이 보이지 않습니다. 그래서 한 개도 없는 겁니다."

"왜 날마다 구름이 많이 끼일까?"

"바다에서 올라간 수증기가 구름이 되기 때문입니다."

"기상학자들한테 바보 소리 듣고 싶냐?"

결국 버스가 목적지에 노착할 때까지 급우들은 담임이 요구하는 정답을 찾아내지 못했다.

담임은 수업을 할 때보다 몇 배나 진지한 목소리로 경포에 뜨는 달에 대해서 설명하기 시작했다.

"우리 민족은 태양을 노래한 시보다는 달을 노래한 시를 훨씬 더 많이 보유하고 있다. 이것은 우리 민족이 그만큼 달을 사랑했다는 증거가 되기도 한다. 서양 사람들은 보름달을 보면 늑대인간이나 정신착란을 연상하지만 동양 사람들은 보름달을 보면 월하미인이나 음유시인을 연상한다. 너희들은 보름달, 하면 무엇이 먼저 떠오르냐."

"이태백이요."

"쥐불놀이요."

"소원성취요."

"그렇다. 우리는 보름달에서 불길한 것들을 떠올리지는 않는다. 서양 사람들은 달을 괴기나 공포의 상징으로 생각하지만 동양 사람들은 달을 낭만이나 희망의 상징으로 생각한다. 물론 세계 어디를 가든 달은 하나밖에 없다. 그러나 조금만 낭만적으로 달을 생각해 보자. 과연 경포에는 달이 몇 개나 뜰까."

"빨리 정답을 말씀해 주세요."

"경포에는 모두 다섯 개의 달이 뜬다. 하늘에 하나. 바다에 하나. 호수에 하나. 술잔에 하나. 님의 눈동자에 하나. 모두 다섯 개다. 얼마나 낭만적이냐."

그때 한 녀석이 볼멘소리로 반발했다.

"그렇다면 모두 여섯 개라야 맞습니다."

"왜?"

"정상적인 사람은 눈동자가 두 개입니다. 선생님 말씀대로 다섯 개라면 님이라는 사람은 애꾸눈이라야 합니다."

"좋다. 논리성을 테스트하기 위해 출제된 문제는 아니었지만 날카로운 지적이었다. 그래서 너는 술을 마시게 해주겠다. 하지만 정답은 몰랐으니까 내가 딱 한 잔만 따라주겠다."

그날 밤 우리는 담임의 정답도 틀렸다는 사실을 확인했다. 학생들과 선생님들의 눈동자에도 달이 들어 있었기 때문에 그날 밤 경포에 떴던 달은 수백 개라고 해야 옳았다. 담임도 그 사실을 시인하고 학생들 모두에게 맥주를 한 잔씩 따라주었다. 나중에 학생들에게 담임이 술을 먹였다는 사실이 학교 당국에 알려졌고 담임은 시말서를 썼다는 소문이 나돌았다. 그러나 이제 경포에는 달이 없었다. 하늘에도 바다에도 호수에도 술잔에도 연인들의 눈동자에도 달이 없었다.

나는 산책로를 걷다가 숙소로 돌아와 침대에 몸을 눕혔다. 내일 아침 바다로 나가 일출을 보고 싶었다. 일출을 보면 기분이 달라질지도 모른다는 생각이 들었다. 그러나 잠이 오지 않았다. 노트를 꺼내 시를 쓰기 시작했다. 언어들이 자꾸만 겉돌고 있었다. 결국 나는 볼펜을 내던져버리고 온갖 잡념들을 붙잡고 시간을 죽이기 시작했다.

동이 틀 무렵 두터운 점퍼를 걸치고 바다로 나갔다. 하늘과 바다의 경계가 분명치 않았다. 나는 수평선으로 짐작되는 부분에 시선을 고정시키고 해가 떠오르기를 기다리고 있었다. 그러나 날이 훤하게 밝을 때까지도 해는 떠오르지 않았다. 알고 보니 수평선 가까이 짙은 구름띠가 길게 펼쳐져 있었고 그 상단에 어느새 해가 높이 떠올라 있었다. 구름띠에 가려져 제대로 일출을 보지 못한 형국이었다.

바다를 벗어나 산책로를 거닐기 시작했다. 조각공원이 보였다. 조각공원에는 조각작품과 석비(石碑)들이 늘어서 있었다. 그리고 석비에는 시들이 새겨져 있었다. 이른 아침이었으나 날씨는 별로 춥지 않았다. 산책하는 사람들이 제법 많이 눈에 띄었다. 그러나 산책하는 사람들은 석비에 새겨진 시들에 대해서 별로 관심을 표명해 보이지 않았다. 나는 석비 가까이 다가가서 천천히 시들을 숙독하기 시작했다. 어떤 시인은 울고 있었고 어떤 시인은 엄살을 쓰고 있었다. 어떤 시인은 허무의 늪에 빠져 있었고 어떤 시인은 기만의 덫에 걸려 있었다. 어떤 시인은 인생을 자탄하고 있었고 어떤 시인은 인생을 관조하고 있었다. 어떤 시인은 외로움에 찌들어 있었고 어떤 시인은 그리움에 탈진해 있었다. 그러나 달을 기억하고 있는 시인은 아무도 없었다.

바다로 나갔다. 겨울이었으므로 바다는 비교적 한산해 보였다. 연인이나 부부로 보이는 남녀 몇 쌍이 바다를 배경으로 사진을 찍고 있거나 백사장을 산책하고 있었다. 여행을 떠나기 전에 나는 바다를 보면 절로 시문(詩門)이 열릴지도 모른다는 생각을 했었다. 그러나 바다는 그 자체가 거대한 시였다. 그래서 바다를 보자 오히려 시문이 닫혀버리고 말았다.

나는 백사장에 퍼대고 앉아 거대한 바다를 정면으로 바라보면서 자괴감에 빠져들고 있었다. 바다에 비하면 세속은 너무도 협소하고 조악한 수족관이었다. 나는 암울한 기분으로 수족관 밑바닥을 기어 다니면서 시를 쓰는 한 마리 다슬기였다. 끊임없이 욕망의 아가미를 벌름거리거나 오만하게 허영의 비늘을 번쩍거리면서 수족관 속을 헤엄쳐 다니는 물고기들. 그것들은 언제나 내가 쓰는 시들을 거들떠보지도 않았다. 나는 바다를 보고 나서야 비로소 깨달았다. 수족관 속에서 양식되는 목숨들에게는 영혼이 존재할 수가 없다는 사실을.

나는 바다에 오기를 잘했다는 생각이 들었다. 수족관을 탈피해서 망실한 영혼을 되찾았다는 생각이 들었다. 바다를 본 다음부터 세속의 하찮은 잡사(雜事)에 발목을 잡히지 않을 자신감이 생겼다. 버려라. 버려라. 버려라. 바다는 내게 소리치고 있었다. 나는 한 트럭 분량은 족히 되고도 남을 의식 속의 속물근성을 모조리 바다에 던져버렸다. 마음이 한결 가벼워졌다. 그것으로 바다에 와서 얻은 소득은 충분했다. 나는 여관으로 돌아가 눈을 좀 붙인 다음 오늘 중으로 강릉을 떠나도 좋겠다는 생각을 했다. 나는 여관으로 걸음을 옮겨놓기 시작했다. 그런데,

"신분증 좀 보여주십시오."

여관에 도착하니 무슨 일인지 정복을 입은 경찰관 두 명이 경직된 자세로 입구를 지키고 있다가 나를 가로막으며 신분증 제시를 요구했다. 나는 5호실 투숙객이라고 말하고 주민등록증을 꺼내 보였다.

"확인할 일이 있으니 여기서 잠깐만 기다려주십시오."

정복을 입은 경찰관 하나가 안으로 들어가더니 사복을 입은 사내 하나를 데리고 나왔다. 사내는 자신을 시경 강력계 백춘근 형사라고 소개했다. 다부진 체격에 부리부리한 눈을 가지고 있었다.

"지난밤 어디서 주무셨습니까."

사내의 부리부리한 눈이 재빨리 내 전신을 훑었다. 별로 기분이 좋지 않았다. 나는 아무 잘못이 없다. 공연히 주눅이 들면 오해를

사거나 누명을 쓸지도 모른다. 나는 당황하지 말아야 한다고 자신을 타이르고 있었다.

"이 여관 오호실에 있었습니다."

"이른 새벽에 나가신 걸로 알고 있는데 지금까지 어디 계셨습니까."

"일출을 보려고 바다에 나갔다가 일출은 보지 못하고 산책로를 걸었습니다. 걷다가 석비에 쓰인 시들을 모두 읽고 오는 길입니다."

"저하고 오호실에 들어가서 잠깐 말씀 좀 나누실까요."

"무슨 일입니까."

"지금은 말씀드릴 수가 없습니다."

사내는 일단 5호실로 들어가서 무엇인가를 확인해 보고 싶어하는 것 같았다. 나는 약점을 잡힐 만한 건덕지가 없었으므로 사내의 요구대로 순순히 여관으로 들어섰다. 사태가 심상치 않아 보였다. 7호실은 방문이 활짝 열려 있었다. 형사들로 짐작되는 사람들이 심각한 표정으로 방문 앞에서 무엇인가를 수첩에 끄적거리고 있거나 머리를 맞대고 수군거리고 있었다. 그들의 모습에 가려져 방 안의 동태는 잘 보이지 않았다. 나는 직감적으로 살인사건이 발생했구나, 라고 판단했다.

사내는 5호실로 들어가기 전에 다른 형사가 확보하고 있는 숙박부를 가져오게 한 다음 내가 기재한 내용이 주민등록증과 일치하는가를 먼저 확인해 보았다. 정직하게 기재하기를 잘했다는 생각이 들었다.

"춘천에서 무슨 일을 하십니까."

"닭갈비 장사를 합니다."

"강릉에 오신 목적이 무엇인가요."

"겨울바다가 보고 싶어서 왔습니다."

대화가 아니라 심문이었다. 역시 기분이 별로 좋지 않았다. 나는 불쾌감을 드러낼까 말까 망설이고 있었다. 하지만 아무 잘못이 없다는 사실이 나를 안심시키고 있었기 때문에 굳이 불쾌감을 드러내지는 않았다.

"요즘 조류독감 때문에 고충이 많으시지요."

"시간이 지나면 해결되겠지요."

"빚독촉에 시달리고 계시는 걸로 알고 있는데."

사내는 분명히 유도심문을 하고 있었다.

"무슨 일인지는 모르지만 넘겨짚지는 마십시오. 빚은 한 푼도 없습니다. 조류독감이 내습하기 전에는 제법 장사가 잘 되는 업소였습니다."

"상호가 어떻게 됩니까."

"금불알 닭갈비입니다."

금품을 노린 살인강도일지도 모른다는 생각이 들었다.

"동행이 있으시지요?"

나를 범인으로 넘겨짚고 공범 여부를 추궁하는 것 같았다. 이러다 잘못해서 살인누명을 쓰고 감방으로 직행할지도 모른다는 불안감이 앞섰다. 벌컥 화를 내면서, 잘못짚었어 이놈아, 라고 소리치

고 싶었다. 하지만 나는 어이없게도,

"혼자인데요."

공손한 목소리로 대답했다. 빌어먹을 소심증.

"인터넷 하시지요?"

"합니다."

"여기서 만나기로 약속한 사람들이 있지요."

"없습니다."

"조사해 보면 다 알게 되어 있으니까 솔직하게 말씀해 주셔야 합니다."

"도대체 왜 이러시는 겁니까."

그러나 사내는 대답 대신 내 여행용 가방으로 시선을 옮겼다.

"실례입니다만 소지품을 좀 살펴보아도 괜찮겠습니까."

나는 마침내 노골적으로 불쾌감을 드러내 보였다.

"무슨 일인지부터 말씀해 주시는 것이 순서가 아닙니까?"

"죄송합니다. 소지품을 살펴본 다음에 말씀드리지요. 괜찮겠습니까?"

"마음대로 하세요."

소지품이라야 옷 한 벌과 노트와 볼펜, 그리고 세면도구가 전부였다.

사내는 가방의 지퍼를 열었다. 그리고 옷들을 꺼내 호주머니를 모조리 뒤져보고 세면도구들도 세심하게 살펴보았다. 심지어는 노트까지 뒤적거리기 시작했다. 다리의 용도를 잊어버린 오징어. 시간의 공동묘지. 그리움으로 번성하는 미역 수풀. 몽상의 말미잘. 버지니아 울프의 영혼. 실신하는 물보라. 해삼의 우울한 분만. 별이 되고 싶은 불가사리. 기억의 표류. 정어리떼. 끝없는 절망의 깊이. 장 콕토의 엽시(葉詩). 노망으로 시도 때도 없이 먹물을 분사하고 다니는 문어. 멀리 떠 있는 고기잡이 배들의 불빛. 노트에는 어제 내 기억의 서랍 속에서 벌레들처럼 기어 나와 시적 변환을 꿈꾸던 낱말들과 지난밤 시를 쓰기 위해 끄적거리다 포기해 버린 메모들이 비틀거리고 있었다. 강릉에 가서 밤바다를 만났다. 밤바다는 굽은 등으로 돌아앉아 울고 있었다. 나도 울컥 눈물이 나서 못 본 척 외면해 버렸다. 그동안 바다도 없이 살아온 날들이 이상했다. 잊어버린 것들은 시가 되지 않음을 바다를 보고 비로소 깨달았다. 사내는 그것들을 한참 동안 들여다보다가 내게 참으로 어이없는 질문을 던졌다.

"쓰다 만 유서 맞지요?"

사내의 질문은 거의 확신에 차 있었기 때문에 나는 어처구니가 없어서 피식 웃음을 흘리고 말았다. 무슨 오해가 있음이 분명했다.

"시를 쓰다가 표현이 조잡해져서 포기해 버린 겁니다. 그런데 지금 형사님께서 보여주신 일련의 행동들은 엄연한 프라이버시 침해 아닙니까?"

"혹시 문학도이십니까?"

"무명시인입니다."

"아까는 닭갈비 장사를 하신다고 말씀하셨는데."

"우리나라에서는 시인이 닭갈비 장사를 하거나 닭갈비 장사가 시를 쓰면 범법행위에 해당합니까."

"죄송합니다. 사실 칠호실에서 세 구의 시신이 발견되는 사건이 발생했습니다. 현재까지는 동반음독자살로 추정하고 있습니다. 저는 사건을 담당한 경찰관으로 일단 이헌수 씨가 일행일지도 모른다는 가정 하에 질문을 드렸습니다. 주인 아주머니의 진술에 의하면 죽은 사람들과 거의 같은 시간에 투숙하셨더군요. 솔직하게 말씀해 주십시오. 정말로 칠호실 사람들과 전혀 교류가 없었습니까?"

"없었습니다."

"채팅으로도 만난 적이 없습니까?"

"그런 사이라면 왜 같은 여관에 숙소를 정하고도 서로 말 한 마디 나누지 않고 각방을 썼겠습니까."

"결례를 범했다면 양해 바랍니다. 정황으로 미루어 칠호실 투숙자들은 인터넷 자살 사이트에서 만난 사람들로 추정됩니다. 각자 유서를 남겼기 때문에 일단 자살로 추정하고 있지만 수사를 더 해야 할 필요성이 제기되어 나중에라도 연락을 드릴 일이 있을지 모르겠습니다. 여러 가지로 바쁘시겠지만 적극적인 협조를 부탁드리겠습니다. 실례 많았습니다."

사내는 내 주소와 핸드폰 번호를 자기 수첩에 기록했다. 나는 바다를 떠올리고 있었다. 갑자기 마음이 대범해지고 있었다.

"제가 한 말씀 드려도 될까요."

내가 사내에게 물었다.

"사건에 도움이 될 만한 이야기라면 무엇이라도 상관이 없습니다."

"글쎄요, 사건에 도움이 될지는 모르지만 참고하시면 좋을 것 같아서 말씀드리겠습니다."

나는 우격다짐식 수사를 풍자한 유머 하나를 떠올리고 있었다.

"지리산에서 세계 경찰수사경연대회가 열렸습니다. 주최 측에서 지리산에다 새앙쥐 한 마리를 풀어놓고 그놈을 얼마나 빨리 잡아오느냐로 수사력을 가늠하는 대회였습니다. 중국 경찰은 사람을 잔뜩 풀어서 인해전술로 새앙쥐를 잡아왔습니다. 소요시간은 이틀. 소련 경찰은 케이지비가 합세를 해서 새앙쥐를 잡아왔고 소요시간은 스무 시간. 미국 경찰은 초현대식 범인추적장치를 이용해서 두 시간 만에 새앙쥐를 잡아왔습니다."

"무슨 말씀을 하고 계시는 겁니까."

사내가 내 말문을 가로막았다. 죄송합니다만 제 말씀을 끝까지 들어주십시오. 나도 사내의 말문을 가로막았다. 그리고 천연덕스럽게 이야기를 계속했다.

"이번에는 한국 경찰 차례입니다. 한국 경찰은 불과 이십 분도 안 되는 시간에 곰 한 마리를 잡아가지고 심사위원들 앞에 나타났지요. 심사위원 하나가 놀랍고 의아한 표정으로 한국 경찰에게 물었습니다. 새앙쥐는 어디 있나요. 한국 경찰은 대답 대신 경찰봉으로 곰의 옆구리를 쿡 찔렀습니다. 그러자 곰이 겁먹은 목소리로 재빨리 자백했습니다. 제가 새앙쥔데요."

나는 여기서 잠깐 한 호흡을 조절한 다음 이야기의 끝을 맺었다.

"웃자고 해본 소립니다. 물론 요새는 이런 경찰 없겠지요. 자유당 때만 하더라도 이런 경찰 참 많았던 것으로 알고 있습니다. 수사가 명쾌하게 종결되기만 빌겠습니다."

사내는 고기를 씹다가 자기 혀를 깨물었을 때와 흡사한 표정을 짓고 있었다.

갑자기 피곤이 몰려들고 있었다. 형사의 말을 빌리면 지난밤 이 여관에서 세 사람이 동반자살을 단행했다고 한다. 물론 세상은 죽고 싶을 정도로 척박하다. 자살을 결심한 사람들에게는 모든 생존의 이유가 허영에 불과할지도 모른다. 하지만 그들은 무슨 이유로 강릉까지 와서 자살을 감행했을까. 마지막으로 지치고 허기진 영혼을 바다 곁에 눕히고 싶었던 것은 아닐까. 그들의 유서를 한번 보고 싶었다. 하지만 불가능할 것이다.

나는 그만 춘천으로 돌아가야겠다는 생각을 했다. 어디를 가도 절망이 있고 어디를 가도 고통이 있다. 하지만 시를 쓸 수만 있다면 기꺼이 감내하겠다. 떠날 채비를 갖추고 5호실 문을 열었다. 예기치 못했던 변고 때문에 곤욕을 치르던 주인 아주머니가 볼멘소리로 형사들한테 변명하는 소리가 들렸다.

"나도 처음에는 혼숙이 안 된다고 딱 잘라 말했다니까. 하지만 나이 많은 놈이 조카들이라고 하니까 조카들인 줄 알았지. 약 처먹고 죽으러 온 줄 누가 알았나. 대한민국에서 손님들의 친인척 족보까지 일일이 확인해 보면서 여관 해먹는 년 있으면 나한테 한번 데리고 와보슈."

30
자살이라는 단어를 거꾸로 읽으면 살자가 된다

다음날 나는 춘천에서 조간신문을 통해 인터넷 자살 사이트에서 만난 남녀 세 명이 경포호 인근 여관에서 동반자살을 했다는 기사를 읽었다. 세 사람은 다량의 제초제를 마시고 자살했으며 한결같이 삶에 회의를 느껴 자살을 감행한다는 내용의 유서를 남겼다는 기사였다.

자살이라는 단어를 거꾸로 읽으면 살자가 된다. 이 단순한 아이러니 속에 심오한 뜻이 내포되어 있는지도 모른다. 자살자들은, 마침내 벼랑 끝에 도달하고야 말았다는 절망감과 이제는 아무런 방책도 강구할 수가 없다는 무력감이 극에 달해서 인지적 파국을 맞이한 사람들이다. 이때 자살자들은 최후의 의사소통 방법으로 죽음이라는 암흑 터널을 선택하게 된다. 그러니까 자살은 살고 싶어도, 라는 단서를 감추고 있다. 살고 싶어도 자살 이외의 대안이 없다는 의사전달인 것이다.

비록 저승길이지만 동반자가 있으면 덜 외롭다고 생각하는 것일까. 한때 인터넷 자살 사이트를 이용한 동반자살이 연쇄적으로 일어났고 결국 심각한 사회문제로 대두되기 시작했다. 당연히 경찰의 강력한 단속이 펼쳐지기 시작했으며, 한동안 자살 사이트가 자취를 감추면서 안티 자살 사이트가 활성화되는 추세를 보이기 시작했다. 그러나 요즘은 안티 사이트마저도 자살 지망자 교류 사이트로 변모되는 양상을 보이고 있다.

믿을 만한 통계에 의하면 지구상에는 매일 1천여 명이라는 인간이 자살로 목숨을 잃는다. 인터넷에서는 자살이라는 단어가 섹스라는 단어와 버금가는 인기 검색어로 존재한다는 소문이다. 어떤 안티 자살 사이트에 들어가보니 악동기질적이면서도 냉소적인 자살방법들이 열거되어 있었다.

총기 자살

동거인이나 본인이 총기를 소지하고 있을 경우에 시도해 볼 만한 자살법이다. 심장이나 뇌를 겨냥해서 총구를 밀착시키고 과감하게 방아쇠를 당겨야 한다. 격발하기 전에 안전장치를 풀어야 한다는 사실을 숙지하라. 안전장치를 풀지 않고 방아쇠를 당겼다가 격발이 되지 않으면, 살아야 한다는 하늘의 계시가 아닐까, 어쩌구하는 식의 잡념이 끼어들어 실패할 확률이 높다. 소요경비는 무료에 가깝다. 크게 노동력을 필요로 하지 않는다. 시간을 많이 소비할 필요도 없다. 격발 전에 실탄의 종류를 확인하는 세심함도 필요하다. 공포탄이나 신호탄이 장전되어 있는지도 모르고 방아쇠를 당기면 상당기간 쪽팔림 속에서 병원치료를 받아야 하는 불상사가 기다리고 있다.

선풍기 자살

외부와 공기가 일절 통하지 않도록 방 안의 모든 구멍을 막아버린 다음 선풍기를 틀어놓고 잠들어버리는 방법이다. 술에 만취된 상태로 잠들거나 수면제를 다량으로 복용한 상태로 잠들면 산소가 희석되어 자살에 성공할 가능성이 높다. 활짝 핀 백합이 가득 꽂힌 꽃병을 설치해 두면 금상첨화다. 자살비용을 줄이고 싶다면 맨정신으로 선풍기를 틀어놓고 산소가 희석되기를 기다리면 된다. 그러나 돈 한 푼 안 들이고 죽으려면 막강한 인내심이 필요하다. 도중에 숨이 막혀 뛰쳐나가버리면 모처럼의 계획도 도로아미타불이다.

동맥 가르기

면도날로 손목의 동맥을 깊이 긋는 방법이다. 피가 흐르는 손목을 더운물에 담그면 지혈이 되지 않고 피가 계속 분출된다는 설이 있다. 그러나 실패한 사례도 적지 않다. 피가 분출할 때 수면제를 먹고 잠들어버리면 실패할 확률이 줄어든다.

추락사

전용기 가지고 있냐. 전용기 가지고 있으면 한번 시도해 볼 만한 자살법이다. 머시여? 전용기까지 소유한 범털이 미쳤다고 자살을 하느냐구? 무슨 소리냐. 재벌 총수도 자살한 적이 있다는 사실을 벌써 잊었냐. 전용기 없으면 레포츠용 경비행기라도 괜찮다. 비행기 조종을 못 한다구? 요즘 우리나라에도 사설 비행학교가 생겼다. 정보에 둔감하면 죽을 때도 조잡한 방법으로 죽게 된다. 죽더라도 좀 멋있게 죽을 생각 없냐. 멋있게 죽고 싶다면 사설 비행학교에서 조종법을 익혀라. 그리고 날을 잡아서 수직비행을 시도해라. 안전벨트를 매지 않은 상태로 수직비행해서 까마득한 높이에 도달하면 아무것도 붙잡지 말고 비행기를 한번 헤까닥 뒤집어라. 초고속으로 수직낙하해서 전신이 으깨져 버리는 쾌감을 맛보게 될 것이다. 그러나 비행기를 헤까닥 뒤집기 전에 바닥을 한번 확인해 볼 필요가 있다. 시퍼런 바다나 울창한 숲이 보이면 만에 하나라도 실패할 가능성이 있다. 졸라 허우적거리면서 개헤엄으로 몇 십리를 횡단해야 하거나 한평생 뼈빠지게 휠체어 바퀴를 굴리면서 살아야 하는 비극이 기다리고 있을지도 모른다. 물론 소요경비, 노동력, 소요시간이 적지 않게 투자되는 방법이므로 가난한 사람들에게는 별로 추천하고 싶지 않다. 경비를 절감하고 싶은 개털들은 그냥 아파트 옥상에서 추락해라.

목매달기

밧줄이나 노끈 또는 철사줄을 목에 걸고 높은 장소에서 뛰어내리는 방법이다. 뛰어내렸을 때 줄이 너무 길어서 발이 땅에 닿지 않도록 해야 한다. 높은 장소에서 추락을 시도했을 때 줄이 너무 길면 죽지도 못하고 다리가 부러지거나 척추가 손상될 우려가 있다. 발이 땅에 닿을 때 혓바닥을 깨물어서 동강난 사례도 있다. 특히 공중에 매달렸을 때 밧줄이 자동적으로 목을 옥죄이도록 매듭을 조작하는 방법을 모르면 절대로 시도하지 말라. 공중에 장시간 매달려 발버둥을 치다가 지나가는 사람들에게 개망신을 당하면서 구제되는 부작용을 초래하게 된다. 비교적 저렴한 경비와 단순한 노동력을 투자해서 단시간에 목적을 달성시킬 수 있는 방법이다.

사자에게 물려죽기

당신이 남자라면 발정기를 맞이한 수사자와 암사자를 넣어둔 우리로 들어가서 당신이 먼저 바지를 까내리고 적극적으로 암사자를 덮쳐라. 죽은 다음에 해외토픽에 실릴지도 모른다. 최소한 버스비와 입장료에 해당하는 경비, 그리고 우리를 타넘을 수 있는 노동력 정도는 갖추고 있어야 한다.

음독

문자 그대로 독을 마시고 죽는 방법이다. 널리 사용되는 독으로는 농약, 복어알, 청산가리, 제초제, 비상, 쥐약, 수면제 등이 있다.

그중에서 수면제는 디립다 잠만 자고 어벙한 상태로 일어나는 사례가 많아서 그다지 권장하고 싶지 않다. 쥐약도 요즘은 거의가 인체에 해를 미치지 않는 것으로 알려져 있다. 독은 체질과 상극을 이루어야만 소기의 목적을 달성할 수가 있다. 같은 독이라도 어떤 체질에는 보약이 되기도 하고 어떤 체질에는 사약이 되기도 한다. 사약의 효과를 기대하고 먹은 독이 보약의 효과를 낸다면 어떻게 되겠는가. 마음은 죽음으로 치달아가고 있는데 몸은 활력이 넘치는 상태를 생각해 보라. 날로 갈등이 배가될 것이다. 갈등. 듣기만 해도 지긋지긋하지 않은가. 그렇다고 무슨 의료기관 같은 데서 체질검사를 거친 다음 체질에 맞는 독을 선택할 수도 없는 노릇이다. 가장 가격이 저렴하고 구하기가 용이하며 성공할 확률이 높은 상품은 역시 농약이다. 한 모금 마시고 맛이 역겹다고 도중에 포기하거나 구토를 해버리는 사람들이 있다. 아직도 자살을 허영이나 사치로 생각하는 사람들이다.

예술하기

위에 열거한 방법들이 마음에 들지 않는 사람들은 순수하고 진실한 마음으로 예술에 전념하는 방법을 추천하고 싶다. 단 한국을 무대로 예술을 하라. 그러면 3년 이내로 복장이 터져 죽거나 굶어 죽을 것이다. 한국을 무대로 예술을 해도 죽지 않는 사람이 있다면 순수하고 진실한 마음으로 예술을 하지 않았기 때문이다.

완벽한 자살

하나님, 자동차, 심근경색, 에이즈, 뇌진탕, 암세포, 날벼락 등이 자신을 죽여줄 때까지 끈질기게 기다리는 방법이다. 살아 있을 자신도 없고 죽어버릴 자신도 없는 사람에게 추천하고 싶다. 살아간다는 사실이 곧 죽어간다는 사실이거늘 굳이 서두를 필요가 있겠는가.

31
도대체 저들 중에 누가 내 시들을 읽어줄 것인가

마침내 조류독감 파동이 진정국면으로 접어들었다. 닭고기를 먹다가 조류독감에 감염되면 보험금 20억을 지불한다는 한국계육협회의 결정이 뉴스를 타게 되면서 닭갈비집들은 연일 손님들로 문전성시를 이루기 시작했다. 닭갈비집들마다 테이블이 모자랄 지경이라는 소문이었다.

하지만 나는 북새통을 이루는 손님들이 별로 달갑지 않았다. 뉴스가 터지기 전까지는 얼씬도 하지 않다가 보험금 20억에 대한 뉴스가 터지던 날부터 문전성시를 이루는 손님들을 보면서 씁쓸한 기분을 떨쳐버릴 수가 없었다. 그들은 닭갈비를 먹고 싶어서 금불알을 찾아온 손님들이 아니었다. 보험금 20억을 탈지도 모른다는 사행심 때문에 금불알을 찾아온 손님들이었다. 달리 말하자면 자신의 목숨을 20억에 저당 잡히고 싶어서 안달이 나 있는 배금주의자들이었다. 얼굴에는 불황에 처한 닭갈비 업체를 구제해 주겠다는 자비심이 스킨로션처럼 번들거리고 있었지만 뱃속에는 20억에 대한 탐욕이 닭기름처럼 지글거리고 있었다.

"닭고기 먹으면서 이렇게 스릴을 느껴보기는 처음이야."

"그래, 저번에 복지리 먹을 때보다 훨씬 간 떨리는 거 같지?"

"완전히 익힐 필요 없어. 덜 익은 걸 먹어야 맛도 좋고 조류독감에 걸릴 확률도 높다니까."

"자네는 이십억이 생기면 어디다 쓸 건데."

"일단 춘천부터 떠야 하지 않을까."

"그래. 아는 놈들이 많을수록 손 내미는 놈들도 많을 거야."

"그동안 괄시 받고 살아온 거 생각하면 땡전 한 푼도 주고 싶지 않아."

"나도?"

"같이 먹었으니까 너도 걸리겠지."

"체질에 따라 안 걸릴 수도 있잖아."

"너는 생각 좀 해봐야겠다."

"그런데 조류독감에 걸리면 정말로 죽을까?"

"살아나는 놈도 있을 거야."

"죽을 때는 죽더라도 돈이나 여한 없이 써보고 죽었으면 좋겠네."

"뻰질나게 닭갈비집 드나들면 언젠가는 그런 날이 올지도 모르지."

손님들의 관심사는 오로지 보험금 20억으로 일관되어 있었다. 처음에는 본색을 감추고 천연덕스럽게 닭갈비를 뜯던 손님들도 술이 몇 순배 돌고 나면 노골적으로 20억에 대한 탐욕을 드러내기 일쑤였다. 테이블마다 중심화제는 20억이었다. 손님들은 자기들에게 20억이 없었기 때문에 세상의 모든 불행이 초래되었다고 생각하는 사람들 같았다. 자기에게 20억이 없었기 때문에 가정파탄이 일어났고 자기에게 20억이 없었기 때문에 마누라가 집을 나가버렸으며, 자기에게 20억이 없었기 때문에 아들놈이 군대를 가야 했고 자기에게 20억이 없었기 때문에 딸년이 대학에 낙방했다고 생각하는 것 같았다.

"나한테 이십억만 생기면."

손님들은 자기한테 20억만 생기면 모든 일들이 해결된다고 생각하는 것 같았다. 자기한테 20억만 생기면 민족의 숙원인 남북통일도 이루어지고 가정파탄으로 집을 나가버린 마누라도 다시 돌아온다고 생각하는 것 같았다. 나는 이번 사태를 계기로, 인간의 육신은 70퍼센트가 물로 구성되어 있지만 인간의 의식은 100퍼센트가 탐욕으로 구성되어 있다는 사실을 확연히 깨닫게 되었다.

도대체 저들 중에 누가 내 시들을 읽어줄 것인가. 생각할수록 암울했다. 세상에 종말이 오고 있다는 생각이 들었다. 내게는 가까스로 시 하나가 희망으로 남아 있었다. 하지만 언젠가는 그것마저 세상에서 사라져버리고 말 거라는 생각이 들었다. 날마다 손님들이 문전성시를 이루기는 했지만 나는 장사를 하고 싶은 의욕이 생기지 않았다.

"나 코수술 하면 어떨까."

조류독감 파동이 진정국면을 보이기 시작하면서 제영이가 코수술에 대해 지대한 관심을 표명하기 시작했다.

"너 축농증 있었니?"

"축농증 같은 소리 하구 있네."

"그럼 왜 코수술을 하겠다는 거야."

"오똑하게 높이고 싶다는 거지."

"한동안 명품병으로 지랄을 떨더니 이제는 또 성형병으로 지랄을 떨 거니?"

"지랄?"

"멀쩡한 코를 수술하겠다니 지랄도 보통 지랄이 아니지."

"말 다했어?"

"아직 다 못했어."

찬수녀석은 명품에 대한 관심을 표명할 때도 그랬지만 코수술에 대한 관심을 표명할 때도 곤혹스러운 표정이었다. 그러나 제영이는 한 번 의사를 피력하면 반드시 관철되어야만 직성이 풀리는 여자였다. 하루에도 몇 번씩 코수술을 들먹거렸다. 자연히 찬수녀석과의 말다툼이 잦아지고 있었다. 제영이는 가급적이면 신분에 맞지 않은 욕구를 창안해서 찬수녀석을 볶아대는 일에 발군의 기량을 발휘했다. 마치 그것이 삶의 궁극적 목표라고 생각하는 여자 같았다. 명품만 해도 그랬다. 그녀가 닭갈비집 한 달 매출을 상회하는 명품을 사달라고 이불을 뒤집어쓰고 시위를 벌일 때는 두개골 속에 뇌가 들어 있는지 한번 절개해 보고 싶은 충동이 치밀어 오를 지경이었다.

"형은 어떻게 생각해?"

"뭘?"

"제영이 코수술 말이야."

"코수술 끝나면 턱수술, 턱수술 끝나면 지방흡입, 지방흡입 끝나면 유방확대. 기분에 따라서는 성전환수술 하겠다고 떼를 쓸지도 모르지. 감당할 자신 있냐?"

"자신 없어."

"제영이라면 이목구비, 사대육신, 오장육부, 다 갈아치워도 만족하지 않을 거야."

"어떻게 해야 하지?"

"니가 같은 방에서 한 이불 덮고 사는 한 무슨 대책이 있겠냐."

"미치겠네."

찬수녀석은 막내였다. 부모님이 돌아가시고 특히 외로움을 많이 타는 기색을 보였다. 여자를 사귀어본 적이 한 번도 없었다. 제영이가 처음이었다. 그러나 찬수녀석도 이제는 지쳐가고 있는 것 같았다. 나도 한집에 사는 처지라 무심할 수는 없었다. 하지만 제영이는 어떤 충언도 귀담아듣는 성품이 아니었다. 언제나 자기 주장만 뚜렷했다.

“이뻐지고 싶어하는 건 모든 여자의 공통된 본능이야.”

“얼굴만 이쁘면 뭘 하냐. 마음도 이뻐야지.”

“그래, 나는 마음이 이쁘지 않으니까 얼굴이라도 이뻐지려고 한다. 그게 잘못이니?”

“얼굴이 이뻐지는 데는 돈이 많이 들지만 마음이 이뻐지는 데는 돈이 별로 들지 않는다는 거지. 돈이 많이 드는 쪽은 나중에 선택하고 돈이 별로 들지 않는 쪽을 먼저 선택하는 게 현명한 처사 아니냐?”

“알았어. 이 나쁜 놈아. 결국은 나 같은 년한테 돈 쓰기가 아깝다 이거지. 그동안 돈 한 푼 안 받고 뼈빠지게 시다 노릇 해준 대가가 고작 이거니?”

“물론 정식으로 급여는 지불해 주지 않았지만 솔직히 말해서 돈은 이 집에서 니가 제일 많이 썼잖아.”

“쪼잔한 자식. 그게 왜 내 탓이야 세상 탓이지. 세상을 한번 둘러보라구. 어떤 물건이라도 여자들이 사용하는 물건은 남자들이 사용하는 물건보다 훨씬 비싼 편이야. 그리고 너는 날보고 세상 물정을 모른다고 하지만 그건 내가 너한테 해주고 싶은 소리야. 요즘 여대생들 오십 프로 이상이 성형한 얼굴이야. 나한테 쪼잔한 자식 소리 듣고 싶지 않으면 제발 세상 흐름 좀 읽고 살어.”

“니가 아무리 개나발을 불어도 허영은 패가망신의 지름길이야. 코수술 안 해서 호흡곤란이라도 느낀다면 또 모를까, 왜 힘들여 번 돈으로 멀쩡한 코를 수술하겠다는 거야. 나는 무조건 결사반

대야."

"야, 이찬수. 전세계를 통틀어 대적할 놈이 없을 정도로 쪼잔한 짜식아. 더럽고 치사해서 앞으로 니 돈 안 쓴다. 내가 무슨 수를 써서라도 코수술 하고야 말 테니까 두고 봐라."

제영이는 일손을 놓고 수시로 닭갈비를 먹는 일에 주력하기 시작했다. 조류독감에 감염되어 20억을 타게 되면 성형으로 얼굴 전체를 뜯어고치겠다는 포부였다. 잠깐 합석해도 괜찮을까요. 그녀는 일부러 일손이 바쁠 때를 골라 단골손님 자리에 합석을 하고 술시중을 드는 척하면서 닭갈비를 먹어대는 전법을 쓰고 있었다. 한편으로는 코수술을 반대하는 찬수녀석의 염장을 지르면서 다른 한편으로는 조류독감에 걸릴 기회를 만들어보겠다는 양동작전이었다.

하지만 보험금 20억 선포 한 달이 지나도록 닭고기를 먹고 조류독감에 감염되는 사람은 나타나지 않았다. 시간이 지날수록 20억에 대한 손님들의 탐욕도 시들해져 가고 있었다. 날씨가 풀리면서 조류독감도 완전히 물러가버렸다. 닭갈비집을 찾아오는 손님들도 현저하게 줄어들고 있었다. 그래도 제영이는 코수술에 대한 기대를 저버리지 않았다. 수시로 수술비를 조달해 달라고 떼를 쓰고 있었다. 영업이 끝나면 찬수녀석과 격렬한 말다툼을 벌이는 횟수가 점차로 늘어가고 있었다. 제영이의 눈두덩에 시퍼런 멍자국이 보이는 날도 있었고 찬수녀석의 광대뼈에 선명한 손톱자국이 보이는 날도 있었다.

날씨가 풀리면서 며칠씩 황사바람이 도시의 하늘을 뒤덮기 시작했다. 봄이 도래했다는 신호였다. 호수 연변에 늘어서 있는 수양버들에는 어느새 연둣빛 물이 오르고 있었다. 그러나 내 마음 안에는 그대로 겨울이 머물러 있었다. 내 기억의 벌판에는 아직도 시린 진눈깨비가 내리고 있었고 내 몽상의 시어들은 아직도 깊은 동면에 빠져 있었다.

나는 조류독감을 계기로 세상이 어떻게 변해버렸는가를 확연히 깨닫게 되었다. 그렇다. 이제 정신이 인간의 의식을 지배하던 시대는 종말을 고했다. 그리고 오로지 물질이 인간의 의식을 지배하는 시대가 도래했다. 나는 세상의 흐름에 편승하지 못한 채 지리멸렬하게 도태되어 가고 있는 잉여인간에 불과하다는 생각이 들었다. 내가 기억하는 모든 사실들이 환각이거나 망상일지도 모른다. 달은 이 세상에 없는 천체였다. 소요도 이 세상에 없는 여자였다. 그렇다면 저 반닫이 위에 놓여 있는 백자심경선주병과 그 뒷면에 염사되어 있는 달의 형상은 도대체 어떻게 설명해야 할까. 날이 갈수록 두통이 심해지고 있었다. 날이 갈수록 식욕도 감퇴되고 있었다.

물질만능주의와 외모지상주의로 치달아가는 세상이 진저리가 쳐질 정도로 싫어졌다. 이런 세상에서는 도저히 시를 쓸 수가 없을 거라는 강박관념이 불면증을 나날이 심화시키고 있었다. 어디론가 훌쩍 떠나버리고 싶었다. 그러나 사람이 사는 곳이면 어디든 마찬가지일 거라는 생각이 들었다.

32
내 생애 가장 길고도 지루했던 겨울은 끝났지만

"가게 문 열었냐."

"조금 전에 열었다."

"손님 많으냐."

"아직 개시도 안 했다."

"날씨가 너무 좋아서 모두들 야외로 나갔나."

"너라도 와서 개시해라."

"외상 개시라도 괜찮겠냐."

"명색이 친구라는 놈이 우정에 폭탄 터지는 소리만 지껄이고 있구나."

"손님이 없다니까 시간은 많겠구나."

"너하고 잡담 나눌 시간은 없다."

"의논할 일이 있으니까 잠깐만 기다려라."

가게 문을 열고 삼십 분 정도가 지났을 때였다. 휴대폰이 울렸다. 필도녀석이었다. 의논할 일이 있으니 만나자는 전화였다. 사실 나도 녀석과 의논하고 싶은 일이 있었다. 며칠째 줄곧 정신과 치료를 한번 받아보면 어떨까 하는 생각을 했었다. 봄이 되면서 무력감과 불면증, 식욕부진에 신경쇠약까지 겹쳐서 체중이 급작스럽게 감소되고 있었다. 갈수록 두통도 심해지고 있었다. 거울을 보면 눈두덩이 움푹 들어가고 광대뼈가 툭 불거진 미라 하나가 들어 있었다. 스스로 획기적인 변화를 선택하지 않는 한 똑같은 환경에서 똑같은 생활을 되풀이하다 결국 말라죽고 말 거라는 생각이 들었다.

가게 앞에서 십여 분쯤을 기다리자 필도녀석이 택시에서 내렸다. 이제는 완연한 봄이었다. 햇살이 눈부셨다. 김밥이라도 싸가지고 야외로 나가고 싶은 날씨였다.

"가게로 들어갈까."

"니 방에서 얘기하면 안 되겠냐."

"안 될 거야 없지."

녀석은 제법 심각한 표정을 짓고 있었다. 나는 녀석을 내 방으로 데리고 가면서 혜연이라는 여자가 무슨 문제를 일으켰는지도 모른다는 생각을 하고 있었다. 그러나 아니었다.

"봄을 기해서 사기를 좀 쳐야겠는데 밑천이 없다."

그림을 급조해서 개인전을 열 계획인데 5백만 원 정도만 빌려 달라는 것이었다. 난감했다. 나는 돈이 필요할 때만 니 친구냐. 농담조로 한 마디를 던지고 싶었지만 나름대로 급박한 사정이 있겠지 싶어서 참기로 했다.

"봄이 되니까 예술적 충동이 황사바람 부는 날 소양강 물결처럼 출렁거리는 모양이로구나. 부럽다. 나는 봄이 되어도 전혀 시적 감흥이 떠오르지 않는다."

"그렇게 거창한 이유로 개인전을 열려고 하는 건 아니야. 솔직히 말하면 생활비가 좀 필요할 뿐이야. 요즘은 어찌 된 셈인지 삽화 의뢰조차 안 들어온다. 그래서 이참에 거들먹거리는 속물들이나 한번 속여먹어 보겠다는 심산이다. 팸플릿도 찍어야지 액사도 만들어야지, 못 들어도 칠백 정도는 들겠는데 니가 오백 정도만 해결해 주면 나머지는 내가 해결할 방도가 있다. 개인전 끝나면 즉시 갚도록 할 테니까 오백만 조달해 주라."

"사정은 딱하지만 솔직히 요즘 같아서는 오백은커녕 오십도 빌려줄 처지가 못 된다."

조류독감 파동은 지나갔지만 경기가 완전히 회복된 상태는 아니었다. 찬수녀석의 동의 없이 통장에서 5백만 원이라는 거금을 인출하기도 어려운 입장이었다. 하지만 개인전을 여는 목적을 듣고 보니 더 씁쓸한 기분이었다. 혼자 살 때는 돈이 없어도 그다지 불편한 줄 몰랐는데 둘이 사니까 턱없이 돈이 모자라더라는 것이었다. 그래서 개인전을 열고 지방유지로 행세하는 고등학교 선배들한테 그림을 강매하겠다는 계획이었다. 녀석은 최소한 3백만 원씩 에 10점은 팔리지 않겠느냐고 전망했다. 이미 속여먹을 선배들의 명단까지 작성해 놓고 있었다.

"어떻게 안 되겠냐."

"정말 안 되겠다."

"개인전 끝나면 갚는다고 했잖아."

"떼먹힐까 봐 안 된다는 게 아니라 가게 사정이 어려워서 안 된다는 거다."

"쟈쉭이 왜 갑자기 이렇게 쪼잔해졌지."

"마음대로 생각해라."

나는 갑자기 필도녀석이 낯설어 보이기 시작했다. 고등학교 때부터 정물화를 그리기 위해 정돈해 놓은 과일을 베어 먹거나 북어의 눈알을 빼먹는 일을 천인공노할 범죄처럼 생각하던 녀석이었다. 대학을 다닐 때는 누드 모델의 접힌 뱃살이나 무성한 음모까지도 신의 숨결로 빚어낸 예술의 일부라고 숭고함을 표명하던 예술지상주의자였다. 그런 녀석이 얼마 전에는 섹스 파트너와 제주도 여행을 가기 위해 급조된 그림을 팔아먹었고 이제는 생활비를 조달해야겠다는 명분으로 개인전까지 열려고 든다는 사실을 나는 도저히 납득할 수가 없었다.

"그만 가봐야겠다."

"간만에 쐬주나 한잔 할까."

"생각 없다."

"삐쳤구나."

"혜연 씨가 매주 로또를 사니까 그거나 당첨되기를 기다려봐야지."

"정말로 미안하다."

녀석을 빈손으로 돌려보내면서 나는 몹시 마음이 언짢았다. 녀석은 지금까지 수시로 내게 손을 내밀었다. 그리고 나는 한번도 그 손을 뿌리쳐본 적이 없었다. 손을 내밀어야 10만 원 정도가 고작이었기 때문에 별로 부담스럽지도 않았다. 하지만 이번에는 너무 부담스러운 액수였다. 게다가 녀석의 계획이라는 것도 별로 마음에 들지 않았다.

가게로 나가보니 여전히 손님은 한 명도 들어오지 않았고, 제영이가 또 코수술 문제로 찬수녀석과 티격태격 말다툼을 벌이고 있었다. 그녀는 독서를 많이 할수록 뇌기능이 마비된다고 생각하는 반면, 텔레비전을 많이 시청할수록 뇌기능이 활발해진다고 생각하는 여자였다. 그녀는 세계명작소설 속에 등장하는 인물들에 대해서는 백지상태였지만 국내 연속극 속에 등장하는 인물들에 대해서는 백과사전급이었다. 오늘은 토요일. 때마침 가게에 비치되어 있는 텔레비전에서 〈브라보 웰빙라이프〉라는 신설 프로를 방영하고 있었다.

"너는 지금이 웰빙 시대라는 사실도 모르는 인간이야."

"도대체 웰빙 시대가 코수술하고 무슨 상관이야."

"돈만이 인간을 행복하게 만드는 것이 아니라는 생각이 웰빙의 출발이라고 했잖아."

“그렇다 하더라도 웰빙 시대에 코수술 안하면 불행해진다는 말은 못 들어봤다.”

“내가 미인이 되는 꼴을 절대로 보고 싶지 않다 이거지.”

“콧대 하나 높인다고 미인 되기는 틀린 얼굴이라는 거 너 자신도 잘 알고 있잖아.”

“눈깔에 백태가 낀 놈하고 같이 사는 내가 미친년이지.”

제영이는 코수술만이 진정한 웰빙의 구현이라고 주장하고 싶은 눈치였다. 하지만 웰빙은 외모지상주의나 물질만능주의와는 오히려 상반된 개념으로 출발한 단어였다. 정신의 허함에서 물질만능주의가 태어났고 내면의 부실에서 외모지상주의가 태어났다.

산업의 고도화는 인간에게 물질적 풍요를 가져다주기는 했지만 정신적 풍요를 가져다주지는 못했다. 현대 산업사회의 인간들은 대부분 물질적 풍요를 얻어내는 일에만 혈안이 되었고 정신적 풍요를 얻어내는 일에는 그다지 관심을 기울이지 않았다. 따라서 정신적 결핍이 심각한 공황상태를 야기시키는 단계에까지 도달했다. 우울증이 만연하고 자살자가 속출했다.

웰빙은 이러한 현대 산업사회의 병폐를 인식하고 육체적, 정신적 조화를 통해 건강하고 행복한 삶을 영위하겠다는 의지에서 만들어진 일종의 문화양식이다. 하지만 어떠한 문화든지 인간들에게 널리 퍼지기 시작하면 언제나 그 본질은 퇴색해 버리고 만다. 웰빙 식품, 웰빙 주택, 웰빙 의류는 그렇다 치고라도 웰빙 성형은 좀 억지스럽다. 결국 대부분의 인간들은 웰빙의 본질은 팽개쳐버리고 웰빙을 빙자한 돈벌이에만 심혈을 기울이거나, 육체적 건강에만 주력하는 작태를 일삼고 있다. 정신의 빈곤을 떨쳐버리겠다는 명분으로 창안한 문화가 정신의 빈곤을 불러들이는 문화로 전락해버린 것이다.

대부분의 인간들은 변하지 않을 것이다. 남이야 어떤 피해를 당하든 상관하지 않고, 자기만 잘 살면 된다는 생각 하나로 온갖 잔머리를 굴리면서, 물질의 풍요를 거머잡기 위해 악착같이 살아갈 것이다. 인간들이 만들어가는 세상도 끝내 변하지 않을 것이다. 온갖 범죄들이 꼬리를 물고 일어나고, 온갖 이변들이 다투어 초목들을 말라죽게 만들 것이다. 인간들의 가슴에서 달이 사라져버리면서 마침내 하늘에서도 달이 사라져버렸다. 해파리떼의 내습. 메뚜기떼의 대이동. 흑색겨울독나방의 출몰. 고래들의 떼죽음. 조류독감의 확산. 달이 사라져버리면서 불길한 징후들이 속출하고 있지만 이제 인간들은 자연의 경고를 판독할 능력을 상실해 버렸다.

그러나 나는 아직도 달을 기억하고 있다. 보름이면 한 마리 시조새가 되어 달빛 속을 유영하던 소요도 기억하고 있다. 노인이 주고 간 백자심경선주병에는 달이 선명하게 염사되어 있다. 그렇다. 달은 어딘가에 존재하고 있다. 나는 달을 찾아내고야 말겠다. 그러기 전에 일단 물질이 의식을 점령하고 있는 세속을 벗어나야겠다. 세속은 시가 질식해 버린 공간이다. 시가 질식해 버린 공간은 소통이 단절된 공간이다. 이제 떠나야겠다, 라고 결심하는 순간 노인의 예언을 떠올렸다. 아직도 무슨 뜻인지 나로서는 판독할 재간이 없었다.

예쁜 꽃부리 하나
속이 바싹 말라서
재앙을 스스로 불러들이네
예쁜 꽃부리를
더욱 예쁘게 만들고 싶다면
목에 진주를 걸지 말고
가슴에 눈물을 적실 일이니
세상 만물이
겉보다는 속이 중함을 알아야 하네
속이 마르고 마르면
결국 겉이 타버리는 법
그 이치를 알아
가슴을 눈물로 적실 때
지척지간으로 다가온 재앙이
만리지간으로 물러가리라.

33
짜장면과 보름달

"환자복으로 갈아입으세요."

담당 간호사가 말했다.

나는 탈의실로 들어가 환자복으로 갈아입었다. 환자복으로 갈아입고 나니 정말 환자가 되어버린 느낌이었다. 물론 담당 의사는 나를 망상증 환자로 진단했다. 하지만 나는 의사의 진단을 부정하지는 않았다. 달에 대한 정보가 기억 속에서 완전히 사려져버린 의사의 입장에서는 그렇게 진단할 수밖에 없을 거라는 생각이 들었다.

탈의실을 나서자 간호사가 환자복에 명찰을 달아주었다. 그리고 환자복에 명찰이 부착되면서 나는 완전무결한 환자의 면모를 갖추게 되었다. 간호사는 간단한 신체검사를 끝내고 나를 개방병동으로 데리고 가서 사물함을 지정해 주었다. 그리고 병원생활에 대한 전반적인 설명을 끝낸 다음 환우(患友)들에게 나를 소개시켜 주었다.

작년에 한 번 방문을 했던 경험이 있기 때문인지 개방병동은 별로 낯선 느낌이 아니었다. 그러나 작년에 나와 면담을 했던 의사와 내게 꽃사슴이 있다고 가르쳐주었던 환자는 보이지 않았다. 그러나 꽃사슴은 그대로 사육되고 있었다. 간호사에게 물어보니 나와 면담을 했던 의사는 서울로 전근을 갔고 꽃사슴이 있다고 가르쳐 주었던 환자는 병세가 호전되어 퇴실을 했다는 것이었다.

약간의 규칙과 제약이 따르기는 했지만 병동생활은 그다지 불편하지 않았다. 치료사들은 세심하면서도 친절한 태도로 나를 대했고 환우들은 소심하면서도 우호적인 태도로 나를 대했다. 환우들에게서 느껴지는 무채색 우울과 무채색 고독과 무채색 절망들은 내게도 오래도록 간직되어 있던 감정들이었다. 그래서 친근한 느낌이었다.

개방병동에서 자활치료를 목적으로 실시되는 프로그램들은 다양하면서도 재미있는 요소들을 갖추고 있었다. 문예요법, 그림요법, 원예요법, 체육요법, 서예요법, 무용요법, 공예요법, 음악요법, 연극요법. 바깥세상에서는 소홀하게 취급되는 정서들이 여기서는 어떤 치료제보다 영험한 영약으로 활용되고 있었다. 프로그램에 참여할 때는 환우들에게 묻어 있던 무채색 우울과 무채색 고독과 무채색 절망이 걷히는 시간이었다.

"나도 한때는 시인이 되고 싶었소."

환우들 중에서 내게 가장 적극적인 관심을 표명해 보였던 인물은 한도사라는 별명을 가지고 있는 남자였다. 본명은 한대규(韓大奎). 나이는 마흔두 살. 환우들 중에서는 가장 나이가 많았으며 환우반장(患友班長) 역할을 담당하고 있었다. 그는 유명 광고기획사의 팀장으로 근무하다 말 못할 사정이 생겨 급작스럽게 개방병동 신세를 지게 되었노라고 자신을 소개했다. 겉으로 보기에는 지극히 정상적인 상태여서 환자복만 걸치지 않았다면 치료사로 착각했을 정도였다. 그러나 시간이 지나면서 미심쩍은 일면들이 조금씩 드러나기 시작했다.

"이선생 혼자만 알고 계시오. 사실 나는 친일파 일당들의 눈을 피해 여기 은둔해 있는 거요."

입실한 지 일주일이 지났을 때였다. 한도사가 주변을 유심히 경계하면서 은밀한 목소리로 내게 속삭였다. 자기는 어느 날 갑자기 직장에서 이유도 없이 해고를 당했으며 그것은 자기를 제거하려는 친일파 일당들의 일차적 공작이라는 것이었다. 그는 이선생 혼자만 알고 계시오, 라고 당부했지만 이미 모든 환우들이 알고 있는 사실이었다.

"친일파 일당들이 왜 한선생님을 제거하려고 들까요."

내가 물었다.

"내가 남다른 애국심을 가진 초능력자라는 사실을 놈들이 알았기 때문이오."

그는 아직도 친일파 일당들이 세상을 장악하고 있으며 비밀리에 인재들을 색출해서 제거해 버리는 프로젝트를 진행하고 있다고 주장했다. 그는 친일파 일당들이 얼마나 야비하고 간교하며 잔인한가를 내게 설명해 주기 시작했다. 그의 판단에 의하면 얼마 전까지만 하더라도 대한민국은 친일파 일당들에 의해 통치되고 있었다. 놈들은 과거 군부독재 세력들과도 연계되어 있으며 지금도 사회 전 분야에 걸쳐 막강한 실세를 유지하면서 나라를 말아먹을 짓거리만 일삼고 있었다. 하지만 놈들에게는 한도사가 난공불락의 걸림돌이었다. 무슨 수를 써서라도 제거해야 할 인물이었다.

한도사는 지금쯤 놈들이 자기를 색출하기 위해 전국적으로 킬러들을 풀었을 거라고 예측했다. 하지만 한도사는 전혀 불안해 하는 기색이 아니었다. 자기는 초능력을 가지고 있기 때문에 놈들의 동태를 소상하게 파악할 수가 있다는 것이었다.

올봄에는 유난히 황사바람이 심하게 불었다. 환우들은 날씨에 따라 민감하게 감정이 변화되는 특질을 나타내 보였다. 황사바람이 불면 자유산책 시간에도 바깥으로 나가지 않고 대부분 휴게실에 앉아 유리창을 통해 흐리게 침몰하는 풍경들을 내다보고 있었다. 환우들의 이마에는 한 줄의 고백이 선명하게 각인되어 있었다. 지독하게 가슴이 황량해요.

하지만 한도사의 이마에서는 아무 고백도 읽어낼 수가 없었다. 그는 언제나 태연자약한 모습을 유지하고 있었다. 그의 주장을 액면 그대로 받아들이면, 그는 지구상에서 대적할 상대가 없는 초능력자였다. 마을마다 개나리꽃을 만발하게 만드는 능력, 이따금 봄비를 불러 목마른 대지를 적셔주는 능력, 삼신 할머니에게 부탁해서 자손이 없는 집안에 아기를 점지해 주는 능력, 파렴치한 정치가를 뇌졸중으로 쓰러지게 만드는 능력, 상습적으로 뇌물을 착복한 공무원을 감옥으로 보내는 능력, 가난한 사람들의 불치병을 치료해 주는 능력, 지구 온난화를 최대한 억제시키는 능력, 태풍과 해일의 진로를 변경시키는 능력, 지구가 대형 운석과 충돌하는 불상사를 미연에 방지하는 능력. 그가 입원하기 전에 남몰래 구현한 능력들만 열거해도 성경과 맞먹는 부피의 책을 몇 권은 만들고도 남음이 있다는 주장이었다. 인류가 아직 멸망하지 않고 가까스로 명맥을 유지하고 있는 이유도 순전히 그의 초능력 때문이었다.

"부시 저놈은 너무 전쟁을 좋아해서 강대국의 대통령으로는 실격이야. 후진국 빈민가에서 노점상이나 해먹으면 제격인 인물이지. 며칠 전부터 내가 염력을 보내고 있으니까 조만간 뇌졸중으로 쓰러져버릴 거야. 두고 보라구. 저놈이 업무수행 불능으로 대통령직에서 물러나면 그동안 은닉해 두었던 온갖 비리들이 들통 나서 미국 역사상 최초로 대통령 자격을 박탈당하는 사태가 발생할 거야. 불쌍한 마음도 없지는 않지만 세계평화를 위해서는 나로서도 어쩔 수가 없는 일이지."

그는 호언장담을 할 때가 많지만 그의 초능력들은 대개 삑사리로 끝나버리는 경우가 많았다. 하지만 한도사는 자신의 삑사리를 절대로 불발이라고 생각하지 않았다. 불발이라기보다는 약간의 오차에 불과하다는 주장이었다. 물론 나는 그의 말을 전적으로 신뢰하지는 않았다.

하지만 환우들은 잦은 삑사리에도 불구하고 한도사를 전적으로 신뢰하는 기색들이 역력해 보였다. 무슨 문제가 발생하면 한도사에게 초능력을 발휘해 달라고 부탁하기를 잊지 않았다. 나로서는 이해가 안 되는 부분이었다. 환우들에게 물어보니 한도사가 언제나 삑사리만 초래하지는 않는다는 대답이었다. 때로는 놀라울 정도로 효과를 나타내 보일 때도 있다는 것이었다. 그래서 삑사리가 날 때는 나더라도 한도사에게 문제 해결을 부탁해 놓으면 어쩐지 마음이 편안해진다는 것이었다.

한도사는 개방병동에서 가장 박학다식한 인물이었다. 휴게실에서 텔레비전 퀴즈 프로를 시청할 때면 거의 모든 문제의 정답을 출연자들보다 먼저 도출해 내는 실력을 보유하고 있었다. 동물의 시체에서 구더기가 들끓는 장면을 목격하고 생물은 조상의 번식행위를 거치지 않고도 자연발생이 가능하다는 엉터리 학설을 발표한 철학자가 아리스토텔레스라는 사실도 알고 있었으며, 러시아의 이반 뇌제(雷帝)가 1555년 모스크바에 성 바실리 교회를 건립했고, 그 건물보다 더 아름다운 건물이 건립되는 것을 염려하여 고의로 설계자 포스토닉과 바르마의 눈을 멀게 만들었다는 사실도 알고 있었다. 그러한 박학다식함이 환우들에게 잦은 삑사리를 무시해 버리도록 만들고 한도사에 대한 신뢰감을 돈독하게 만들어주는지도 모른다는 생각이 들었다.

"내일은 전만혁 씨와 오희연 씨의 생일잔치가 있다는 거 다들 알고 계시겠지요."

토요일 저녁에 당직 간호사가 다음날 환우들의 생일잔치가 있음을 공지해 주었다. 개방병동에서는 매월 마지막 일요일을 기해서 그달에 태어난 환우들의 생일잔치를 열어준다는 것이었다. 나는 입실하고 처음 맞이하는 생일잔치였기 때문에 기대감을 가지고 일요일이 오기를 기다리고 있었다. 다른 환우들도 기분이 약간씩 들떠 있었다.

"내일이 짜장면을 먹는 날이구나."

"일주일에 한 번씩 짜장면을 먹을 수 있도록 해 달라고 건의해 볼까."

"맞아, 그토록 맛있는 음식을 한 달에 한 번밖에 못 먹게 하다니 너무 가혹하다는 생각이야."

"퇴원하면 중국집 차리고 싶어."

환우들의 설명에 의하면 개방병동에서는 한 달에 한 번만 짜장면을 먹을 수 있었다. 평일에는 원칙적으로 외부음식 반입이 금지되어 있었다. 하지만 생일잔치가 있는 날은 중국음식을 주문할 수가 있었다.

"짜장면으로 발음하고 짜장면으로 표기하는 것이 맞습니다."

한도사의 주장에 따르면 짜장면은 짜장면이지 자장면이 아니었다. 짜장면은 무슨 까닭인지 군부독재 시절부터 자장면으로 표기되기 시작했다. 이는 특별한 까닭도 없이 국민정서를 무시한 처사다. 왜냐하면 국민들은 짜장면이 태어날 때부터 짜장면이라고 발음하고 짜장면이라고 표기했기 때문이다. 일부 학자들은 경음화회피현상(硬音化回避現象)이라고 궁색한 변명을 갖다 붙이고 있지만 왜 경음화회피현상을 짜장면에만 적용시키는가. 일관성 있게 적용시키면 짬뽕은 잠봉으로, 쫄면은 졸면으로, 찌개는 지개로, 쌈밥은 삼밥으로, 깍두기는 각두기로, 떡볶이는 덕복이로, 갈비찜은 갈비짐으로, 장아찌는 장아지로 표기해야 마땅하지 않은가. 개방병동 환우들은 한도사의 문법적 이론에 기준해서 짜장면을 발음할 때는 반드시 '짜'에 악센트를 부여하는 습관을 가지고 있었다.

"요새는 왜 짜장면에 계란을 안 넣어줄까."

"그래, 짜장면에 계란이 없으면 왠지 허전하지."

"어떤 중국집은 메추리알을 넣어주던데."

"생일잔치 때 배달되는 짜장면에는 메추리알도 없어."

"요즘은 계란 값도 싸잖아."

"짜장면에 계란을 넣지 않는 것도 친일파 일당들의 음모가 아닐까."

"목적은?"

"영양가 높은 음식이니까."

"서민들이 허약해지기를 바라는 거지."

"치사한 놈들."

간호사가 생일잔치를 공지한 다음부터 환우들의 관심사가 짜장면으로 집약되더니 계란이 등장하면서 화제는 친일파 일당의 음모론으로 발전하기 시작했다.

"얼마 전 세상을 떠들썩하게 만들었던 미녀 탤런트 엘모양의 누드 사건을 기억하고 있소?"

여기서부터 한도사가 끼어들었다. 은밀한 목소리였다. 그는 친일파 일당에 대한 이야기를 꺼낼 때는 언제나 은밀한 목소리였다.

"얼마나 지났다고 기억을 못 하겠어요."

환우들도 은밀한 목소리로 돌변해 있었다.

"나도 기억은 하고 있지만 사진은 한 장도 본 적이 없어요."

"모조리 불태워버렸으니까 사진을 못 보는 건 당연해요."

"아까버라."

환자 하나가 짤막하게 탄식을 뱉어내고 있었다.

"사실은 친일파 일당들이 선두에서 탤런트 엘모양을 쳐죽여야 한다고 목소리를 드높였다는 설이 있소."

"왜 그랬을까요."

"자기들이 받아야 할 지탄을 일시적이나마 엘모양 쪽으로 돌리겠다는 속셈이었을 거요."

미녀 탤런트 엘모양이 위안부를 소재로 누드집을 발간하겠다는 계획이 발표되자 세상은 분노의 목소리로 들끓기 시작했다. 특히 네티즌들은 연일 입에 담지도 못할 욕설로 그녀를 성토하기에 여념이 없었다. 매스컴들도 마찬가지였다. 날마다 누드집 출간에 대한 성토 퍼레이드를 벌이고 있었다. 어떤 프로는 마녀사냥을 방불케 할 정도로 공격적인 내용을 담고 있었다.

물론 자기 나라의 역사적 아픔까지 돈벌이의 소재로 삼으려 했던 기획사의 몽매한 처사는 어떤 허울 좋은 변명으로도 용서되지 않는다. 당연히 온 국민의 지탄을 받아야 한다.

어쩌면 천인공노(天人共怒)라는 말은 이럴 때 쓰라고 만들어졌는지도 모른다. 누드집 발간을 비난 저지할 목적으로 사이트 하나가 개설되자 불과 사흘 만에 4만여 명을 초과하는 네티즌들이 몰려들었다는 사실이 격분의 강도를 객관적으로 증명해 주고 있었다. 게시판에는 온갖 저주와 악담이 도배되기 시작했다. 급기야는 분노가 극에 달한 위안부 할머니들이 기획사로 몰려가는 사태까지 벌어졌다. 이에 모바일 업체들이 문제의 누드 사진을 보급하지 않겠다는 의지를 표명했고 출판사들도 눈치를 보다가 고개를 돌려버리는 영민함을 보였다. 결국 기획사는 고심 끝에 공식적인 사과문을 발표하고 문제의 필름을 모조리 불태우는 것으로 사건을 종결지었다. 물론 미녀 탤런트 엘모양도 전국민에게 눈물로 사죄를 올렸다.

그러나 한도사는 네티즌들의 극렬한 비난과 성토가 순수한 애국심의 발로라고는 생각지 않고 있었다. 그때의 분노들이 순수한 애국심의 발로였다면 벌써 친일파 일당들은 대한민국이라는 나라에서 모조리 척결되었어야 한다는 지론이었다. 민족의 반역자인 친일파 일당과 그놈들을 비호, 추종하는 무리들에 대해서는 관대할 정도로 미온적인 태도를 보이다가, 일개 여배우가 위안부를 소재로 누드집을 제작한다는 발상에 대해서는 어째서 그토록 맹렬한 관심과 증오심을 드러내 보였는지 자기로서는 도저히 납득이 안 된다는 것이었다.

"나는 그때 대중들이 자궁암은 대수롭지 않게 방치해 두고 생리통만 가지고 난리법석을 떠는 듯한 인상이 짙다는 생각을 했었소."

엘모양의 누드 파문은 친일파 일당을 척결해야 한다는 목소리가 한창 높아지고 있을 때 돌연히 부각되었고 그 때문에 그녀에 대한 지탄의 목소리가 더욱 높아졌다. 하지만 냉정하게 분석해 보면 엘모양의 누드 파문은 친일파 일당을 척결해야 한다는 중대사안을 파묻어버리는 결과를 초래했다. 그것이 한도사의 주장이었다. 그는 모든 부조리의 배후에 친일파 일당들이 포진되어 있다는 신념을 버리지 않았다. 심지어는 짜장면에 계란을 첨가하지 않는 소행도 틀림없이 친일파 일당들과 연관이 있을 거라는 판단이었다. 하지만 짜장면 속의 계란과 친일파 일당을 연계시킬 만한 과학적 근거나 논리적 합당성을 제시하지는 못했다.

"지금까지 환우들의 생일잔치 때 배달되는 짜장면에 한 번이라도 계란이 들어가 있는 걸 본 사람이 있으면 말해 보시오."

"한 번도 없어요."

"언제부터인가 계란이 사라져버렸어요."

"당신들은 왜 짜장면에서 계란이 사라져버렸다고 생각하시오."

"친일파 놈들은 조금이라도 서민들이 잘 되는 꼴을 못 보는 심사들을 가지고 있으니까."

나는 짜장면에 계란을 첨가하지 않는 문제에까지 친일파 일당의 음모가 도사리고 있다는 발상에 실소를 금치 못했지만 환우들은 그렇지 않았다. 한도사의 추론을 사실 그대로 받아들이고 있었다. 환우들의 확신은 의외로 견고해서 상반되는 의견이라도 제시하면 매국노로 간주되어 왕따를 당할 분위기였다.

"아무리 사소한 문제라도 자세히 들여다보면 그놈들의 마수가 뻗쳐 있소."

"그놈들은 남북통일을 민족의 숙원으로 생각하는 것이 아니라 한일합방 재실현을 민족의 숙원으로 생각하는 놈들이야."

환우들은 아마도 자신들의 정신적 열등감을 자부심으로 전환시켜 줄 선지자를 절실하게 필요로 하고 있는 것은 아닐까. 그런 관점에서라면 다양한 초능력과 박학다식을 겸비한 한도사가 적임자였다.

"두고 보시오."

한도사는 비장한 목소리로 환우들에게 예언했다.

"이번에는 내가 모든 중국집 주방장들한테 텔레파시를 보낼 거요. 그래서 내일은 대한민국에서 배달되는 모든 짜장면에 계란이 첨가되도록 만들 거요."

토요일. 한도사는 친일파 일당의 무계란 짜장면 관여설을 일축해 버리고 내일은 자신이 초능력을 발휘해서 계란이 들어간 짜장면이 전국적으로 배달될 수 있도록 만들겠다는 호언장담을 서슴지 않았다. 당연히 환우들은 환호성을 발했다. 그러나 나는 믿지 않았다.

이번 토요일은 유난히 외박 환우들이 많았다. 그래서 병동은 몹시 한산해 보였다. 나는 날이 갈수록 병동생활에 익숙해져 가고 있었다. 한 번도 바깥세상으로 돌아가고 싶다는 생각을 해본 적이 없었다. 개방병동에서는 환자가 치료에 필요한 프로그램을 거부할 경우에는 감점제도를 적용시키지만 투약을 거부할 경우에는 감점제도를 적용시키지 않는다. 환자의 선택에 맡기는 것이다. 그래서 나는 병원에서 제공하는 치료약을 한 번도 복용하지 않았다. 그런데도 두 주일 정도가 지나자 불면증과 두통이 사라져버렸다. 체중도 4킬로그램이나 증가했다.

일요일. 환우들은 한도사의 초능력이 자주 빽사리를 초래한다는 사실을 익히 알고 있으면서도 짜장면에 계란이 들어 있을 거라는 호언장담에 일말의 의심도 표명하지 않았다. 도대체 그런 믿음은 어디에서 연유되는 것일까. 나로서는 불가사의한 일이었다. 어쩌면 환우들은 일반적인 치료를 담당하고 있는 의사들에 대한 믿음을 훨씬 능가하는 어떤 존재를 공통적으로 기대하고 있는지도 모른다는 생각이 들었다.

오전에는 대청소를 하고 캐비닛을 정리했다. 저녁이 되자 생일잔치가 벌어졌다. 환우들끼리 얼마간의 돈을 걷어 케이크와 음료수와 과자를 준비했다. 물론 짜장면도 배달되었다. 그런데,

놀랍게도 짜장면에 계란이 첨가되어 있었다. 반으로 잘라진 계란이었다. 환우들 앞에 놓여 있는 짜장면 그릇마다 축소된 보름달이 한 개씩 떠오르고 있었다. 오랜만에 보는 짜장면 속의 계란은

눈이 부실 지경이었다. 환우들은 환호성을 질렀지만 한도사는 대수롭지 않은 일이라는 표정으로 한눈을 팔고 있었다. 물론 전국의 모든 짜장면에 계란이 첨가되었는지를 확인해 볼 수는 없었다. 그러나 한도사의 호언장담은 적중했다. 나는 갑자기 노인의 모습을 떠올렸다. 어쩌면 한도사가 달을 알고 있을지도 모른다는 생각이 들었다. 그래서 슬그머니 한도사 곁으로 다가가 속삭이는 목소리로 물어보았다.

"혹시 달이라는 천체를 알고 계시나요."

"달?"

한도사는 금시초문이라는 표정으로 고개를 가로저어 보였다. 바깥을 내다보았다. 정문을 통과한 어둠이 운동장을 가로질러 성큼성큼 병동 쪽으로 걸어오고 있었다.

34
평강공주, 개방병동에 입실하다

환우들 중에 문보연(文寶延)이라는 여자가 있었다. 병동밥을 기준으로 서열을 따지자면 나보다 석 달 정도는 고참이었다. 방년 23세. 그녀는 서울에 있는 명문대학을 2학년까지 다니는 동안 휴학을 두 번이나 했으며 그때마다 개방병동 신세를 졌던 사연을 간직하고 있었다.

개방병동에 입실해 있는 환우들을 외형적으로 판단하면, 한눈에 심각하구나, 라고 생각하게 만드는 쪽과, 아무리 보아도 멀쩡한데, 라고 생각하게 만드는 쪽이 있다. 거기에 준한다면 문보연이라는 여자는 후자 쪽이다. 평소에는 병실규칙을 철저하게 준수하고, 모든 치료 프로그램에 적극적으로 동참할 뿐만 아니라, 감정의 기복도 심하지 않은 편이다. 그런데도 환우들은 그녀에 대한 경계의 눈빛을 소홀히 하지 않는다.

"이선생. 문보연이를 조심하시오."

어느 날 한도사가 내게로 다가와 은밀한 목소리로 말했다.

"문보연이도 친일파 일당인가요."

"아닙니다. 아무래도 이선생은 문보연이에게 바보온달로 지목될 가능성이 높습니다. 요즘 문보연이가 이선생을 심상치 않은 눈으로 관찰하고 있어요."

"괜찮습니다. 제가 실지로 멍청한 부분이 많거든요. 그러니까 바보온달로 생각할 수밖에 없습니다."

"그리 간단한 문제가 아니오. 문보연이는 자기를 환생한 평강공주라고 생각하는 여자요. 문보연이한테 바보온달로 지목되면 감점받을 사건들이 연속적으로 일어납니다. 문보연이 때문에 감점을 너무 많이 받아서 전동을 간 친구까지 있을 정도지요."

전동(轉棟)은 개방병동에서 폐쇄병동으로 옮겨지는 상태를 말한다. 개방병동 환자들이 가장 끔찍하게 생각하는 극약처방이다. 어떤 난장판이라도 치료사들의 입에서 전동이라는 두 음절만 튀어나오면 즉시 사태가 수습될 정도로 환자들에게는 공포심을 유발시키는 특성을 가지고 있다.

"죄송합니다만 좀 자세하게 설명해 주시면 안 될까요."

"겉보기에는 정상인과 다름없어 보여도 일단 바보온달로 짐작되는 남자를 발견하면 그때부터 상태가 심각해지는 여자요."

한도사의 설명에 의하면, 그녀는 바보온달 전문 스토커였다. 일반 여자들이 흠모하는 꽃미남, 재벌 2세, 섹시남 따위는 거들떠보지도 않았다. 오로지 바보온달만이 그녀의 목표였다. 그녀는 일단 바보온달로 짐작되는 남자를 발견하면 장군으로 만들겠다는 일념으로 온갖 술수를 전개하는데 너무나 지능적이고 간교해서 아무리 경계를 해도 말려들지 않을 재간이 없었다.

최근 몇 년 동안 대한민국의 경제 성장률은 한사코 대가리를 땅바닥 쪽으로만 처박고 있었다. 실직자가 양산되고, 이혼율이 높아지고, 노숙자가 증가하고, 우울증이 확산되고, 자살자가 속출하고, 범국민적으로 희망이 문을 닫아버렸다. 희망이 문을 닫아버리면서, 국민들의 의식 속에는 물질만능주의가 확고부동한 신앙으로 자리를 잡았다. 그러면서 대다수의 젊은이들이 지독한 무력감 속에서 요행수나 사행심으로 인생역전을 꿈꾸는 악습에 물들어 있었다. 그 대표적인 증후군이 신데렐라 콤플렉스와 바보온달 콤플렉스였다. 대부분의 여자들이 백마를 탄 왕자님이 나타나 하루아침에 자신의 인생을 장밋빛으로 물들여주기만을 간절히 기다리고 있었으며 대부분의 남자들이 대궐을 뛰쳐나온 평강공주가 나타나 하루아침에 자신의 신분을 장군으로 승격시켜 주기만을 간절히 기다리고 있었다. 심지어는 신데렐라 콤플렉스에 걸린 유부녀도 있었고 바보온달 콤플렉스에 걸린 유부남도 있었다.

그러나 문보연은 일반적인 여자들과는 상반된 입장에 처해 있었다. 그녀는 자신의 신분을 상승시켜 줄 왕자를 간절히 기다리는 신데렐라가 아니라 자신이 신분을 상승시켜 줄 바보온달을 간절히 기다리는 평강공주였다.

"어쩌면 진짜 온달 장군이 현실사회에 적응을 못해서 정신병원에 입원해 있을지도 모른다고 식구들이 말했을 때 저는 일리가 있다고 생각했어요."

그녀는 고등학교 때 대학입시 문제로 엄마에게 이끌려 유명한 역술인을 찾아가게 되었다. 그리고 거기서 자신이 전생에 평강공주였다는 사실을 알게 되었다.

그녀는 대기업의 주요 간부인 아버지 덕분에 경제적으로는 그다지 부족감을 느끼지 않는 가정환경 속에서 성장할 수 있었다. 미모도 그만하면 자부심을 느낄 만한 수준이었고 성적도 그만하면 명문대학을 넘볼 만한 수준이었다. 역술인은 그녀가 지망하는 대학에 합격할 거라고 예언했다. 그러나 전생에 공주로 살았던 그녀의 습(習) 때문에 지나치게 고집이 세고 자존심이 강해서 가끔씩 부모님의 속을 썩이거나 당사자가 고초를 겪는 일이 생길지도 모르니 가급적이면 고집과 자존심을 죽이도록 하라는 충언도 덧붙였다.

그녀는 역술인의 예언대로 자신이 지망했던 대학에 합격했다. 대부분의 신입생들은 대학을 입신양명의 지름길로 생각했던 고등학교 시절의 망상을 그대로 간직하고 있다. 그래서 입학 초에는 온갖 기대와 희망으로 가슴이 부풀어 대학의 실체를 보지 못한다. 대학이 학문이라는 불가시적 상품을 고가로 팔아먹는 기업으로 전락해 버렸으며 졸업을 하더라도 입신양명이 보장되지 않는다는 사실을 확연히 깨달으려면 적어도 1학년 딱지 정도는 떨어져야 한다.

그녀 역시 입학 초에는 다른 신입생들처럼 온갖 기대와 희망으로 가슴이 부풀어 있었다. 그래서 지나친 고집과 자존심 때문에 부모님의 속을 썩이거나 당사자가 고초를 겪는 일이 생길지도 모르니 가급적이면 고집과 자존심을 죽이라는 역술인의 충언은 기억에서 완전히 사라져버리고 말았다.

팔봉산으로 신입생 환영 MT를 갔을 때였다. 군복무를 마치고 복학해서 3학년 과대표를 맡았다는 선배가 2학년 선배 몇 명을 거느리고 1학년에게 배당된 단체실로 들이닥쳤다. 그리고 전통이라는 명분으로 군기를 잡기 시작했다. 근엄하면서도 살벌한 분위기였다. 대학생 신분으로 MT를 온 것인지 해병대 신분으로 MT를 온 것인지 구분이 안 될 지경이었다. 선배들은 장황한 훈계를 끝마치고 후배들에게 우격다짐으로 술을 먹이기 시작했다.

하지만 그녀는 술을 마시지 못하는 체질이었다. 처음으로 소주 한 잔을 마셨는데 내장이 모조리 뒤집어지는 느낌이었다. 대학생만 보면 적개심이 불타오르는 어떤 정신병자가 소주병 속에 몰래 청산가리를 풀었을지도 모른다는 생각까지 들었을 정도였다. 시간이 지날수록 내장이 울렁거리고 머리가 지끈거려서 견딜 수가 없었다. 화장실에 가서 토하고 싶었으나 선배들은 그녀가 일어서기만 하면 엄살로 치부해 버리고 완력으로 그녀를 방바닥에 주저앉혀버리는 만행을 일삼았다. 토하고 싶으면 차라리 방바닥에 토하라는 것이었다.

두 번째 소주잔이 강제로 그녀의 코앞에 디밀어졌을 때 그녀는 반사적으로 토사물을 방바닥에 쏟아놓고 말았다. 손으로 다급하게 입을 틀어막아보았으나 허사였다. 그녀는 방바닥에 토사물을 쏟아놓으면서 견딜 수 없는 수치감에 치를 떨었다. 어처구니없게도 그녀가 방바닥에 토사물을 쏟아놓는 사건을 계기로 경직된 실내 분위기가 와해되면서 여기저기서 방자한 웃음소리가 터져 나오기 시작했다.

"결국 선배들은 사태를 대충 얼버무린 다음 퇴각해 버리고 말았소. 그런데 공교롭게도 그날 밤 그녀가 심한 두통을 진정시킬 목적으로 바깥으로 나갔을 때 군기잡기를 주도했던 복학생과 마주치게 되었지요. 그때 복학생은 제법 취해 있었고 미안한 마음을 객기로 무마시켜 볼 속셈이었는지 문보연을 붙잡고 기습 키스를 감행해 버렸소. 문보연으로서는 수치심이 극대화될 수밖에 없었을 거요."

그로부터 며칠이 지난 다음 엽기적인 사건 하나가 발생했다. 복학생이 강의를 받고 있을 때였다. 그녀가 강의실에 미리 잠입해 있다가 강의가 한참 고조될 무렵 슬그머니 복학생 곁으로 다가가서 느닷없이 만년필로 복학생의 머리통을 찍어버렸다. 강의실은 순식간에 아수라장으로 변해버리고 말았다. 하지만 그 사건은 가벼운 선전포고에 불과했다.

"극장에서 영화를 관람하고 있을 때 슬그머니 다가와서 만년필로 머리통을 찍기도 하고 카페에서 술을 마시고 있을 때 슬그머니다가와서 만년필로 머리통을 찍기도 했답니다."

"특별히 만년필만 사용했던 이유라도 있나요."

"아버지에게 입학기념으로 선물받은 만년필로 알고 있소."

"저 같으면 소중하게 생각해서 다른 도구를 사용했을 것 같은데요."

"엠티에서 겪었던 사건으로 대학에 대한 기대가 한순간에 무너져버리면서 만년필에 대한 애착이 오히려 그런 식으로 표현된 거겠지요. 만년필로는 노트 필기 한 번 못 해보고 복학생 머리통을 찍는 데만 사용했답니다. 결국 그 복학생은 문보연 때문에 휴학을 해버리고 시골집으로 내려가 있었는데 급기야는 거기까지 만년필을 들고 찾아갔답니다."

"한도사님은 그런 사실들을 어떻게 그토록 소상하게 알고 계시나요."

"이선생이 입실하기 전에 문보연의 과거지사를 다섯 차례에 걸쳐서 사이코드라마로 공연한 적이 있소. 본인이 직접 대본을 썼지요. 단막극이 아니라 장막극이었소. 대단한 역작이었기 때문에 많은 가산점을 받았지요. 다른 환자들의 치료에도 많은 도움을 주었다는 평가였소."

결국 부모들은 전문시설에 그녀의 정신감정을 의뢰했고 개방병동에서 치료를 받으면 경과가 좋아질 수 있다는 처방이 내려졌다.

그녀는 첫번째 치료를 통해 정상적인 상태를 회복했고 4개월 만에 퇴원해서 다시 순조롭게 대학을 다니기 시작했다. 그녀로서도 만년필 사건은 엽기적이었다는 생각이 들었다. 무슨 용기로 그런 끔찍한 사건을 저질렀는지 의아스러울 지경이었다. 학생들 사이에는 만년필 사건이 파다하게 퍼져서 모두들 가급적이면 그녀와의 안전거리를 확보하려고 노력하는 기색이 역력해 보였다. 그녀도 가급적이면 단체활동을 자제하고 혼자 있으려고 노력했다. 상황으로 보자면 왕따나 다름없는 신세였다. 하지만 그녀는 자업자득으로 받아들이고 그다지 억울해 하지는 않았다. 식구들도 그러한 그녀를 기특하게 생각하고 있었다.

그녀는 급우들로부터 미팅에 동참하자는 제의를 받아본 적도 없었고 남자친구를 소개시켜 주겠다는 제의를 받아본 적도 없었다. 물론 거리에서나 전철에서 그녀에게 말을 걸어오는 남자들은 있었다. 하지만 머리에 염색을 했거나 말솜씨가 교묘하거나 자신감이 넘치거나 처세술에 밝아 보이는 남자들뿐이었다. 그녀는 체질적으로 도시적인 남자들을 싫어했다. 한결같이 마음에 들지 않았다.

그런데 2학년 여름방학 때 요즘 애들이 즐겨 쓰는 말로 필이 딱 꽂히는 남자 하나를 발견했다. 컴퓨터가 버벅거려서 구입한 대리점에 전화를 걸었더니 작업복 차림에 공구가방을 지참한 AS기사가 나타났다. 그 남자를 보는 순간, 비로소 기억 저편에 잠들어 있던 평강공주가 화들짝 잠에서 깨어나, 바로 이 남자가 바보온달이야, 라고 마음속으로 부르짖게 되었다.

"혹시 컴퓨터 안에 지워지면 안 되는 파일이 있나요."

바보온달이 처음으로 그녀에게 던진 질문이었다. 어눌한 목소리였다. 하지만 그녀는 가슴이 울렁거려서 무슨 말인지 도무지 알아들을 수가 없었다.

"혹시 컴퓨터 안에 지워지면 안 되는 파일이 있나요."

"혹시 컴퓨터 안에 지워지면 안 되는 파일이 있나요."

바보온달은 똑같은 질문을 똑같은 억양으로 세 번이나 반복했다. 그제서야 그녀는 몇 가지 중요한 파일이 있다고 대답했다.

"그러면 일단 모든 파일을 노트북에다 옮겨놓아야 하는데요. 죄송합니다. 노트북을 차에다 두고 왔네요. 출장은 처음이거든요. 노트북을 가지고 와야 하니까 잠시만 기다려주세요."

컴퓨터는 신종 바이러스에 감염된 상태였다. 바보온달은 포맷을 다시 하는 수밖에 없다는 결론을 내렸다. 그녀가 보기에도 경험이 무속한 AS기사가 분명해 보였다. 포맷을 하면서도 수시로 누군가에게 전화를 걸어 방법을 물어보고 있었다. 에어컨을 틀어두었기 때문에 방 안 공기가 덥지는 않았다. 그런데도 바보온달은 자꾸만 비지땀을 흘리고 있었다. 두 시간을 소비한 끝에야 컴퓨터는 정상적인 상태를 회복했다. 바보온달이 명함 하나를 남겨두고 돌아간 다음에도 그녀는 한참 동안 울렁거리는 가슴이 진정되지 않아서 안절부절을 못했다.

그날부터 그녀는 바보온달을 집으로 불러들일 수 있는 온갖 방법들을 집요하게 연구하기 시작했다. 각종 커뮤니티를 돌아다니면서 버그에 대한 자문을 구하면 많은 정보들을 얻어낼 수가 있었다. 아버지가 다니는 회사에서 컴퓨터에 능통한 사람들을 물색하고 의도적으로 접근해서 여러 가지 트러블을 유발시키는 방법들을 입수하는 노력도 불사했다.

스피커 전원을 꺼버리고 갑자기 음악이 출력되지 않는다고 엄살을 쓰는 방법. 제어판에 들어가 의도적으로 프린트 기능을 〈사용안함〉으로 설정하고 급한 문서를 출력해야 하니 한 시간 이내로 고쳐 달라고 안달하는 방법. 고의적으로 프린터에서 잉크를 제거하고 다급한 목소리로 프린트가 안 된다고 난리법석을 피우는 방법. 종이를 반쯤 찢어서 프린터에 삽입하고 트러블을 일으켜 전혀 작동이 안 된다고 애절한 목소리로 하소연하는 방법. 컴퓨터에서 랜선, 스피커선, 키보드선, 마우스선 따위를 하나씩 제거하고 부분적으로 기능을 마비시킨 다음 절체절명의 위기에 처해 있으니 한 번만 살려달라고 간곡히 애원하는 방법. 처음에는 그런 방법들로 바보온달을 일주일에 한두 번씩은 집으로 불러들일 수가 있었다. 황당하면서도 단순한 방법들이었다. 바보온달은 올 때마다 난감한 표정을 지어 보이기는 했지만 그녀의 저의를 간파하지는 못한 눈치였다.

그러나 나중에는 바보온달을 십 분이라도 더 붙잡아두기 위해 난이도를 높여야겠다는 생각을 했다. 그녀는 바이러스 백신을 삭제해 버린 다음 여러 종류의 메신저를 통해 카페를 돌아다니면서 무작위로 다양한 프로그램들을 다운받기 시작했다. 당연히 컴퓨터는 각종 바이러스에 감염될 수밖에 없었다. 심지어는 자기가 직접 하드디스크를 포맷하고 윈도우를 다시 설치해서 바이러스를 유입시키는 방법까지 사용했다. 하드디스크를 포맷하고 윈도우를 다시 설치하면 자동적으로 바이러스가 유입된다. 그래서 컴퓨터 기사들은 필수적으로 보안 패치를 지참하고 다닌다.

"어떻게 쓰시면 컴퓨터가 이렇게 자주 고장을 일으키게 되나요."

바보온달은 어느 순간부터 의심하는 눈치를 보이기 시작했다. 하지만 그녀는 자제력을 상실해 버린 상태였다. 그래서 끊임없이 AS를 요구하는 문제들을 창출하는 일에 골몰해 있었다.

컴퓨터를 끈 상태에서 본체 옆구리를 안 찌그러질 정도로 여러 번 가격하는 방법도 있었다. 그렇게 하면 충격에 의해 램이나 그래픽 카드가 자리를 이탈해서 컴퓨터는 삑삑 소리만 연발하고 일절 작동되지 않는다. 본체를 열고 램이나 그래픽 카드를 꺼내 다시 고정시켜 주어야 제대로 작동된다. 전문가들도 속을 수밖에 없는 방법이었다. 물론 그녀는 고치는 방법도 알고 있었다. 하지만 미쳤다고 자기가 직접 고치랴.

아무튼 그해 여름방학 때부터 겨울방학 때까지 바보온달은 그녀의 집을 뻔질나게 드나들었다. 꼬리가 길지 않아도 자주 드나들면 밟히는 법이다. 결국 부모들은 그녀가 볼품없는 컴퓨터 수리공한테 미쳐 있다는 사실을 간파하고야 말았다. 집안이 발칵 뒤집어졌다. 하지만 그때쯤에는 바보온달도 자기가 농간을 당했다는 사실을 간파하고야 말았다. 그래서 아무리 AS를 요청해도 나타나지 않았다. 급기야 그녀는 스토커로 돌변해서 학교도 나가지 않고 날마다 바보온달을 쫓아다니는 일에 여념이 없었다.

그녀의 부모들은 세상의 잘난 남자들은 다 젖혀두고 하필이면 어벙하기 짝이 없는 컴퓨터 수리공을 쫓아다니느냐고 통탄을 금치 못했고 바보온달이 소속되어 있는 컴퓨터 대리점에서는 댁의 따님 때문에 우리 직원 하나가 정상근무를 할 수 없으니 제발 조처를 좀 취해 달라고 뻔질나게 전화를 걸어올 지경이었다. 그녀의 부모들은 숙고해 볼 필요도 없이 그녀를 다시 개방병동으로 보내자는 결론에 도달했다.

"그녀는 일주일 정도가 지나자 자신이 엉뚱한 남자에게 시간을 낭비하고 있었다는 사실을 깨달았소. 개방병동에는 컴퓨터 수리공보다 몇 배나 온달스러운 남자들이 많았던 거요."

도대체 어느 남자가 진짜 바보온달일까. 그녀는 점수체제를 이용해서 환우들의 지능을 테스트하는 방법으로 진짜 바보온달 찾기에 골몰하기 시작했다.

원내산책을 끝내고 인원점검 시간을 지키지 않을 때, 외출 외박 시 귀원시간을 지키지 않을 때, 개인위생을 소홀히 하거나 침상정리를 소홀히 할 때 10점이 감점된다. 거기에 준해서 문보연은 외출 외박을 나가는 환우들에게 귀원시간이 한 시간 연기되었다는 거짓말을 하거나 정리된 환우들의 침상을 몰래 어질러놓는다.

병실 내에서 욕설이나 언어폭력을 자행했을 때, 흡연장 이외의 장소에서 흡연을 자행했을 때, 병실 프로그램 진행을 방해하는 행위를 저질렀을 때, 금지된 물품을 소지하고 있을 때, 산책 시 자율통제선을 벗어났을 때, 치료팀 몰래 음주나 자가약을 복용했을 때,

타 환자의 물건을 훔치거나 허락 없이 가져갔을 때 20점이 감점된다. 거기에 준해서 문보연은 환우들을 이간질해서 말다툼을 벌이게 만들거나 자신의 소지품을 환우들의 침구 밑에 감추는 방법으로 누명을 씌운다.

타 환자에게 폭력을 사용했을 때, 물품거래나 돈거래를 했을 때, 도박행위를 했을 때, 라이터를 분실했을 때, 타 환자 및 보호자에게 금품을 요구했을 때 30점이 감점된다. 거기에 준해서 문보연은 환우들이 자기에게 폭력을 사용했다는 누명을 씌우거나 금품을 강요했다는 누명을 씌운다.

타 환자를 가해했을 때, 야간에 흡연을 했거나 라이터를 소지했을 때, 이성환자와 신체접촉을 했을 때 40점이 감점된다. 거기에 준해서 문보연은 치료팀에게 특정한 남자 환우가 야간에 담배를 피우는 광경을 목격했다고 고자질을 하거나 자기에게 상습적으로 성희롱을 했다고 하소연한다.

처음에는 치료팀이나 환우들이 문보연의 지능적인 올가미에 걸려들어 오판을 저지르거나 불이익을 당하는 경우가 적지 않았다. 그러나 갑자기 환자들의 감점기록이 증가되는 현상을 이상하게 생각한 치료팀이 문보연의 농간 때문이라는 결론을 얻어내기에는 그리 오랜 시간이 걸리지 않았다. 치료팀은 문보연에게 각별한 주의를 기울였고 환자들에게도 각별한 경계심을 유도해서 요즘은 피해를 입는 사례가 현저하게 줄어들었다. 그러나 한도사는 아무래도 그녀가 나를 보는 눈빛이 심상치 않다는 판단을 내리고 있었다.

"제가 어떻게 대처해야 합니까."

"지적인 남자로 인식시키도록 노력해 보시오."

"자신이 없는데요."

"경계하지 않으면 틀림없이 귀찮은 일이 생길 거요."

하지만 나는 다른 환우들처럼 한도사의 예지력을 절대적으로 신뢰하거나 한도사의 초능력에 기대를 거는 추종자가 되고 싶지는 않았다. 아무튼 나는 모든 환우들에게 친근감을 느끼고 있었으며 병실이 바깥세상보다는 몇 배나 평온하다는 생각을 그대로 간직하고 있었다. 그래서 특별히 문보연을 경계하지는 않았다.

병실 바깥에는 날마다 눈부신 햇빛. 가까운 산비탈마다 산벚꽃이 무더기로 피어서 축제를 벌이고 있었다. 이따금 빛에 취한 나비들이 비틀거리는 몸짓으로 허공을 날아다니는 모습도 보였다. 하지만 아직도 내 시혼(詩魂)은 깊은 겨울잠에 빠져 있었다.

35
우습지 않습니까

"웃지 않는 관객도 코미디언을 고문하는 살덩어리에 불과하지만, 웃기지 못하는 코미디언도 관객을 고문하는 살덩어리에 불과합니다."

코미디언 오대단의 말이다. 그는 세인들에게 이름이 별로 알려지지 않은 코미디언이다. 오대단은 물론 예명이고 본명은 오대현(吳大鉉)이다. 치료사들이 그를 호명할 때는 주로 본명을 사용하고, 환우들이 그를 호명할 때는 주로 예명을 사용한다. 하지만 그는 전 인류가 자신을 오대단이라는 예명으로 불러주기를 소망한다. 그의 나이는 스물일곱 살이다. 그는 성격이 몹시 활달하다. 전혀 환자 같은 인상을 풍기지 않는다. 자기도 환자가 아니라고 주장한다. 환자들도 그가 멀쩡하다는 사실을 시인하고 있다. 나보다 일 주일 늦게 개방병동에 영입된 기록을 가지고 있다.

고백에 의하면, 그는 국민학교 시절부터 대학을 졸업할 때까지 코미디언이 되겠다는 한 가지 열망만을 간직하고 살았다. 그는 가난한 집안의 외동아들로 태어났다. 아버지는 무명화가였는데 술을 너무 좋아해서 그가 일곱 살이 되던 해에 간암으로 세상을 떠나버렸고 어머니가 식당일을 거들면서 생계를 꾸려야 했다. 그는 어릴 때부터 어머니가 식당일을 끝내고 귀가할 때까지 혼자 반지하 단칸방을 지키면서 실내의 모든 사물들과 대화를 나누는 방법으로 코미디언의 초석을 다졌다.

중학교 2학년 때 어머니가 교통사고로 돌아가시자 그는 학업을 중단하는 수밖에 없었다. 그때부터 그는 본격적으로 고난을 끌어안고 살아가기 시작했다. 신문팔이, 구두닦이, 봉투 붙이기, 고물수집, 포스터 붙이기, 전단지 배포, 음식배달, 술집 종업원, 퀵서비스. 돈이 되는 일이면 무엇이든지 가리지 않았다. 그러면서도 공부를 게을리 하지는 않았다. 고입 자격이나 대입 자격을 모두 검정고시로 취득했다. 친구를 사귈 겨를이 없었다. 그는 언제나 고독했다.

"저는 지금도 코미디의 본질이 고독이라는 생각을 버리지 않고 있습니다."

그는, 진실로 고독해 본 적이 없는 인간은 타인과의 진정한 소통을 갈망해 본 적이 없으며, 타인과의 진정한 소통을 갈망해 본 적이 없는 인간은, 웃음의 궁극적인 가치를 깨닫지 못한다는 코미디 철학을 간직하고 있었다.

대학을 가서도 코미디언에 대한 그의 열망은 조금도 식어들지 않았다. 그는 대학 3학년 때 모 방송국에서 시행하는 코미디언 공개모집에 합격해서 오대단이라는 예명을 사용하기 시작했다. 그러나 별다른 두각을 나타내지는 못했다.

그는 코미디언도 시대적 사명감이 있어야 한다는 생각을 가지고 있었다. 백지를 소금물에 절여서 백김치라고 팔아먹을 수는 없다. 사회적 모순이나 부조리에 일침을 가하는 요소가 가미되지 않은 코미디는 일종의 고문이다.

그는 소재가 빈곤하고 창의력이 부족한 코미디언들이 주무기로 사용하는 성대모사나 바보 흉내를 답습하고 싶지는 않았다. 가급적이면 끊임없이 연구하고 노력해서 심오한 해학과 예리한 풍자를 구사하는 코미디언으로 성장하고 싶었다.

"곤충학자들에 의하면 호박벌은 도저히 비행을 할 수 없는 신체적 구조를 가지고 있는 동물이라고 합니다. 몸통은 지나치게 크지만 날개는 지나치게 작기 때문이라고 합니다. 과학적으로는 그 날개로 도저히 그 몸통을 공중에 띄워 올릴 수가 없다는 겁니다. 그러나 호박벌은 꿀을 채취하기 위해 하루에 약 일천 킬로미터 정도의 거리를 날아다닌다고 합니다. 어떻게 그럴 수가 있을까요. 곤충학자들에 의하면 호박벌은 자신의 몸통에 비해 날개가 작다는 사실을 일절 의식하지 못한다고 합니다. 자신의 결함을 일절 의식하지 못하기 때문에 그런 기적을 행할 수가 있다는 겁니다. 오로지 꿀만 채취하겠다는 열망 하나가 하루에 일천 킬로미터를 날아다닐 수 있는 에너지를 만들어주는 거지요."

그는 코미디에도 감동과 교훈이 있어야 한다고 생각했다. 그래서 감동이나 교훈이 있는 소재를 발굴하기 위해 끊임없이 책을 읽었다. 그리고 거기서 얻은 소재들로 새로운 기법의 코미디를 만들었다.

"호박벌에만 해당되는 이야기가 아닙니다. 인간도 얼마든지 그런 기적을 일으킬 수가 있습니다. 자신의 신분이나 체면을 완전히 망각해 버리고 오로지 돈에 대한 열망 하나로 호박벌이 날개를 움직이듯 혼신을 다해서 발버둥을 쳐보십시오. 얼마든지 놀라운 기적을 만들어낼 수가 있습니다. 도대체 어떤 기적을 만들어낼 수가 있을까요. 결과는 자명합니다. 만물의 영장이었던 인간이 오로지 돈에 대한 열망 하나 때문에 돼지나 개라는 가축으로 변해버리는 기적을 만들어낼 수가 있습니다."

그는 기괴한 동작이나 과장된 표정으로 웃음을 구걸하는 구닥다리 코미디를 좋아하지 않았다. 가급적이면 진실하면서도 참신한 스탠딩 코미디를 개발하는 일에 심혈을 기울였다. 그러나 그의 코미디는 사유를 기피하는 단세포적 인간들에게는 전혀 먹혀들지 않는 단점을 가지고 있었다. 그래서 그가 창안해 낸 아이디어들은, 관객들의 미각 맞추기에 익숙해져 있는 PD들이나 선배들에 의해 번번이 퇴짜를 맞기 일쑤였다. 코미디는 가볍게 웃어넘기면 그만이지 절대로 심오할 필요가 없다는 중론이었다.

"군대는 갔다 오셨나."

"저는 부모님이 일찍 돌아가셨기 때문에 병역의무를 면제 받았습니다."

그는 군복무를 마쳐야 하는 입사 동기들에 비해 자신이 유리한 고지를 점령하고 있다고 생각했다. 그들이 제대할 때쯤에는 최소한 무명이라는 딱지를 벗어날 줄 알았다. 그러나 아니었다. 몇 번 방송에 얼굴을 비칠 기회가 오기는 했지만 비중 있는 배역은 돌아오지 않았고 하루 종일 번화가를 돌아다녀도 그를 알아보는 사람은 아무도 없었다. 결국 입사 동기들이 군복무를 마치고 방송에 귀환할 때까지 그는 무명이라는 딱지를 떼어내지 못하고 있었다. 물론 그 바닥에는 변수가 많아서 녹화장 화장실도 못 찾을 정도로 새까만 후배가 하루아침에 스타로 급부상하는 경우도 있었지만 방송국 간부들의 승용차 번호를 모조리 외울 정도로 짬밥이 쌓인 고참들도 그다지 두각을 나타내지 못하는 경우가 허다했다.

출연료만으로는 굶어 죽기 십상이었다. 밤무대를 뛰는 수밖에 없었다. 그는 잘 나가는 선배 코미디언 하나를 줄기차게 물고 늘어진 끝에 가까스로 밤무대 하나를 뚫었다. 의정부에 소재한 일종의 극장식 카바레였다. 삼십대 전후의 손님들이 주류를 이루고 있었다.

"다행스럽게도 밤업소에서는 제법 인기가 있었습니다."

"호박벌 방식의 코미디라면 거기서는 별로 환영을 받지 못했을 것 같은데."

"방송국이 안방이라면 밤업소는 정글이지요. 정글에서 안방의 방식을 고집할 정도로 제가 사고의 유연성이 없는 놈은 아니거든요. 거기서는 주로 술꾼들이 좋아할 만한 와이담을 풀어놓습니다."

덕분에 그는 경제적 궁핍만은 면할 수가 있었다. 하지만 거기서도 끊임없이 새로운 소재를 발굴하지 않으면 살아남기가 힘이 들었다. 손님들이 이미 알고 있는 와이담이나 도덕적인 인간이 되기를 요구하는 내용의 와이담을 풀어놓았다가는, 저 술맛 떨어지는 새끼를 어디서 데려왔냐, 당장 끌어내서 아가리를 틀어막아라, 안주접시에 놓여 있던 과일 조각들과 욕지거리들이 무대 위로 빗발치듯 날아오기 십상이었다. 물론 손님들이 배꼽을 잡고 뒤집어질 때는 어느 정도의 성취감이 느껴지기도 하지만 도대체 언제까지 변강쇠 옹녀 잡아먹는 소리나 하면서 살아야 할까를 곰곰이 생각해 보면 장래가 암울하기 짝이 없었다.

"저도 재충전이 필요하다는 생각을 했습니다."

인기 연예인들은 딜레마에 빠질 때마다 재충전을 한다는 핑계로 3년 정도 외국에서 유학생활을 하다가 돌아온다. 무명의 코미디언에 불과한 그로서는 엄두도 내지 못할 형편이다. 하지만 그도 딜레마에 빠져 있었다. 이쯤에서 재충전을 하지 않으면 한평생 삼류 코미디언으로 밤업소나 떠도는 신세로 전락하게 될지도 모른다는 불안감이 수시로 고개를 쳐들었다. 그는 심사숙고를 거듭한 끝에 한 삼 개월 정도만이라도 정신병동 환자들과 같이 생활해 보면 어떨까 하는 생각을 하게 되었다.

인간은 희극적인 요소보다 비극적인 요소를 더 많이 간직하고 있는 동물이다. 그래서 울음소리는 지속적으로 길게 발하고 웃음소리는 단발적으로 짧게 발한다. 대체로 울음은 비극적인 요소와 결합해서 생성되고 웃음은 희극적인 요소와 결합해서 생성된다.

하지만 인간은 자신들이 비극적인 요소를 더 많이 간직하고 있는 동물이라는 사실을 잘 알고 있으면서도 가급적이면 비극의 부산물인 울음보다 희극의 부산물인 웃음을 더 많이 갈구하는 특성을 가지고 있었다. 그리고 코미디언 오대단은 자신이 전 인류를 웃겨야 하는 역사적 사명을 띠고 이 땅에 태어났다고 생각하는 인물이었다.

"여러분 정말로 반갑습니다. 오늘부터 여러분과 함께 생활하게 된 코미디언 오대단입니다. 솔직히 말씀드리면 저는 환자가 아닙니다. 하지만 의사 선생님은 저를 환자로 진단했습니다. 언제부터인가 사람을 만나기가 두렵고 매사에 의욕을 느낄 수가 없으며 이유 없는 불안과 초조에 시달린다고 하소연했기 때문입니다. 물론 위장입원을 하기 위해 제가 지어낸 거짓말이었습니다."

오대단이 개방병동에 입실하면서 환자들에게 던진 인사말이었다. 그는 우울함과 쓸쓸함을 어깨에 젖은 빨래처럼 걸치고 있는 환자들의 모습을 바라보면서, 마침내 자신의 노력과 재능을 마음껏 발휘할 수 있는 장소와 대상을 제대로 찾았다는 희열에 들떠 있었다. 그는 기분이 고조된 김에 환자들 앞에서 일장연설까지 늘어놓았다.

"여러분은 일본의 신흥종교 교주로 알려진 구라니까 미찌마라를 아십니까. 모르신다고요. 구라니까 미찌마라는 지금 전세계가 신종 바이러스의 위협에 노출되어 있으며 앞으로 자신의 종교를 숭배하지 않으면 전 인류가 괴질에 의해 멸망하게 될 것이라는 예언을 했지요. 물론 인류는 지금 사스니 에이즈니 조류독감이니 하는 질병들로 골치를 썩고 있습니다. 그렇다면 우리도 구라니까 미찌마라의 종교를 숭배해야 할까요. 결론부터 말씀드리지요. 여러분은 안심하셔도 됩니다. 웃을 줄만 알면 어떤 질병도 물리칠 수가 있습니다. 과학자들은 웃음이 인간의 순환기를 청결하게 만들어 주며 소화기관을 자극하여 혈압을 낮추는 효과를 나타낸다는 사실을 입증했습니다. 뿐만 아니라 병균을 막아주는 인터페론감마의 분비를 증가시켜 바이러스에 대한 저항력을 강화시키고 아울러 세포증식에도 지대한 도움을 준다는 사실도 입증했습니다. 웃음이 종양 세포를 공격하는 킬러 세포를 증식시켜 암을 치료한다는 주장도 있습니다. 심지어 어떤 의사는 인간이 하루 십오 초씩만 웃어도 수명이 이틀이나 연장된다는 학설을 발표하기도 했습니다. 따라서 사이비 교주인 구라니까 미찌마라의 당치도 않는 예언 따위에 신경을 쓰실 필요가 없습니다. 웃을 줄만 알면 절대로 죽을 염려는 없습니다. 웃음이 바로 불로장생의 지름길이요 만병통치의 대명사지요. 물론 비웃음이나 헛웃음은 아무 효과가 없습니다. 불량식품에 불과하지요. 자, 불로장생의 지름길이요 만병통치의 대명사인 웃음. 그 웃음을 여러분은 어디서 구하십니까. 어떤 약방이나 어떤 수퍼에서도 판매하지 않는 웃음. 하지만 여러분은 기대하셔도 좋습니다. 지금 여러분 앞에 서 있는 코미디언 오대단이 삼백 년 묵은 산삼과 맞먹는 웃음을 하루에도 몇 뿌리씩 여러분께 공짜로 선물해 드리겠습니다."

환자들은 오대단의 일장연설만으로도 그가 자신들과 다르다는 사실을 인정하지 않을 수 없었다. 그렇다. 환자들 중에서는 아무도 그렇게 긴 이야기를 신바람 나게 떠벌릴 수 있는 사람이 없었다. 그는 자신의 말대로 분명히 환자가 아니었다.

삼백 년 묵은 산삼과 맞먹는 웃음을 하루에도 몇 뿌리씩 여러분께 공짜로 선물해 드리겠습니다, 라고 그는 호언장담을 했지만 환자들은 별로 기대하는 눈치들이 아니었다. 아무리 산삼이라도 여기서는 자가약을 복용하면 이십 점 감점이야, 라고 누군가 시큰둥한 목소리로 그렇게 중얼거렸을 뿐이었다. 그는 대부분의 환자들이 웃음 불감증에 걸려 있다는 사실을 모르고 있었다. 그래서 틈만 있으면 코미디 보따리를 풀어놓기에 여념이 없었다.

"일본 야쿠자 오야붕과 이태리 마피아 두목과 한국 조폭 두목이 아프리카 야생동물원에서 부하들을 일렬횡대로 정렬시켜 놓고 서로 자기 똘마니들의 깡다구가 세계 최고라고 자랑을 해대고 있었습니다. 말로는 안 되겠다고 생각한 일본 야쿠자 오야붕이 부하 한 놈을 선발해서 명령을 하달했습니다. 너는 지금부터 저기 앉아 있는 수사자 앞에서 기다리고 있다가 그놈이 하품을 하면 즉시 아가리에 대가리를 디밀고 헤드뱅잉을 크게 세 번 실시한 다음 대가리를 꺼내도록 하라. 물론 야쿠자 부하는 오야붕의 명령을 그대로 수행했습니다. 그러나 도중에 사자가 입을 다물어버리는 바람에 두개골이 처참하게 으깨져 즉사해 버리고 말았습니다. 절대로 꿀릴 수 없다고 생각한 이태리 마피아 두목도 부하 한 놈을 선발해서 명령을 하달했습니다. 너는 저기 엎드리고 있는 악어의 아가리를 강제로 벌리고 대가리를 디밀어라. 그리고 입천장을 세 번 물어뜯은 다음 대가리를 꺼내라. 마피아 부하도 두목의 명령을 그대로 수행하다가 두개골이 처참하게 으깨져 즉사해 버리고 말았습니다. 마지막으로 한국 조폭 두목도 도저히 꿀릴 수 없었습니다. 즉시 부하 한 놈을 선발해서 명령을 내렸지요. 팔뚝에, 차카게 살자, 라는 문신을 새겨넣은 부하였습니다. 너는 사자가 하품을 할 때 대가리를 디밀고 헤드뱅잉을 세 번 실시하고 다시 악어의 아가리를 강제로 벌려서 입천장을 세 번 물어뜯은 다음 담배를 한 대 피우고 대가리를 꺼내도록 해라. 그러자 차카게 살자가, 조금도 망설이지 않고, 두목을 똑바로 쳐다보면서, 이렇게 말했습니다. 조까. 결국 짤막한 그 한 마디로 일본 야쿠자 오야붕도 이태리 마피아 두목도 한국 조폭 똘마니들의 깡다구가 세계 최고라는 사실을 인정하지 않을 수 없었습니다."

오대단은 틈만 있으면 환자들을 상대로 개그 보따리를 풀어놓았다. 그러나 환자들은 전혀 기대했던 반응을 나타내 보이지 않았다. 정색을 하면서, 정말 그런 일이 있었나요, 라고 물어보는 환자는 있었지만 웃음을 터뜨리는 환자는 아무도 없었다.

"프랑스의 어떤 공처가가 부인의 생일을 하루 앞두고 시장을 보러 갔습니다. 아내의 생일을 맞이해서 아내가 가장 좋아하는 달팽이 요리를 해줄 목적이었죠. 그런데 시장에서 달팽이를 사들고 돌아오는 길에 어떤 글래머의 유혹을 받게 됩니다. 할렐루야. 공처가는 이럴 때 사양하면 하나님의 은총을 묵살하는 일이라 생각하고 글래머와 하룻밤을 같이 즐겼습니다. 다음날 아침은 아내의 생일. 공처가는 눈을 뜨자마자 달팽이 봉지를 들고 허겁지겁 집으로 돌아갔지요. 하지만 외박을 어떻게 해명해야 할지 걱정이 태산 같았습니다. 한참을 궁리하던 끝에 공처가는 달팽이들을 현관 앞에 쏟아 붓고는 봉투를 소각해 버린 다음 현관의 초인종을 눌렀습니다. 초인종을 누르자 화가 머리끝까지 치밀어 오른 아내의 얼굴이 나타났지요. 공처가는 현관 앞에 널려 있는 달팽이들을 향해 소리쳤습니다. 자, 이제 다 왔어. 모두들 조금만 더 힘을 내자구."

밤업소용 개그도 먹혀들지 않았다.

"어떤 선지자가 있었습니다. 그 선지자는 하나님께 독생자 예수 그리스도를 다시 세상에 내려보내 달라고 날마다 열심히 기도를 드렸습니다. 어느 날 하나님께서 그의 소원을 들어주겠노라고 응답했습니다. 선지자가 물었습니다. 아버지시여, 저는 영혼의 눈이 멀어 예수 그리스도가 이 땅에 재림을 하셔도 알아볼 수가 없을 것 같사옵니다. 어떻게 하면 예수 그리스도를 알아볼 수가 있을까요. 그러자 하나님께서 간단한 방법을 가르쳐주셨습니다. 내 아들 예수는 인류의 죄를 사하기 위해 손발에 못이 박히는 아픔을 겪었으며 아직도 손발에 못자국이 그대로 남아 있으니 그것을 증거로 삼도록 하라. 그 말을 들은 선지자는 재림예수를 만나기 위해 온 세상을 떠돌아다니기 시작했습니다. 그러다 마침내 손발에 못자국이 있는 인격체 하나를 발견하고 발밑에 엎드려 경건한 마음으로 경배를 드렸습니다. 그때 노인 하나가 나타나 선지자에게 물었습니다. 우리 피노키오가 도대체 선생께 어떤 거짓말을 했길래 길바닥에서 이러고 계시는가요."

방송국용 개그도 먹혀들지 않았다.

왜 먹혀들지 않는 것일까. 그는 명색이 코미디언이었다. 환자들이 자신의 코미디에 전혀 반응을 보이지 않는다는 사실에 자존심이 몹시 상할 수밖에 없었다. 니들이 끝까지 안 웃고 배기나 보자. 그는 자기가 알고 있는 모든 코미디 보따리를 환자들 앞에 풀어놓기 시작했다. 그러나 환자들은 어떤 보따리를 풀어놓아도 웃음을 보여주지 않았다. 저런 시시껄렁한 이야기를 왜 신바람 나게 떠벌리고 있는 거지, 하는 표정으로 그저 시큰둥하게 그를 바라볼 뿐이었다.

하지만 그는 포기할 수 없었다. 나는 전 인류를 웃겨야 하는 역사적 사명을 띄고 이 땅에 태어난 오대단이다. 안으로는 박장대소의 자세를 확립하고 밖으로는 요절복통에 이바지할 만반의 준비를 갖추어야 한다. 좌절은 금물이다. 노력하는 자에게는 악조건이 오히려 호조건이다. 내가 여기서 환자들을 웃기지 못한다면 밖에서도 결코 성공할 수 없을 것이다. 분발하자. 웃음으로 민족의 숙원인 남북통일을 이룩할 영재는 오직 오대단 너 하나뿐이다. 분발하자. 분발하자. 그는 날마다 자신을 부추기면서 온갖 코미디로 환자들을 웃겨보려고 노력했다. 하지만 환자들은 끝내 기대했던 반응을 나타내 보이지 않았다.

36
당신이 세상에서 사라져버려도
세상은 아무것도 변하지 않는다

개방병동에서 생활한 지 한 달이 지났다. 그러나 나를 면회 오는 사람은 아무도 없었다. 찬수녀석에게 전화를 걸면 온갖 핑계를 늘어놓았다. 면회를 회피하는 기색이 역력했다. 필도녀석은 무슨 영문인지 전화를 걸 때마다 핸드폰이 꺼져 있었다. 하지만 괘씸하다는 생각도 들지 않았고 궁금하다는 생각도 들지 않았다. 지금 생각해 보면 어차피 나는 녀석들의 들러리에 불과한 존재였다.

"이선생은 집이 춘천이라면서요."

"그렇습니다."

"그런데 왜 외출 외박도 나가지 않고 병실에만 붙어 있소."

"저는 여기가 좋습니다."

"한 달이 지나도록 면회 오는 친구들도 없고."

"제가 여기 있다는 사실을 친구들은 아무도 모를 겁니다."

"그래도 가족들은 알고 있을 거 아니오."

"가족들은 오히려 제가 보살펴주어야 할 입장들입니다."

"혹시 시내에 나가도 반겨줄 데가 없으면 나하고 영화라도 한 편 핥아먹고 옵시다."

"말씀은 감사합니다만 저는 아직도 바깥세상이 지겹습니다."

한도사는 외출이나 외박을 할 때마다 나를 걱정해 준다. 그는 환우반장답게 모든 환우들을 자상하게 보살핀다. 친일파 일당들에 대한 극단적 적개심만 제외하면 그는 대인관계 부문에서 표본이 될 만한 인물이다.

춘천은 도시 한복판에 미군부대가 있다. 그리고 미군부대 주변은 함부로 건물을 신설하거나 개축할 수 없도록 규제되어 있다. 그래서 70년대 풍경 그대로다. 영화나 방송에서 70년대 풍경이 필요할 때는 상투적으로 춘천을 이용한다.

최근 한류열풍을 타고 〈겨울연가〉라는 연속극이 일본에서 대히트를 기록하면서 일본 사람들이 줄지어 춘천을 찾아온다. 춘천은 〈겨울연가〉의 촬영지로 알려져 있다. 한도사는 최근 일본 사람들이 줄지어 춘천을 찾아오는 현상에 대해서도 친일파 일당들의 음모가 도사리고 있다고 생각한다. 그가 생각하는 친일파 일당들의 음모는 언제나 국가전복으로 귀결된다. 나는 한도사가 시내로 외출이나 외박을 나갈 때마다 일본 사람들이 많이 모인 장소에서 도

시락 폭탄을 던질지도 모른다는 기우에 사로잡힌다.

개방병동에서도 아침이면 신문을 읽을 수가 있다. 자유시간에는 휴게실에서 텔레비전도 시청할 수가 있다. 그래서 바깥세상에 어떤 일들이 일어나고 있는지도 대충은 알 수가 있다.

경찰관들이 미성년자와 집단 성관계를 가지는가 하면, 어떤 경찰관은 장례식에 참석하느라 집을 비운 가정을 물색해서 금품까지 털었다. 신문과 방송이 떠들썩했었다. 그때도 한도사는 친일파 일당들이 국가전복을 목적으로 민중의 지팡이를 민중의 곰팡이로 만들고 있다는 음모설을 꺼내놓았다.

교사가 학부모와 결탁해서 학생의 시험답안을 대리작성하는가 하면, 대입 가산점을 만들어주기 위해 특정학생을 학생회장 선거에 출마시키고 다른 학생의 출마를 포기토록 종용한 사건이 보도된 적도 있었다. 도대체 어느 세상물정 모르는 인간이 행복은 성적순이 아니라고 단언했는가. 어떤 여고생은 시험지를 유출하기 위해 인쇄소 아저씨에게 몸을 헌납했다는 기사가 보도된 적도 있었다.

한국을 대표하는 사찰의 주지스님이 해외로 나가 도박으로 거액을 탕진해서 물의를 빚는가 하면, 한국을 대표하는 교회의 담임목사가 거액의 헌금을 횡령해서 물의를 빚기도 했다는 뉴스도 있었다. 교사도 경찰도 목사도 스님도 스스로 정도(正道)를 지키고 남들을 교화해야 할 사람들이었다. 그러나 이제 세상은 그야말로 믿을 놈 하나 없는 동물의 왕국으로 변해가고 있었다.

한도사는 경찰비리, 사학비리, 종교비리가 모두 친일파 일당들의 국가전복 음모와 연관이 있다는 확신을 가지고 있었다. 하지만 나는 한도사의 주장을 액면 그대로 받아들이지는 않았다. 나는 세상이 그토록 극단적으로 썩어 문드러지는 이유가 친일파 일당들의 음모보다는 달의 실종과 더 깊은 연관이 있을지도 모른다는 추측을 하고 있었다. 아무튼 나는 다시금 동물의 왕국으로 귀환할 자신이 없었다. 내게는 차라리 개방병동이 영혼의 안식처요 마음의 도량처였다. 온갖 부정과 비리가 성행하고, 온갖 범죄와 암투가 만연해 있는 저 동물의 왕국에서 지금까지 내가 어떻게 견딜 수 있었는지 의아스러울 지경이었다.

개방병동 환자들은 대부분 소심한 성격들을 가지고 있었다. 자유시간에도 무리를 짓는 법이 없었다. 각자가 멀찍이 떨어져서 시간을 보내기 일쑤였다. 그러나 그들은 많은 대화를 나누지 않아도 서로의 내면을 잘 간파하고 있는 분위기였다. 그들은 대체로 마음이 섬약해 보였고, 전신에 우울을 주렁주렁 매달고 있었으며, 가급적이면 자신의 내면이 노출되는 대화를 회피하려는 성향을 나타내 보였다. 비리니 부정이니 범죄니 암투니 하는 단어들과는 너무도 거리가 멀어 보였다.

그러나 예외적인 인물도 있었다. 한도사, 평강공주, 오대단. 그 중에서 한도사는 가장 감정의 기복이 심한 편이어서 치료사들에게 자주 지적을 받는다. 때로는 친일파에 대한 극심한 적개심 때문에 감점을 받기도 했고 때로는 지나친 성실성 때문에 가산점을 받기도 했다.

"이 새끼 친일파 아냐."

한도사의 입에서 이 말이 튀어나오면 병실 분위기가 험악해진다. 이 새끼 친일파 아냐. 환우들이 얼떨결에 일본어를 섞어 쓰면 튀어나오는 말이다. 그 말이 튀어나오는 순간에 멱살잡이가 벌어진다. 때로는 주먹질도 불사한다. 평소에는 환우들의 지킴이를 자처하는 한도사지만 얼떨결에 튀어나온 일본어를 들으면 갑자기 헐크로 돌변해 버린다. 그래서 신입환자가 들어오면 한도사는 제일 먼저 얼떨결에 일본어를 사용하는 실수를 저질러서는 안 된다는 개인수칙부터 전달한다. 물론 한도사가 만든 개인수칙이다. 그러나 일본어를 사용한다고 무조건 광분하지는 않는다. 고유명사일 경우나 문맥상 사용이 불가피한 경우에는 그대로 지나친다. 그놈의 '얼떨결에'가 문제다. 한도사는 얼떨결에 튀어나오는 일본어에 대해서는 초감각적 과민반응을 나타내 보인다.

"얼떨결에 일본어가 튀어나오는 놈들은 그만큼 침략에 대한 경계심이 희박해져 있다는 증거야."

한도사는 얼떨결에 일본어가 한 단어씩 튀어나올 때마다 땅덩어리가 한 평씩 일본놈에게 넘어간다고 생각하는 사람 같았다.

"너는 벌레만도 못한 놈이야. 선열들이 목숨을 바쳐 나라를 되찾은 지 육십 년이 지났는데 아직도 일본놈의 잔재를 의식 속에 그대로 간직하고 있어. 그러지 않아도 친일파 일당들이 이 나라를 전복시키려고 온갖 술수를 다 부리고 있는 마당에 도대체 너는 정신

상태가 어떻게 돼먹은 놈이야. 솔직히 말해서 나는 지금 네가 인간으로 보이지 않아."

평소 한도사는 나이가 한결 어린 환우들에게도 반말을 쓰는 법이 없다. 하지만 누구라도 얼떨결에 일본어를 쓰게 되면 적어도 그 순간만은 인간 이하로 취급받을 각오를 굳혀야 한다. 아무도 한도사의 광분을 말릴 재간이 없다. 온갖 욕설과 주먹질이 난무한다. 그 때문에 두 번이나 보호동 신세를 지기는 했지만 아직 안심할 단계가 아니라는 중론이다.

타 환자에게 폭력을 사용했을 때, 물품거래 및 금전거래를 했을 때, 도박행위를 했을 때, 라이터를 분실했을 때, 타 환자나 보호자에게 물품 및 금전을 요구했을 때 보호동으로 보내진다. 때로는 밴드를 착용한 상태로 관찰과정을 거쳐야 하기 때문에 개방병동 환자들에게는 폐쇄병동으로 이송되는 상황과 거의 맞먹는 처벌에 해당한다. 그래서 한도사도 각별히 조심을 하는 기색이 역력해 보인다.

하지만 일본어는 한국인들의 목구멍 속에 은밀하게 숨어 있는 낱말의 바퀴벌레다. 끈질긴 생명력을 가지고 있어서 어떤 구충제로도 완전박멸이 불가능하다. 대화를 하다 보면 얼떨결에 한 마리씩 목구멍 밖으로 잽싸게 출몰한다. 니미럴, 하고 실수를 자각하는 순간에는 이미 때가 늦었다. 한도사의 표정이 공포를 느낄 정도로 험악하게 일그러져 있는 것이다.

일본산 낱말의 바퀴벌레들 중에서도 유독 목구멍 밖으로 자주 출몰하는 놈들이 있다. 기억 속에서 그놈들만 꺼내 맥주컵에 담아도 순식간에 맥주컵이 넘쳐나게 될 것이다. 바께쓰, 쿠사리, 다마, 소데나시, 빵꾸, 노가다, 사라, 분빠이, 다대기, 쓰레빠, 쇼부, 와루바시, 기지, 후까시, 이빠이, 다이, 방까이, 쓰메끼리, 다꾸앙, 가오, 도라무깡, 빠꾸, 다마네기, 사시미, 단도리, 뼁끼, 와꾸, 앗싸리, 무대뽀, 기리, 스끼다시, 요지, 오야붕, 아나고, 기스, 야마, 구루마, 오뎅, 시다, 찌라시, 뗑깡, 데끼리, 쓰리, 시야게, 도꾸다이, 마세이, 아까징끼, 후로꾸, 함바, 다라이, 아다라시, 와사비, 작꾸, 에리, 나까마, 유도리. 이놈들은 특히 활동성이 강하다. 각별히 유념하지 않으면 아차 하는 순간에 목구멍 밖으로 튀어나와 한도사로 하여금 울화통을 터뜨리게 만든다.

한도사보다는 기질이 활달하지 않지만 평강공주도 다른 환우들과는 차별화되는 기질을 가지고 있었다. 그녀는 사교적인 일면을 가지고 있어서 모든 환자들에게 말을 자주 거는 편이었다. 그리고 자신의 감정을 숨김없이 표현하는 편이었다.

한도사의 예견대로 그녀는 한때 나를 온달 후보로 점지하고 접근을 시도했었다. 최근 그녀는 온달 후보를 물색하는 방법을 바꾸었다. 일차적으로는 간단한 암산문제를 출제해서 지능지수를 테스트한다. 예를 들자면, 초등학교 2학년 정도면 풀 수 있는 암산문제를 출제하고 그 다음에는 4학년 정도면 풀 수 있는 암산문제를 출제한다. 그리고 최종적으로 6학년 정도가 되어야 풀 수 있는 암산문제를 출제한다. 이때 오답을 제시하면 온달 후보로 찍혀서 골탕을 먹을 가능성이 짙다. 그 정도 수준밖에 안 되는 문제의 정답을 맞히고 좋아하는 낯색을 보이거나 으쓱해 하는 꼴을 보여서도 안 된다. 당연히 바보일지도 모른다는 의심을 받게 된다. 그녀는 편집증 환자이기 때문에 한 번 찍히면 그림자처럼 따라다니면서 바보온달이 환생했다는 확신을 가질 때까지 계속적으로 테스트를 실시한다. 그녀가 암산문제를 출제할 때 딴 생각을 하다가 오답을 산출했던 친구 하나가 시달림을 당하던 끝에 전동되었다는 사실을 명심하라. 그녀가 접근해 오면 정신을 바짝 차려야 한다. 일차적인 테스트를 통과해도 안심할 수는 없다. 그녀는 수시로 의심을 발동시켜 여러 가지 방법으로 테스트를 실시한다.

물론 나는 일차적인 테스트를 무난히 통과했다. 하지만 그 다음에도 몇 번의 테스트를 거쳐야 했다. 편지를 부치려면 어디로 가야 할까요. 잠자리는 다리가 몇 개일까요. 솔방울은 무슨 나무의 열매일까요. 무지개 색깔을 모두 말씀해 보세요. 나는 조금씩 짜증이 치밀어 오르기 시작했다. 그래서 어느 날부터인가 그녀가 접근해 오기만 하면 내가 먼저 질문을 던지기로 작정해 버렸다.

"나비처럼 날아서 벌처럼 쏜다고 말한 권투선수의 이름을 말해 보십시오."

"알고 있었는데 금방 생각이 나지 않는군요."

"손으로 감싸고 있으면 녹는 금속이 있는데 원소명을 아십니까."

"설마 그런 금속이 있을라구요."

"태양계 바깥에 존재하는 별 중에서 지구와 가장 가까운 별 이름을 말해 보십시오."

"모르겠는데요."

"인체에서 발생되는 생리현상 중에서 가장 강력한 분사력을 가진 생리현상은 무엇일까요."

"방귀 아닌가요."

나비처럼 날아서 벌처럼 쏜다고 말한 권투선수는 클레이(무하마드 알리)다. 그의 고조할아버지는 노예 출신으로 미국 대사를 지낸 러시아의 케시우스 마세우스 클레이에게서 이름을 얻었다. 그는 세계 헤비급 챔피언으로 유명하지만 시인이라는 사실을 알고 있는 사람은 드물다. 손으로 감싸고 있으면 녹는 금속의 원소명은 갈륨이다. 섭씨 30도에서 녹는다. 손으로 갈륨 조각을 감싸고 있으면 순식간에 녹는다. 만져도 해롭지 않다. 태양계 바깥에 존재하는 별 중에서 지구와 가장 가까운 별은 프록시마 센타우리다. 지구로부터 4광년 정도의 거리다. 시속 4만 킬로미터 속도로 달리는 우주선을 타고 가면 7만 5천 년이 걸린다. 그리고 인체에서 발생되는 생리현상 중에서 가장 강력한 분사력을 가진 생리현상은 방귀가 아니라 재채기다. 재채기를 할 때 분사되는 침방울은 시속 160킬로미터의 속도를 가지고 있다. 조심해야 한다. 재채기를 할 때 틀니가 튀어나온다면 바로 앞에 앉아 있는 사람의 두개골을 관통해 버릴지도 모른다.

전부 잡학의 대가인 필도녀석으로부터 전해 들은 상식들이다. 평강공주가 내게 질문을 던지기 전에 내가 먼저 질문을 던지고 해답을 소상하게 설명해 주는 처방은 특효였다. 그녀는 나를 온달 후보에서 완전히 제명시켜 버렸다. 그리고 이따금 내게 자문을 구하기 시작했다.

"여기서 가장 바보 같은 환자가 누구라고 생각하세요?"

"제 눈에는 그렇게 물으시는 그대가 가장 바보 같아 보이는데요."

"바보가 어떻게 대학을 다녀요."

"대학 자체가 바보를 만드는 기관인지도 모르지요."

하지만 평강공주는 환자들 전부가 온달 후보라는 즐거움 때문인지 언제나 활달한 성격을 유지하고 있었다. 문제는 상대편의 기분을 전혀 고려하지 않고 끊임없이 초등학생 수준의 질문을 던진다는 것이었다.

마지막으로 환자들과 판이하게 다른 면모를 보였던 인물은 오대단이었다. 그는 분명히 자기를 소개할 때 환자가 아니라고 말했었다. 그렇다. 그는 누가 보아도 정상인 그대로였다.

"아, 이게 바로 메리의 차로군요, 라는 문장은 모두 몇 글자로 만들어졌습니까."

"열두 글자요."

"그렇습니다. 열두 글자입니다. 그것을 네 글자로 줄여보세요."

"왜 줄여요?"

"재미로."

"글쎄요."

"모르시면 제가 가르쳐드리지요."

"뭔데요."

"아메리카입니다."

"무슨 소립니까."

"외국어를 필요로 하는 코미디는 안 통하는군요. 그러면, 니 놈이 독도를 일본땅이라고 말했냐, 라는 문장은 모두 몇 글자로 만들어졌습니까."

"열다섯 글자요."

"맞습니다. 그 열다섯 글자를 네 글자로 한번 줄여보세요."

"못 줄이겠는데요."

"그럼 제가 줄여볼까요."

"그러세요."

"죽고 잡냐, 입니다."

오대단은 여전히 환우들을 상대로 코미디를 시도해 보지만 역시 별다른 호응을 얻어내지 못하고 있었다. 그는 시간이 지날수록 자신감을 상실해 가고 있었다.

그는 그동안 환우들을 웃기기 위해 실로 눈물겨운 노력들을 보여주었다. 처음에는 그가 개발한 코미디를 모조리 풀어놓았고 나중에는 유행을 거친 코미디까지 모조리 풀어놓았다. 그러나 환우들은 웃지 않았다. 참새 시리즈. 정신병 시리즈. 김선달 시리즈. 식인종 시리즈. 욕쟁이 시리즈. 최불암 시리즈. 덩달이 시리즈. 만득이 시리즈. 사오정 시리즈. 온갖 코미디를 총망라해도 환우들은 웃지 않았다.

결국 그는 입을 다물어버리고 말았다. 그리고 다른 환우들과 마찬가지로 따로 멀찍이 떨어져서 기력 없는 모습으로 멀거니 먼 산을 바라보는 신세가 되고 말았다. 어느 날 그는 자진해서 의사와의 면담을 요청했다. 그리고 자신이 코미디 소재를 얻기 위해 의도적으로 정신병원을 찾아온 사실과 현재 자신이 지독한 절망감에 빠져 있다는 사실을 고백했다.

그날 면담을 마치고 병실로 돌아온 그의 표정은 심각해 보였다.

"제가 진짜 우울증 환자로 변해버렸답니다. 당분간 코미디 같은 건 잊어버리고 더 악화되기 전에 본격적으로 치료부터 받도록 하랍니다."

오대단이 내게만 은밀한 목소리로 전해준 의사의 소견이었다.

37
식물들, 가시를 만들다

비닐하우스에서 재배되는 화초들이 돌연변이를 일으켜 관계자들에게 당혹감을 안겨주고 있다. 충북 진천의 한 농가 비닐하우스에서 재배되는 백합들이 줄기 전체에 가시를 돌출시키는 변이현상을 나타내 보였다. 이 가시들은 모양과 크기가 장미 줄기에 부착되어 있는 가시들과 흡사했으며 재배자들은 그 때문에 채화 과정에 소요되는 시간과 인력이 몇 배로 늘어나 경제적 손실이 막대하다고 울상을 지었다. 뿐만 아니라 경기도 여주의 한 농가 비닐하우스에서 재배되는 딸기도 이파리 가장자리에 억센 가시들이 생겨서 수확기에는 적지 않은 악영향을 끼칠 것으로 예상된다. 그러나 식물들의 반란은 농가에만 국한된 현상이 아니라는 의견도 있다. 야생화의 매력에 심취되어 5년 동안 전국을 떠돌아다니며 야생화를 카메라에 담아온 사진작가 오진혁 씨(43)에 의하면, 작년부터 전국적으로 마을 인근에 서식하는 야생화에서도 변이현상이 나타나기 시작했다고 한다. 평소 가시가 없던 야생화에서도 가시가 발견되기 시작했다는 것이다. 식물들이 극단적 위기상황을 반복해서 경험하게 되면 종족을 보존하기 위한 방어수단으로 가시를 개발할 가능성이 있으며 명확한 원인을 규명하기 위한 체계적이고 전문적인 조사연구가 시급하다는 의견이 학계의 중론이다. (종합통신)

38

한 번도 서울에 가본 적이 없는 사람이 동대문에 문지방이 있다고 우길 때 서울 사람들은 동대문에 문지방이 없다는 사실을 어떻게 증명할 수 있을까

"투약을 계속 거부하실 건가요."

황기환(黃基煥) 박사가 물었다.

나는 황기환 박사의 집무실로 호출되어 상담에 임하고 있는 중이었다. 추궁하는 어투는 아니었다. 그런데도 나는 무슨 답변이라도 해야 할 것 같은 부담감에 사로잡혀 있었다. 하지만 그가 수긍할 만한 답변은 떠오르지 않았다.

어제는 한차례 비가 내렸고 오늘은 햇빛이 눈부셨다. 나는 유리창을 통해 햇빛이 눈부신 바깥 풍경들을 내다보고 있었다. 바깥 풍경들은 어디에 시선을 두어도 현기증을 느낄 정도로 말끔하게 세척되어 있었다. 어느새 수목들은 초록빛이 짙어져 가고 있었다.

집무실은 방음장치라도 되어 있는지 아무 소리도 들리지 않았다. 모든 인간들이 다른 별로 이주해 버리고 두 사람만 집무실에 남아 있는 듯한 분위기였다. 황기환 박사가 담배 한 개비를 꺼내 내게로 내밀었다. 환자는 지정장소에서만 담배를 피울 수 있었다. 긴장을 풀어주기 위한 배려 같았다. 괜찮습니다, 라고 나는 가볍게 사양의 뜻을 표명했다.

황기환 박사는 개방병동 담당 전문의였다. 사십대 중반의 나이로 호남형의 얼굴에 부드러운 성품을 가지고 있었다. 언제나 얼굴 가득 미소를 머금고 있었다. 개방병동 환자들 사이에는 뢴트겐이라는 별명으로 통하고 있었다. 환자들의 마음속을 훤하게 들여다본다는 의미로 붙여진 별명이었다.

"약을 먹지 않아도 나을 자신이 있는 것 같아서요."

나는 자신감이 서려 있는 목소리로 그렇게 대답하는 수밖에 없었다. 하지만 의사의 입장에서 보면 나는 달이라는 천체가 실재했다는 망상 때문에 사회생활에 장애를 겪고 있는 정신질환자였다. 투약을 거부한다는 사실은 치료를 거부한다는 사실과 진배없었다. 하지만 황기환 박사는 내가 투약을 거부하고 있다는 사실에 대해서는 그다지 신경을 쓰고 있는 것 같지 않았다.

"달이라는 천체에 대해서 한 번 더 자세히 설명해 주시겠습니까."

"지난번 상담시간에 충분히 설명해 드린 걸로 기억하고 있습니다. 죄송합니다만 저로서는 더 이상 자세하게 설명해 드릴 방법이 없습니다."

"좋습니다. 그렇다면 달이 실지로 존재했었다는 사실을 과학적이고 논리적인 방법으로 증명하실 수 있습니까."

"저로서는 불가능합니다."

"달과 연관해서 특별히 떠오르는 사건이나 추억이 있으면 서슴지 말고 말씀해 보십시오."

나는 그의 요구에 어떻게 대처해야 현명할까를 생각해 보고 있었다. 달에 관한 기억들을 열거하면 열거할수록 상태가 심각하다는 확신만 증대시킬 것이다. 하지만 개방병동에서 생활하는 동안 두통도 사라져버렸고 불면도 사라져버렸다. 신체적으로나 정신적으로 많이 좋아졌다는 느낌을 가지고 있었다. 내가 달과 연관된 사건이나 추억들을 그대로 말해 버리면 전혀 차도가 없는 환자로 분류해서 폐쇄병동으로 전동시켜 버릴지도 모른다는 생각이 들었다.

"물론 과학적으로나 논리적으로 설명할 수 없는 현상들이 우리 주변에 산재해 있다는 사실을 저도 부인하고 싶지는 않습니다."

황기환 박사는 뢴트겐이라는 별명답게 내 심중을 훤히 들여다보고 있음이 분명했다. 부인하고 싶지는 않습니다, 라는 말 다음에는 그러니까 한번 말씀해 보세요, 라는 말이 생략되어 있었다. 하지만 나는 입을 다물고 있었다.

"혹시 달이라는 천체를 같이 목격한 사람이 있습니까."

나는 소요를 생각했다. 그러나 소요의 실체도 증명할 방법이 없었다. 섣불리 입을 열었다가는 의식 전체가 망상으로 가득 차 있다는 심증을 안겨줄 가능성이 짙었다. 억울하다는 생각이 들었다. 진실이 망상으로 오진되고 있다는 사실만은 수정하고 싶은 심경이었다.

한때 인간들은 프톨레마이오스의 천동설(天動說)을 믿었다. 그리고 천동설은 1천 4백여 년 동안 태양계의 운동을 설명하는 유일한 이론으로 존속되었다. 천동설은 당시 교황청의 공인교리였다. 코페르니쿠스는 프라우엔부르크 성당의 신부였다. 하지만 천동설을 부정하고, 지구가 자전하는 행성이며 태양을 중심으로 공전하고 있다는 지동설(地動說)을 발표했다. 코페르니쿠스의 지동설은 당시 교황청의 공인교리를 전면적으로 부정하는 도전장이나 다름이 없었다. 얼마나 많은 지탄의 돌들이 코페르니쿠스의 머리 위로 떨어져 내렸을까.

당시에도 인터넷이 있었다면 마녀사냥을 좋아하는 네티즌들이 온갖 욕설로 코페르니쿠스를 성토하기에 여념이 없었을 것이다.

신부가 되더니 겁대가리가 없어졌구나 코페르니쿠스.

니 이론대로 지구가 돈다고 치자, 하지만 어지럽지 않은 이유는 어떻게 설명할 거냐.

엉터리 신부야 아가리 닥치고 딸이나 잡다가 자빠져 자거라.

즐이다 씹새야.

너의 무뇌아적(無腦兒的) 발상에 나는 심장마비를 일으킬 뻔했어.

개쉐이, 그렇게 뜨고 싶었냐.

그러나 진실을 세상에 알리고자 하는 자에게는 언제나 적군만 있는 것이 아니다. 후일 갈릴레이가 자신의 천문관측에 의거하여 코페르니쿠스의 지동설에 대한 믿음을 피력했고 그것이 로마 교황청의 반발을 사기 시작했다. 그리고 지동설에 관해 자신이 섬기는 대공(大公)의 어머니와 제자들에게 편지 형식으로 자신의 생각을 전달했는데 그로 인해 갈릴레이는 재판에 회부되어 앞으로 지동설을 일절 발설하지 말라는 경고를 받았다. 그러나 갈릴레이는 계속적인 집필을 통해 지동설을 확립하려는 노력을 게을리 하지 않았다. 그로 인해 심문관으로부터 몇 번이나 신문을 당했으며 결국 울며 겨자 먹기 식으로 자신의 위법행위를 자인하지 않을 수 없었다. 후일 갈릴레이는 알체토리의 옛집으로 돌아와 시력을 잃어버린 상태로 저술에 힘쓰다 세상을 떠나고 말았지만, 장례를 치르는 일과 묘소를 마련하는 일조차도 허용되지 않았다.

어느 시대를 막론하고 그 시대의 권력은 진실을 전파하려는 자들을 매장시키고 싶어하는 특성을 나타내 보인다. 그들이 전파하려는 진실이 어떤 분야에 해당하는 것이든 무조건 적대적인 관계로 해석해 버리는 것이다. 그것은 권력의 실체가 진실을 바탕으로 이루어진 것이 아니라 가식을 바탕으로 이루어진 것이라는 사실을 증거한다. 하지만 수많은 지탄의 돌들이 코페르니쿠스의 머리 위로 떨어져 내리는 그 순간에도 지구는 돌고 있었다. 갈릴레이가 시력을 잃어버린 채로 집필에 몰두하던 그 순간에도 지구는 돌고 있었다. 그리고 온 인류가 그들의 이름을 기억하지 못하는 먼 미래에도 지구는 돌고 있을 것이다.

한 번도 서울에 가본 적이 없는 사람이 동대문에 문지방이 있다고 우길 때, 서울 사람들은 동대문에 문지방이 없다는 사실을 어떻게 증명할 수 있을까. 게다가 어떤 놈들은 곁에서 맞장구를 친다. 동대문 문지방은 재질이 박달나무다. 동대문은 인구가 조밀하기로 소문난 서울에서도 특히 사람들이 뻔질나게 드나드는 사대문 중의 하나다. 박달나무같이 단단한 재질이 아니면 금방 닳아 없어진다. 그래서 나무 중에서도 가장 목질이 단단한 박달나무로 문지방을 만들었다. 이런 식으로 맞장구를 치는 놈들이 늘어갈수록 동대문을 직접 가본 사람은 복장이 터질 수밖에 없을 것이다.

하지만 문제는 간단하다. 서울로 데리고 가서 동대문을 직접 보여주면 된다. 달의 존재 여부에 대해서도 마찬가지다. 달이 없다고 우기는 사람에게는 달을 직접 보여주면 된다.

그러나 어쩌겠는가. 어처구니없게도 달은 하늘에서도 사라져버렸고 인간들의 기록에서도 사라져버렸다. 소요도 사라져버렸다. 소요는 유일한 증인이자 아군이었다. 하지만 그녀가 존재했다는 사실 또한 증명할 방법이 없었다. 나는 무력감에 진저리를 치다가 어느 날 자진해서 개방병동을 찾아온 신세였다. 내 보잘것없는 능력으로는 과학적으로도 논리적으로도 달이 실재했음을 증명할 방법이 없었다. 증명할 방법이 없었지만, 진실을 허구라고 번복할 생각은 추호도 없었다.

"목이 마른데요."

내가 말했다.

황기환 박사는 일단 내게 냉수를 한 컵 따라주었다. 그러더니 문득 생각났다는 표정으로, 오늘 경남 하동에서 보낸 햇차가 도착했는데 같이 한 잔 마셔보지 않겠느냐고 제의했다. 나는 대답하지 않았다. 대답하지 않았는데도 황기환 박사는 서가 한쪽에 설치되어 있는 서랍장에서 다기들을 꺼낸 다음 전기 포트에 물을 끓이기 시작했다.

"녹차를 신봉하던 완치환자가 직접 법제해서 보낸 겁니다."

황기환 박사는 물이 끓기를 기다리면서 녹차에 대해 설명하기 시작했다. 주탁차청(酒濁茶淸), 술은 마실수록 정신이 탁해지고 차는 마실수록 정신이 맑아진다. 자기는 차를 벗하기 전에 술을 벗한 경력을 가지고 있다. 그러나 지금은 술을 멀리하고 차를 가까이 한다. 처음에는 차에 관심이 없었는데 작년에 자신이 치료했던 환자 때문에 차에 관심을 가지기 시작했다. 그 환자는 삼십대 중반이었고 차를 무슨 종교처럼 신봉하고 있었다.

물론 차는 종류를 열거하기 힘들 정도로 다양하다. 솔잎차, 허브차, 국화차, 댓잎차, 마로니에차, 설연차, 대추차, 모과차, 감잎차, 오가피차, 율무차, 레몬차, 매화차, 재스민차, 뽕잎차, 쑥차, 쌍화차, 칡차, 계피차, 당귀차, 인삼차, 둥글레차, 유자차, 생강차, 결명자차, 산수유차, 호도차, 귤피차, 동규자차, 들깨차, 커피. 식물의 잎이나 뿌리나 열매는 모두 차가 될 수 있다.

그러나 그 친구는 오로지 녹차만을 신봉했다. 녹차 중에서도 야생 녹차만을 신봉했다. 인간이 사업을 목적으로, 대규모 재배단지를 조성하고, 비료와 농약을 뿌려가면서 생산한 녹차는, 별로 탐탁지 않게 생각했다. 그 친구는 차나무를 지구상에서 가장 신성한 식물로 생각하고 있었다.

녹차는 비만을 치료한다. 녹차는 피부미용에 좋다. 녹차는 스트레스를 해소시킨다. 녹차는 충치를 예방한다. 녹차는 무좀을 퇴치한다. 녹차는 알코올을 해독한다. 녹차는 당뇨를 치료한다. 녹차는 니코틴을 분해시킨다. 녹차는 중금속의 흡수를 막아준다. 녹차는 고혈압을 예방해 준다. 녹차는 암세포의 성장을 억제시킨다. 그 친구의 말을 액면 그대로 받아들이면 녹차를 마시는 행위는 생명수 자체를 마시는 행위였다.

그런데 그 친구는 어처구니없게도 차나무의 신(神)이 있다는 믿음을 간직하고 있었다. 그래서 차나무를 숭배하는 종교를 만들겠다는 망상에 빠져 있었다. 급기야는 차나무의 신과 대화를 나눈답시고 하루에도 몇 번씩 알아들을 수 없는 방언을 쏟아내기도 했다. 가족들이 정신과 치료를 의뢰할 수밖에 없었다.

"나중에 조사해 보니 그 친구가 말한 녹차의 효능은 거의가 과학적으로 입증된 결과에 근거를 두고 있었지요. 하지만 역기능도 있습니다. 건조하고 냉한 체질을 가진 사람이 녹차를 많이 마시면 소화불량증이나 혈압저하현상이 나타날 수도 있습니다. 그리고 녹차에는 카페인이 함유되어 있기 때문에 불면증이 있는 사람에게는 좋지 않습니다. 특히 재배된 녹차일 때는 농약제거 여부도 생각해 보아야 합니다. 물론 농약이 제거된 녹차라면 몸이 건조하고 냉한 사람도 가끔 한두 잔씩 마시는 건 무방하겠지요. 그런데 대한민국이 종교의 자유를 헌법으로 보장하는 나라이기는 하지만 차나무의 신을 숭배하는 종교를 만들겠다는 발상은 아무래도 수많은 문제들을 야기시킵니다. 그 친구는 가족들의 강요에 따라 개방병동에서 석 달간 치료를 받았지요. 처음에는 다소 치료에 어려움을 겪었는데 시간이 지날수록 경과가 좋아서 석 달 만에 정상적인 사회생활을 할 수 있는 상태로 호전될 수 있었습니다. 하지만 그 친구가 직접 법제한 녹차를 보내올 때마다 저는 어쩌면 치료팀이 그 친구한테 감쪽같이 속았는지도 모른다는 생각을 합니다. 두뇌가 아주 명석한 친구였거든요. 그 친구는 차를 보내면서 저를 신도로 포섭하고 있는 중인지도 모릅니다."

황기환 박사가 장난기 섞인 웃음을 한입 베어 물고는 내게 녹차 한 잔을 따라주었다. 마셔보니 시중에서 마시던 녹차와는 비교할 수 없는 맛과 향을 느낄 수 있었다.

"저는 녹차 때문에 망신을 당한 기억이 있습니다."

소요와 어떤 찻집에 들어간 적이 있었다. 소요의 단골 찻집이었다. 그녀는 자기가 차를 마시러 그 찻집을 찾아가는 손님이 아니라 추사(秋史)의 글씨를 감상하러 그 찻집을 찾아가는 손님이라고 말한 적이 있었다. 한쪽 벽에 송로지실(松爐之室)이라는 액자가 걸려 있었다. 소요는 송로(松爐)라는 단어가 차를 달일 때 물이 끓는 소리가 솔숲에서 바람이 일어나는 소리를 연상시킨다는 연유로 쓰여졌으며 아마도 차를 즐기는 어느 선비의 방문 앞에 현판으로 선물

한 글씨일 거라고 추정했다. 차를 달일 때 물이 끓는 소리를 솔숲에 바람이 일어나는 소리로 표현하다니, 그 경지에 비교하면 나는 아직 멀었다는 생각이 들었다.

주인이 와서 무슨 차를 드시겠느냐고 물었을 때 소요는 메뉴판을 보지도 않고 녹차요, 라고 말했다. 그때 나는 메뉴판을 보기가 귀찮아서, 같은 걸로, 라고 말해 버리고 말았다. 거짓말 같지만 나는 녹차가 처음이었다. 소요가 화장실에 가기 위해 잠시 자리를 비운 사이 공교롭게도 주인이 와서 뜨거운 물 한 잔과 조그만 티백 하나가 놓여 있는 접시를 갖다 주었다. 그리고 좋은 시간 되십시오라는 인사를 남기고 돌아갔다.

사실 나는 그 이전까지 차라면 무조건 커피만을 연상했다. 어디를 가서도 다른 차를 시켜본 적이 없었다. 간혹 식당이나 가정집에서 식사를 끝내고 디저트로 모과차나 대추차 따위를 내오면 예의상 한 모금 정도를 마셔보기는 했지만 그것을 차로 인식하지는 않았다. 어디 가서 무슨 차 드시겠어요, 라는 질문을 받으면 당연히 커피요, 라고 대답했다. 찻집에서 녹차를 시켜보기는 그때가 처음이었다.

나는 일단 티백을 컵에다 집어넣었다. 티백을 언제쯤 꺼내야 할까. 그러나 홍차를 접해본 적은 있었으므로 별로 다르지 않을 거라는 생각을 하고 있었다. 컵 속의 찻물이 점차 노란 빛깔로 물들어 가고 있었다. 나는 티백을 꺼내지 않은 상태로 찻잔을 입술 끝에 갖다 대고 차를 조금만 마셔보았다. 구정물처럼 맛대가리가 없었다. 코끝으로는 김 비린내와 흡사한 향이 맡아졌으며 혀끝으로는 약간 떫은맛이 느껴졌다. 나는 이런 맛이라면 더 우려내보았자 맛이 나아질 리가 없다는 판단에서 티백을 꺼내버렸다. 그리고 설탕 용기를 찾아 티스푼으로 설탕을 두 스푼만 찻잔 속에 풀었다. 그때까지도 나는 그렇게 맛대가리가 없는 차를 설탕도 타지 않고 그냥 마신다는 생각을 할 수가 없었다.

내가 티스푼으로 설탕을 휘젓고 있을 때 소요가 나타났다. 소요는 자리에 앉아 티백을 찻잔 속에 집어넣었다. 그리고 조금 기다렸다가 티백을 건져낸 다음 설탕을 타지 않은 채로 마시기 시작했다. 젠장, 나는 그제서야 녹차에는 설탕을 타지 않는다는 사실을 알게 되었다.

"어, 나는 녹차가 처음이라서 설탕을 타버렸어."

"녹차에 설탕을 타 드셔도 국가발전에 그다지 저해되지는 않을 거예요."

"하긴, 티비 보니까 콜라에 밥 말아먹는 사람도 있더구만."

"그 음식 이름이 궁금하네요."

"콜밥 아닐까."

소요는 티백이 녹차의 기품이나 운치를 감안하지 않고 오로지 대중적인 보급만을 목적으로 도입한 포장법이라고 말했다. 그리고 전통적으로 녹차를 마시려면 어떤 다구(茶具)들이 있어야 하며 어떤 자세로 마셔야 기품과 운치가 살아나는가를 소상하게 설명해 주었다.

그날 나는 소요를 통해 초의선사(草衣禪師)가 녹차를 마시다 홀연히 깨달음을 얻었다는 사실도 알게 되었다. 어느 날 한 제자가 최상의 차맛이 어떤 것이냐고 초의선사에게 물었을 때, 차맛은 천차만별이어서 어떤 맛이 최상이라고 단정할 수는 없지만 자기는 봄빛이 언뜻 지나간 맛을 즐긴다고 대답했다는 일화도 전해 들었다. 나는 봄빛이 언뜻 지나간 차맛을 한 번도 느껴본 적이 없지만 초의선사의 답변은 선시(禪詩)와 버금가는 오묘함을 내포하고 있었다.

"설마 지금 마시는 이 차에서 그런 맛을 기대하시는 건 아니겠지요."

황기환 박사가 말했다.

"어떤 자라 하더라도 저는 갈증해소로 만족하겠습니다."

"그렇게 말씀해 주시니 한결 부담감이 덜어집니다. 그런데 그 여자분과는 어떤 관계였나요."

"저도 어떤 관계라고 명확히는 말씀드릴 수가 없습니다."

"그렇게 말씀하시니까 더욱 궁금해지는데요."

"사실대로 말해도 믿어줄 사람이 없습니다."

그녀는 유일한 달의 증인이자 목격자였다. 그러나 그녀는 어느 날 홀연히 달과 함께 잠적해 버리고 말았다. 나는 그녀를 한시도 잊어본 적이 없었다. 새벽녘 선잠결에 들려오는 벽시계의 초침소리. 머리맡에 산재해 있는 파지들. 월요일이 사라져버린 달력. 골목마다 잠복해 있는 안개의 복병들. 숙취를 달래기 위해 혼자 끓여

먹는 아침 컵라면. 빨간색 우체통. 황사가 범람하는 거리. 나른한 햇살. 벚꽃이 만발한 봄날의 공지천. 물비늘. 삼악산을 넘어가는 뭉게구름. 해거름녘. 이별이라는 단어가 들어 있는 대중가요. 흐린 날의 첼로 조곡. 한밤중의 빗소리. 환절기의 독감. 가을날의 기적 소리. 이하(李賀)의 한시(漢詩)들. 겨울비. 구봉산 전망대에서 바라보는 시가지의 젖은 불빛들. 밤마다 찾아오는 참혹한 불면. 들리는 모든 것들이 그녀와 결부되어 있었고 보이는 모든 것들이 그녀와 결부되어 있었다.

"연인 사이였습니까."

"그렇다고 하기에는 합당치 않은 요소들이 너무 많습니다."

나는 그녀와의 관계를 표현할 수 있는 단어를 쉽사리 찾아내지 못하고 있었다. 황기환 박사가 내 찻잔에 녹차를 따르고 있었다. 석 잔째였다.

"혹시 그 여자분이 이곳으로 면회를 오신 적이 있습니까."

"지금은 종적이 묘연합니다."

"말씀하시기 곤란한 점이 있으시다면 말씀하지 않으셔도 상관이 없습니다. 오늘은 같이 차를 마시는 걸로 면담을 대신하기로 하지요."

"믿어만 주신다면 말씀드릴 수도 있습니다."

소요에 대해서 말해 주면 과연 황기환 박사는 어떤 진단을 내릴까. 달이 존재했다는 사실도 내게는 명료한 진실이었고 소요가 존재했다는 사실도 내게는 명료한 진실이었다.

나는 임금님 귀가 당나귀 귀라는 사실을 알고 있었다. 하지만 사실대로 말해도 믿어줄 사람이 아무도 없었다. 동화 그대로 땅에 구멍이라도 파고 소리치면 어떨까. 임금님 귀는 당나귀 귀. 임금님 귀는 당나귀 귀. 동화에서는 구멍 주변에 대나무들이 무성하게 자라나서 바람이 불 때마다 임금님 귀는 당나귀 귀라고 소리친다. 동화는 어떤 경로를 통해서든 진실은 반드시 밝혀지기 마련이라는 교훈을 담고 있다. 하지만 현실적으로는 내가 간직하고 있는 진실이 밝혀질 가능성은 희박하다.

세상이 판이하게 달라져 있었다. 진실은 중요한 문제가 아니었다. 사람들은 자신과 직접적인 손익관계가 없다면 임금님 귀 따위는 일절 상관할 필요가 없다는 태도로 살아가고 있었다.

"제가 오늘부터 임금님 귀는 당나귀 귀라고 소리치는 대나무가 되어드리면 어떨까요."

황기환 박사가 진지한 표정으로 말했다. 환자의 심중을 간파하기 위해 사무적으로 던져본 말은 아닌 것 같았다. 진정성이 내포되어 있었다. 느낌이 그랬다. 그의 이러한 일면이 개방병동 환자들의 신뢰감을 유발시키는 요인으로 작용하고 있는지도 모른다는 생각이 들었다. 마음속에 도사리고 있던 경계심 한 덩어리가 흐물흐물 맥없이 풀어지고 있었다.

"그 여자는 소요라는 이름을 가지고 있었습니다."

나는 마침내 입을 열었다. 그리고 소요를 처음 만나던 날부터 지금까지의 기억들을 모조리 털어놓기 시작했다. 당연히 달이라는 천체가 자주 언급될 수밖에 없었다. 그러나 황기환 박사는 반론을 제기하거나 의문을 표명하지 않았다. 소요가 잠적하고 달이 실종되는 대목에 이르렀을 때였다. 황기환 박사의 핸드폰이 울렸다. 황기환 박사는 받지도 않고 배터리를 제거시켜 버렸다.

"이렇게 해보면 어떨까요."

내 이야기를 다 듣고 난 황기환 박사가 입을 열었다.

"지금까지 제게 들려주신 이야기를 연극으로 만들어서 개방병동 환자들에게 보여줍시다. 그러면 환자들이 모두 대나무가 되어서 저 하늘에 달이라는 천체가 있었다고 소리쳐줄지도 모릅니다."

39
길섶에 조팝나무 꽃들이 무더기로 피어 있었다

"이만하면 충분하지 않을까요."

오대단이 이마에 맺힌 땀을 손바닥으로 닦아내며 작업을 끝내자는 의사를 비쳤다.

"그만할까."

나도 일손을 멈추었다.

우리는 병원 근처 야산에 올라 꽃사슴의 먹이로 쓰일 산야초를 채취하고 있었다. 그날은 오대단과 내가 꽃사슴 당번이었다. 환우들이 하루에 두 명씩 번갈아가면서 꽃사슴을 돌보고 있었다. 꽃사슴의 우리를 청소하거나 먹이를 공급하는 일이 당번들에게 주어진 임무였다. 당번들은 봄철로 접어들면서 근처 야산에서 꽃사슴의 먹이로 쓰일 산야초들을 채취해 오기도 했다.

치료팀은 꽃사슴을 돌보게 하는 일도 정서적 치료의 일환이라고 생각하고 있었다. 적극성을 가지고 꽃사슴을 돌보면 가산점이 부여되기 때문에 환우들은 대부분 꽃사슴에 대해서라면 전문가와 버금가는 지식들을 습득하고 있었다.

"아무리 생각해도 환우들을 이해할 수가 없어요."

오대단이 말했다.

그는 아직도 틈만 있으면 코미디의 소재를 발굴하는 일에 주력했지만 예전보다는 의욕이 많이 떨어져 있는 느낌이었다. 다른 환자들과 마찬가지로 그의 어깨에도 이따금 무채색 우울이 흐린 날의 빨래처럼 펄럭거리곤 했다.

"정상인의 시각으로 보면 환우들을 이해하기 힘들겠지."

내가 말했다.

채취한 산야초 더미는 그대로 끌어안고 야산을 내려갈 수 있는 부피가 아니었다. 나는 칡넝쿨을 적당한 길이로 잘라서 산야초 더미를 단단히 묶었다. 그래도 부피가 상당했다.

"저도 이제는 정상인이 아니고 우울증 환자잖아요. 그런데도 환우들을 이해할 수가 없다니까요."

"환우들의 어떤 점을 이해할 수가 없다는 거지?"

"요즘 갑자기 환우들이 가벼운 농담을 던져도 폭소를 터뜨리는 현상을 보이기 시작했어요."

"바라는 대로 된 거 아닌가."

"제가 우울증이 걸리기 전에 좀 웃어주지 않고 왜 이제서야 웃어주느냐 이겁니다."

처음에 환우들은 한동안 오대단이 어떤 코미디를 늘어놓아도 아무런 반응을 나타내 보이지 않았다. 그가 알고 있는 코미디를 있는 대로 총망라해 보았지만 전혀 반응이 없었다. 마치 웃음 불감증 환자들 같았다. 그런데 어느 순간부터 가벼운 농담에도 폭소를 터뜨리는 기현상을 나타내 보이기 시작했다. 심지어는 이미 들려준 적이 있는 코미디를 재탕해도 박장대소를 터뜨렸다. 오대단은 그것을 이해할 수가 없다는 것이었다.

"환우들이 언제부터 그런 기현상을 보이기 시작했지."

"어느 날 투약시간에 제가 약을 지급 받으니까 한노사가 무슨 약이냐고 묻더군요. 제가 우울증 치료제라고 솔직하게 대답했지요."

그러자 한도사가 다른 환자들에게, 오대단도 우울증을 앓고 있답니다, 라고 소문을 퍼뜨렸고 그때부터 환자들이 자기에게 측은한 눈빛을 보이기 시작했다는 것이다. 그리고 가벼운 농담만 던져도 폭소를 터뜨리기 시작했다는 것이다.

"비로소 환우들과 코드가 일치했기 때문이 아닐까."

내가 말했다.

오대단은 처음으로 환자들 앞에서 자기를 소개할 때, 자기는 환자가 아니라고 분명히 못을 박았다. 짐작건대, 그 순간부터 오대단과 환자들 사이에는 보이지 않는 칸막이가 만들어졌다. 칸막이는 소통을 방해하는 요인이 되었고 당연히 그의 코미디는 환자들에게 먹혀들지 않았다.

오대단에게는 코미디가 인생의 절대적 무기이자 전술이었다. 그는 필살기를 만들기 위해 자기 발로 개방병동을 찾아온 정상인이었다. 환자들 앞에서 자기를 소개할 때 자기가 정상인이라는 사실을 밝힌 것은 결정적인 실수였다. 환자들은 정신적 결함이라는 공통분모를 가지고 있었다. 그러나 오대단은 독립변수(獨立變數)였다. 환자들의 입장에서 보면 함수적으로 아무 관계가 없는 존재였다. 자기들과 판이하게 다른 목적으로 자기들 속에 끼어든 인물에 불과했다.

"그래, 분명히 코드가 일치했기 때문이야."

"무슨 말씀이신지 이해가 잘 안 되는데요."

"코드가 일치했다는 말은 마음의 빛깔이 같아졌다는 말과 대동소이하지. 마음의 빛깔이 같아지면 정서의 합일이 이루어지고 정서의 합일이 이루어지면 비로소 소통이 가능해지는 법이야. 코드가 일치하기 전에는 서로 마음의 빛깔이 판이하게 달랐던 거야. 환자들은 회색조의 빛깔을 가지고 있었는데 오대단은 청색조의 빛깔을 가지고 있었다고나 할까. 아무튼 한쪽은 무채색 계열이고 한쪽은 유채색 계열이었어. 그래서 소통이 불가능했던 거지."

"그렇다면 요즘은 어떤 이유로 소통이 가능해졌을까요."

"오대단의 정서가 회색조의 빛깔로 변해버렸다는 사실을 환우들이 알게 되었기 때문이겠지."

"그렇군요. 이제서야 이해가 됩니다. 오늘 엄청난 진리 하나를 깨달았습니다. 정말로 감사합니다."

"감사는 무슨."

"아무리 생각해도 풀리지 않았던 화두가 한순간에 풀려버렸습니다. 지금까지 저는 코미디의 질적 향상만을 생각했지 관객과 코드를 맞추는 일이 얼마나 중요한가는 생각지도 못했습니다. 코드의 일치. 마음의 빛깔. 정서의 합일. 마음속에 깊이 새겨두겠습니다. 말씀을 들으니 막혔던 시야가 활짝 트이는 느낌입니다. 정말로 감사합니다."

오대단은 진심으로 감명을 받은 모양이었다. 목소리에 생기가 넘치고 있었다.

우리는 칡넝쿨로 묶은 산야초 더미를 어깨에 둘러메고 오솔길을 따라 야산을 내려오기 시작했다. 곤줄박이 한 마리가 나뭇가지에 앉아 우리를 보고 있다가 포르륵 날아서 잡목숲 속으로 사라져버렸다. 길섶에 조팝나무 꽃들이 무더기로 피어 있었다. 어찌나 희고 눈부신지 잠깐만 바라보고 있어도 멀미가 날 지경이었다. 허공 어디선가 꿀벌들이 닝닝거리는 소리가 들리고 있었다.

"이게 무슨 꽃인가요."

"조팝나무 꽃이야."

"농담이시겠죠."

"농담이라니?"

"좆밥나무 꽃이 있다는 소리는 처음 들어보는데요?"

"좆밥나무 꽃이 아니라 조팝나무 꽃이라니까."

"그렇겠지요. 어쩐지 생김새에 비해서 이름이 너무 무식하다 싶었어요."

오솔길은 비좁고 가파르기는 했지만 걷기에 그다지 불편하지는 않았다. 그런데도 오대단은 불과 오십 미터도 넘기지 못한 지점에서 어깨에 둘러멘 산야초 더미를 털썩 내려놓고 말았다. 나보다 한결 나이도 어리고 나보다 한결 덩치도 좋아 보였다. 하지만 지구력은 턱없이 부족한 것 같았다. 그는 길섶에 맥없이 주저앉아 가쁜 숨을 몰아쉬고 있었다.

"저기 분홍빛 꽃은 이름이 뭔가요."

오대단은 호흡이 진정되자 주변에 피어 있는 야생화들에게 관심을 기울이기 시작했다.

"금낭화야."

"그럼 저건요."

"은방울꽃이지."

계절이 계절인지라, 여기는 산벚꽃 저기는 현호색, 초목들이 다투어 꽃을 피우고 있었다.

"꽃 이름을 참 많이 아시는군요."

"춘천에 살고 있는 사람이라면 누구나 이 정도의 꽃이름 정도는 알고 있어."

"설마요."

춘천은 도심에서 십여 분 정도만 외곽으로 걸어 나가도 자연을 만날 수 있는 도시였다. 나는 어릴 때부터 아버지를 따라다니면서 제법 많은 꽃들을 만났고 아버지는 그때마다 그것들의 이름을 가르쳐주었다.

"어릴 때부터 서울에서만 살면 저처럼 아파트 화단에 피어 있는 꽃들의 이름조차도 모르게 됩니다."

"그만큼 눈길을 빼앗는 것들이 많아서겠지."

"저는 실내를 플라스틱 꽃으로 장식하는 사람들의 심리를 이해할 수 없어요."

"죽어버린 낭만을 애도하는 조화가 아닐까."

조화(造花)는 조화(弔花)다. 인간이 만든 것들은 어떤 경우에도 자라지 않는다. 자라지 않을 뿐만 아니라 번식하지도 않는다. 그것들은 모두 죽어 있다. 플라스틱 꽃에는 향기가 없다. 그래서 아무리 빛깔이 고와도 벌나비가 날아오지 않는다.

"요즘 틈만 나면 노트에 무엇인가를 열심히 쓰시는 것 같던데 내용을 물어보면 실례가 되나요."

"사이코드라마 대본을 하나 만들고 있어."

나는 달에 관한 이야기를 연극으로 만들어보지 않겠느냐는 황기환 박사의 제의를 호의적으로 받아들였다. 그래서 '달을 알고 계십니까'라는 제목으로 대본을 쓰고 있는 중이었다.

환자들이 모두 대나무가 되어서 저 하늘에 달이라는 천체가 있었다고 소리쳐줄지도 모릅니다, 라는 황기환 박사의 말을 떠올리기만 하면 나는 아직도 가슴에 보름달이 환하게 떠오르는 기분이었다. 물론 환자들이 모두 대나무가 되어서 저 하늘에 달이라는 천체가 있었다고 소리쳐주는 기적은 일어나지 않을 것이다. 하지만 나는 대본 속에 간절한 소망을 적어 넣을 계획이었다. 소요를 다시 만날 수 있도록 해달라는 소망과 우리들의 가슴에 빛이 가득하도록 해달라는 소망이었다.

황기환 박사의 조언에 의하면, 사이코드라마는 어느 정도 즉흥성이 허용되기 때문에 완전무결한 대본을 필요로 하지는 않는다. 그리고 등장인물이 많으면 산만해질 우려가 있다. 가능하면 달이 있다고 주장하는 인물과 달이 없다고 주장하는 인물의 대립적 갈등을 선명하게 부각시키도록 해야 한다.

태어나서 처음으로 써보는 대본이었다. 수십 번을 고쳐도 마음에 들지 않았다. 나는 언어도 생명체라는 견해를 가지고 있었다. 언어가 단순하게 의사만 전달하는 도구로 쓰여지면 기호에 불과하다는 생각이었다. 하지만 언어를 생명체로 만들기 위해서는 단어마다 쓰는 사람의 정신과 영혼을 전이시켜야 한다는 어려움이 기다리고 있었다.

등장인물은 정해졌다. 달을 기억하고 있는 무명시인. 달을 철저하게 부정하는 현실주의자. 달빛 중독자를 자처하는 소요. 의식이 물질에 어떻게 반응하는가를 설명해 주는 현자(賢者). 나는 그들을 통해 사람들의 가슴에 보름달이 환하게 떠오르도록 만들어주고 싶었다.

스토리도 정해졌다. 닭들의 비극적 종말을 노래하는 무명시인이 달빛 중독자를 자처하는 소요를 만난다. 소요는 무명시인에게 잃어버린 감성과 낭만을 되찾아주고 어느 날 홀연히 자취를 감춘다. 현실주의자가 나타나 달은 무명시인이 만들어낸 망상의 소산물에 불과하다고 주장한다. 현자가 나타나 인간의 가슴에서 빛이 사라졌기 때문에 하늘에서도 달이 사라졌다고 설명해 준다.

황기환 박사의 조언에 의하면, 사이코드라마는 각본에 의해서 스토리가 전개되는 것이 아니라 즉흥적으로 스토리를 만들어가면서 전개되는 일종의 집단심리요법이다. 따라서 대본에 그다지 심혈을 기울일 필요가 없다. 자유롭게 개인적 경험을 재구성하고 자발성과 창조성을 통해 인간 내면을 탐구할 기회를 제공하면 된다. 하지만 나는 대본에 심혈을 기울일 수밖에 없었다. 소요를 다시 만날 수 있게 해 달라는 소망과 우리들의 가슴에 빛이 가득하도록 해 달라는 소망 때문에 심혈을 기울일 수밖에 없었다.

"기대가 큽니다."

시놉시스를 검토해 본 황기환 박사는 대단히 흡족한 표정을 지어 보였다. 그는 사이코드라마 예찬론자였다. 한 달에 한 번씩 공연하기도 벅찬 사이코드라마를 일주일에 한 번씩 공연해야 한다고 주장하는 마니아였다.

"박사님은 한 편의 사이코드라마가 백 명의 치료사를 능가하는 위력을 가지고 있다고 생각하시는 분이지요."

수간호사의 말이었다.

그러나 나는 치료를 목적으로 대본을 쓸 생각이 아니었다. 진실을 목적으로 대본을 쓸 생각이었다. 환자들만을 대상으로 진실을 전달할 계획이 아니라 전 인류를 대상으로 진실을 전달할 계획이었다. 외람되지만 그렇게 하고 싶었다. 하지만 나는 대본을 쓰면서 몇 번이나 자신의 빈곤한 표현력에 치를 떨어야 했다. 입술이 허옇게 부르트고 식욕도 천리 밖으로 도망쳐버렸다. 식사를 할 때마다 밥알이 입 안에서 왕모래 같은 감촉으로 서걱거렸다.

"그만 내려가볼까."

"그럴까요."

우리는 다시 산야초 더미를 어깨에 둘러메고 오솔길을 내려가기 시작했다. 어디선가 팔락나비 한 마리가 나타나 우리보다 앞질러 야산을 내려가고 있었다.

"저 나비는 입원을 하러 가는 걸까요, 아니면 면회를 하러 가는 걸까요."

"치료를 해주러 가는 걸 거야."

봄이 막바지로 치달아가고 있었다.

40

아무리 기다려도 천사가 그대에게
손을 내밀지 않는다면
차라리 그대 자신이 천사가 되어
불행한 자들에게 손을 내밀어라

잠결에 빗소리를 들었다.

몇 시나 되었을까. 밀도 높은 어둠이 병실을 가득 메우고 있었다. 적막했다. 나 혼자 깨어 있는 것 같았다. 아무리 예민한 환자라 하더라도 빗소리 정도에 잠을 깨지는 않는다. 치료약 때문이다.

하지만 나는 빗소리에 잠을 깨버리고 말았다. 이별 끝에 못다 한 말들은 모두 하늘로 가서 구름으로 떠돌다가, 아픔이 사라질 무렵이면 빗소리로 떨어진다. 빗소리는 아물어가는 상처를 도지게 만든다. 그래서 빗소리가 들리면 기억의 서랍을 열지 말아야 한다. 나는 기억의 서랍에 자물쇠를 굳게 채운다. 시간이 지날수록 의식이 투명해지고 있다. 다시 잠을 자기는 틀린 일이다. 날이 샐 때까지 어떻게 시간을 보내야 좋을지 난감했다.

빗소리 속으로 상념의 바다가 열리고 있었다. 상념의 바다 표층에 사자성어(四字成語)로 만들어진 물고기들이 배를 까뒤집은 채 표류하고 있었다. 한 마리씩 잡아서 자세히 들여다보았다. 홍익인간(弘益人間). 정의구현(正義具現). 국가발전(國家發展). 청렴결백(淸廉潔白). 인권존엄(人權尊嚴). 충효사상(忠孝思想). 인격도야(人格陶冶). 권선징악(勸善懲惡). 대의명분(大義名分). 근면성실(勤勉誠實). 정서함양(情緖涵養). 양심정치(良心政治). 애국애족(愛國愛族). 박애정신(博愛精神). 만민평등(萬民平等). 삼강오륜(三綱五倫). 세계평화(世界平和). 인의예지(仁義禮智). 모두 죽어 있었다. 시신을 살펴보니, 어떤 놈은 눈알이 빠져 있었고 어떤 놈은 옆구리가 터져 있었다. 어떤 놈은 아가미가 뒤집혀 있었고 어떤 놈은 지느러미가 찢겨 있었다. 그놈들을 꺼내 오래도록 빗소리에 담가보았다. 그래도 살아나지 않았다.

그러나 내 사유의 바다에는 아직도 시퍼런 미역 수풀이 흔들리고 각양각색의 물고기들이 이파리마다 몽상의 시어들을 산란하고 있었다. 바람의 지문(指紋). 금관악기진혼곡(金管樂器鎭魂曲). 저녁놀. 시체놀이. 개구리밥. 황폐한 도시로 보내는 영혼의 초현실 각서. 생존법(生存法). 대숲에 뜨는 보름달. 광시곡(狂詩曲). 금박지 구겨지는 소리. 수취인불명(受取人不明). 겨울예감. 발톱. 밤마다 허기진 영혼으로 돌아오는 남춘천 완행열차. 인간실종(人間失踪). 함박눈 내리는 날의 흑백사진. 벙어리 뻐꾹시계. 미래일기(未來日

記). 소요회상(逍遙回想). 치통. 황사바람. 얼음칼. 입술. 무당벌레. 일몰. 산소자판기. 술래. 시간퇴행(時間退行). 낙타. 병실일지(病室日誌). 달맞이꽃. 염화시중(拈華示衆). 초승달. 아시안 랩소디. 먼지. 회상수첩(回想手帖). 공간소묘(空間素描). 흔들림. 낭만멸종구역(浪漫滅種區域)에서 타전(打電)하는 어느 무명시인의 긴급구조신호(緊急救助信號). 달빛 중독자. 안개로 지은 도시. 콘크리트 상자 속에 갇힌 영혼. 나는 그것들을 꺼내 빗소리에 담가보았다. 그것들은 모두 살아서 태동(胎動)하고 있었다.

빗소리가 조금씩 기세를 더해가고 있었다. 빗소리 속에서 사념의 벌레들이 시간을 갉아먹고 있었다. 그러나 어둠의 밀도는 그대로였다. 빗소리 속에서는 시간이 미래로 흐르지 않고 과거로 흐른다. 과거로 흘러서 추억을 소급한다. 빗소리를 듣고 있자니 언젠가 소요가 내게 들려주었던 천지교감강우설(天地交感降雨說)에 대한 이야기가 생각난다.

"우리는 흔히 우림 지역에는 비가 많이 내리기 때문에 온갖 초목이 울창하고 사막 지역에는 비가 적게 내리기 때문에 소수의 초목밖에 자라지 않는다고 생각하지요. 하지만 그 반대가 아닐까요. 우림 지역에는 온갖 초목이 울창하기 때문에 비가 많이 내리고 사막 지역에는 소수의 초목밖에 자라지 않기 때문에 비가 적게 내리는 것은 아닐까요."

하늘이 비를 내려보냈을 때 그 지역에 기쁨을 느끼는 생명체들이 많은가 적은가에 따라 강우량도 적절하게 조절된다는 지론이었다. 기쁨을 느끼는 생명체들이 많으면 강우량도 증가하고 기쁨을 느끼는 생명체들이 적으면 강우량도 감소된다는 설명이었다. 고대 문명이 번성했던 지역은 대부분 사막현상을 드러내 보이는데 이는 인간이 자연을 보살피는 일에는 주력하지 않고 이용하는 일에만 주력해서 수많은 생명체들을 급속히 감소시켜 버렸기 때문이라는 것이었다.

나는 그때 인간의 가슴에 대해서 생각했었다. 인간의 가슴도 소망의 나무들이 울창하게 자라는 가슴이 있고 소망의 나무들이 말라비틀어지는 가슴이 있다는 생각을 했었다. 소망의 나무들이 울창하게 자라는 가슴에는 축복이 소나기처럼 쏟아지고 소망의 나무들이 말라비틀어진 가슴에는 축복의 비가 인색하게 내린다는 생각을 했었다.

인간의 모습과 자연의 모습은 대체로 일치한다. 사막국가들의 전설이나 신화나 동화에는 모반과 약탈과 사기와 절도가 성행한다. 사막국가에서는 자연이 척박하기 때문에 인간의 가슴도 척박해서 그런 결과를 초래했다고 생각하겠지만 소요의 지론은 정반대였다. 인간의 가슴이 척박해졌기 때문에 자연이 척박해졌다는 것이었다.

"한국도 낙관할 나라가 아니라는 생각이 들었어요."

국회에서 빽하면 이종격투기나 일삼는 정치가들. 치매에 걸린 노모를 부양하기 싫어서 이국 만리에다 쓰레기처럼 내다버리고 오는 자식들. 친딸을 상습적으로 간음하는 아버지. 거액의 금품을 수

뢰하고 범죄자를 풀어주는 법관. 이유없이 불특정다수에게 흉기를 휘두르는 연쇄살인범. 불로소득이나 꿈꾸면서 꽃다운 나이를 빈둥거림으로 일관하는 젊은이들. 자신의 영달을 위해서라면 남이야 굶어 죽든 말라 죽든 상관치 않겠다는 세태풍조. 소요는 이대로 방치하면 무궁화 삼천리 화려강산도 언젠가는 사막으로 화해버릴 거라는 생각을 가지고 있었다.

빗소리가 기세를 죽이고 있었다. 빗소리가 기세를 죽이면서 조금씩 어둠이 희석되고 있었다. 나는 사이코드라마의 대본을 한 번 점검해 보고 싶었다. 그러나 이 시간에 개인적인 이유로 불을 켤 수는 없었다. 나는 날이 새기만을 기다리고 있었다.

"축하드립니다."

아침에 세면장에서 세수를 하고 있는데 한도사가 느닷없이 그렇게 말했다.

"축하라니요?"

"내 예지력에 의하면 오늘 어떤 여자가 이선생을 면회하러 올 거요."

"면회 올 사람이 없는데요."

나는 한도사의 말에 부정적인 반응을 나타내 보이면서도 일말의 기대감을 떨쳐버릴 수가 없었다. 여자라면 누굴까. 일단 나는 누나가 아니기를 빌었다.

누나는 중세 기독교인들의 종교적 무지와 독선을 동해물과 백두산이 마르고 닳도록 버리지 않을 광신도였다. 누나가 생각하는 인간은 지구상에 딱 두 종류밖에 없었다. 한 종류는 기독교인이고 다른 한 종류는 악마의 하수인들이었다. 누나는 악마의 하수인들이 노골적으로 정체를 드러낼 때 정신질환 증세가 나타난다고 생각하는 여자였다. 천지개벽을 하는 날이 오더라도 누나가 나를 면회하러 오는 날은 오지 않을 것이다.

혹시 제영이는 아닐까. 그러나 제영이가 단독으로 면회를 올 리는 만무하다는 생각이었다. 나는 한도사의 예지력이 삑사리를 낼지도 모른다는 생각을 하고 있었다.

"저를 면회 오는 여자의 나이가 어느 정도나 됩니까."

"대개 예지력은 어떤 느낌으로 올 때가 많지요. 물론 구체적인 영상이 보일 때도 있기는 하지만 이번에는 느낌만 스치고 지나갔소. 그래서 확신은 가지고 있지만 구체적인 말씀을 드릴 수가 없는 거요."

"누굴까."

나는 소요를 떠올리고 있었다. 그녀가 아니라면 누가 면회를 오더라도 내게는 아무 의미가 없다는 생각이 들었다. 그녀를 떠올리면 언제나 가슴 안에 등불 하나가 환하게 자리를 잡는다. 등불은 내 늑골을 적시고 내 허파를 적신다. 내 혈관을 적시고 내 세포를 적신다. 하지만 등불에는 약간의 슬픔이 함유되어 있다. 슬픔도 내 늑골을 적시고 내 허파를 적신다. 내 혈관을 적시고 내 세포를 적신다. 하지만 가급적이면 그녀와의 재회는 기대하지 말아야 한다. 만약 한도사의 예지력에 삑사리가 났을 때 실망을 감내할 자신이 없다.

나는 한도사의 예지력을 묵살해 버렸다. 아침식사를 끝내고 사물함을 정리했다. 비는 오늘 중으로 끝날 기세가 아니었다.

날씨 때문인지 병실 분위기가 무겁게 가라앉아 있었다. 나는 점심식사를 끝내고 휴게실에서 봄내 지를 뒤적거리고 있었다. 봄내 지는 국립춘천병원에서 월간으로 발행하는 일종의 문예회보(文藝回報)였다. 모조 16절지로 8페이지 분량이었다. 원고가 채택된 환우에게는 생활점수 20점이 가산된다는 규정이 있었다. 공지에는 일반인들의 원고도 환영한다는 언급이 있었지만 처음부터 끝까지 환우들의 글로만 편집되어 있었다.

저는 오늘도 당신을 기다리고 있습니다. 그러나 당신의 모습은 보이지 않습니다. 봄입니다. 저는 이 봄이 가기 전에 당신이 나타나기를 간절히 기도하고 있습니다. 나는 평강공주 문보연의 글을 읽고 있었다. 여기서도 그녀는 바보온달에 대한 연모의 정을 버리지 못하고 있었다.

"안녕하세요. 이선생님."

누군가 내 곁으로 다가와 상냥한 목소리로 인사를 했다. 여자 목소리였다. 한도사의 예지력이 현실로 증명되는 순간이었다. 나는 천천히 고개를 들었다. 백하연이었다. 생각지도 못했던 일이었다. 환우들이 호기심에 찬 눈초리로 이쪽을 주시하고 있었다. 나는 그녀를 데리고 지하매점으로 내려갔다.

"언니한테 이따금 이선생님 안부를 묻곤 했는데 그때마다 언니는 잘 있다고 대답했어요. 그래서 저는 언니 말만 믿고 별다른 일이 없는 줄 알았어요."

"그런데 여기 있다는 건 어떻게 아셨습니까."

"오랜만에 이선생님하고 소주나 한잔 같이 할까 해서 금붕알에 들렀다가 동생분한테 입원해 계신다는 소식을 들었지요."

"여기는 술이 금지되어 있는데 어쩌지요."

"사이다를 술 삼아 마시면 안 될까요."

그리하여 우리는 매점에서 사이다를 사다가 유리컵에 따라서 술 삼아 조금씩 홀짝거리기 시작했다. 나는 사이다를 홀짝거리면서 그녀가 무슨 용무로 나를 면회 오게 되었는가를 추정해 보고 있었다. 전혀 감이 잡히지 않았다.

"이번에는 제가 퀴즈 하나를 출제해 볼 테니까 정답을 한번 맞혀보세요."

백하연이 말했다.

"설마 정신이 얼마나 오락가락 하는지 테스트 하시는 건 아니겠지요."

"제가 볼 때는 지극히 정상이신데요."

"그럼 한번 출제해 보세요."

"유치원에 다니는 아이 하나가 있었어요. 어느 무더운 여름날 아이는 이모에게 사이다를 사 달라고 졸랐어요. 이모는 사이다를 사다가 유리컵에 따라주었어요. 이모는 아이의 컵에 사이다를 따라주고 남은 사이다를 자기의 컵에 부어서 입으로 가져갔어요. 그

때였어요. 이모가 막 컵에다 입을 대기 직전, 아이가 다급하게 소리쳤어요. 이모, 지금 사이다 먹지 마. 지금 사이다를 먹으면 큰일 나. 그런데 왜 어린 조카는 이모에게 지금 사이다를 먹으면 안 된다고 다급하게 소리쳤을까요."

왜 그랬을까. 유리컵 속에 머리카락이라도 빠져 있었을까. 머리카락보다 코딱지는 어떨까. 코딱지라면 분명히 다급하게 먹지 말라고 소리쳤을 것이다.

"기도를 안 했기 때문이 아닐까요."

나는 자신 없는 목소리로 말했다.

"정말 썰렁한 오답을 찾아내셨군요."

"힌트를 주십시오."

"힌트는 지금 선생님 앞에 놓여 있는 사이다 속에 들어 있어요."

그러나 아무리 들여다보아도 사이다는 평범한 사이다였다. 먹지 말라고 다급하게 소리칠 이유가 없었다. 도저히 정답을 찾아낼 수가 없었다. 정답은커녕 힌트조차 찾아낼 수가 없었다. 그렇다고 그녀처럼 정답을 가르쳐 달라고 보름 동안 하나님께 간절히 기도를 드릴 수도 없는 노릇이었다.

"모르겠는데요."

나는 정답 찾기를 포기해 버리고 말았다.

"이모가 왜 사이다를 먹으면 안 되느냐고 아이에게 물었어요. 그러자 아이가 이렇게 대답했어요."

여기서 백하연은 잠시 말을 멈추고 사이다가 담긴 유리컵을 집어

들었다. 그리고 사이다를 한 모금 마신 다음 정답을 말해 주었다.

"이모, 지금 사이다가 알을 까고 있잖아."

백하연은 라디오에서 들은 이야기인데 사이다를 보니까 생각이 나더라는 설명을 덧붙였다. 사이다에서 발생한 기포를 보고 사이다가 알을 깐다고 표현하다니, 내가 생각했던 머리카락이나 코딱지에 비하면 얼마나 거룩한 발상인가. 아이들은 모두가 천사요 시인이다. 그러나 학교라는 이름의 빵틀 속에 들어가면 그때부터 천사로서의 자질이나 시인으로서의 자질은 묵살되고 오로지 붕어빵으로 전락하는 방법만 이수된다.

"정답을 알고 나니까 사이다를 마시기가 죄스럽다는 생각이 듭니다."

사이다가 담긴 유리컵 내벽에는 아직도 수많은 알들이 착생해 있었다.

"어쩌지요. 저는 정답을 알면서도 아무 생각 없이 사이다를 마셔버렸는데요."

"괜찮습니다. 지금 생각해 보니 우리가 마신 사이다의 알들은 무정란입니다."

"어떻게 아세요."

"저는 계란이 유정란인지 무정란인지를 구분하는 방법을 알고 있습니다. 계란에다 빛을 투과했을 때 빛이 투명하게 투과되면 무정란이고 불투명하게 투과되면 유정란입니다. 그 방법에 따르면 이 사이다의 알들은 무정란입니다. 보십시오. 빛이 투명하게 투과되고 있지 않습니까."

"말씀을 듣고 보니 죄를 사한 기분이 드네요."

유럽에서는 사과를 발효시켜 만든 알콜성 음료를 사이다라고 말한다. 미국 등지에서는 레몬라임 음료라고 부르기도 한다. 그러나 한국에서는 무알콜 탄산음료로 시판되고 있다. 식사를 끝내고 속이 더부룩할 때 사이다를 마시면 소화가 잘 된다는 속설이 있다. 톡 쏘는 특유의 청량감 때문에 기름진 음식을 먹고 난 후에는 입가심으로 사이다를 곁들인다. 닭갈비를 즐기는 손님들도 많이 찾는다. 하지만 특별한 의학적 효능은 없고 단지 청량감을 더해주는 음료에 불과하다. 사이다에 대해서 내가 알고 있는 상식은 여기까지가 전부였다. 그런데 오늘부로 사이다가 알을 깐다는 상식 한 가지가 첨가되었다.

"혹시 저를 면회 오신 특별한 이유라도 있으신가요."

나는 그녀가 이유없이 면회를 오지는 않았을 거라는 생각을 하고 있었다. 누나의 부탁이나 찬수녀석의 부탁으로 면회를 왔을지도 모른다는 생각을 하고 있었다.

"우리는 비록 한 번밖에 만나지 않은 사이지만 서로 아는 사이가 분명하지요?"

"그렇기는 합니다만."

"제가 아는 분이 입원하셨다는 소리를 들었으면 문병을 오는 것이 당연지사 아닌가요."

내가 국민학교를 다니던 시절만 하더라도 그녀의 답변은 누구에게나 백번 지당하신 말씀으로 받아들여졌을 것이다. 그러나 지금은 세상이 달라졌다. '남의 불행은 나의 행복'이라는 고도리판 농담이 세간에서는 진담으로 통용되는 시대다. 부연설명이 없다면 그녀의 면회는 쉽사리 납득이 되지 않는 상황이었다. 그녀는 내 심중을 들여다보고 있기라도 했는지 이내 부연설명을 덧붙이기 시작했다.

"이선생님은 저를 어떻게 생각하시는지 몰라도 저는 이선생님을 매우 특별한 분으로 생각하고 있어요. 저로 하여금 하나님의 음성을 들을 수 있는 계기를 만들어주셨을 뿐만 아니라 종교적 본질이 무엇인가도 확연히 깨달을 수 있도록 만들어주신 분이니까요."

그녀는 나를 특별한 존재로 생각하고 있다지만 나는 그녀가 오히려 특별한 존재 같아 보였다. 내가 두 달 남짓 국립춘천병원에 입원해 있는 동안 외부에서 관심을 표명해 준 사람은 아무도 없었다. 친구도 가족도 종무소식이었다. 궁금하다거나 괘씸하다는 생각은 들지 않았지만 수시로 자괴감이 고개를 쳐들었다. 나는 그들에게 그저 불편한 존재에 불과했던 것일까. 나는 바깥세상에 대해 지독한 소외감을 느끼고 있었다. 그러나 뜻밖에도 그녀가 나타났다. 아는 사람이 입원했다는 소리를 들었으면 문병을 오는 것이 당연지사라고 그녀는 말했지만 아무래도 바깥세상에 대한 나의 소외감을 어느 정도는 짐작하고 있는 눈치였다.

나는 그녀에게 사이코드라마에 대한 이야기를 했고 거기에 내가 어떤 소망을 불어넣었는가를 이야기했다. 하지만 그녀에게 혼란을 주고 싶지 않은 심경에서 달에 대한 이야기는 회피했다.

"한시라도 빨리 이선생님의 소망이 이루어질 수 있도록 하나님께 도와 달라고 간절히 기도 드리겠어요."

그녀는 사이다 한 컵을 앞에 놓고 한 시간 남짓 나와 부담 없는 대화를 나누다 돌아갔다. 그녀는 하얀색 아반떼를 몰고 빗속으로 사라졌다. 나는 그녀가 사라져버린 다음에도 오래도록 국립춘천병원 정문을 바라보고 있었다. 사이다가 알을 까고 있잖아. 사이다가 알을 까고 있잖아. 아이의 목소리가 귓전을 맴돌고 있었다.

41
사이코드라마—달을 알고 계십니까

"사람들은 습관적으로 육신을 세척하기는 하지만 습관적으로 영혼을 세척하지는 않아요. 습관적으로 손발을 씻거나 머리를 감거나 세수를 하거나 샤워를 하지 않으면 견딜 수가 없다고 생각해요. 그러면서도 영혼이 얼마나 탁해져 있는가에 대해서는 전혀 관심을 기울이지 않아요. 대부분의 사람들이 육신을 세척하는 일에 주력하는 것만큼 영혼을 세척하는 일에 주력하면 얼마나 세상이 아름다워질까요. 영혼이 탁해져 있는 사람들과 같이 살다보면 저도 조금씩 영혼이 탁해져요. 그래서 한 달에 한 번씩 달빛으로 영혼을 세척하는 거예요."

사이코드라마는 중반부로 접어들고 있었다.

황기환 박사가 기획과 연출을 담당하고 있었다. 무대에는 아무런 장치도 없었다. 출연자들도 환자복 그대로였다. 나는 허공에 보름달이라도 하나 걸어두면 어떻겠느냐고 건의해 보았지만 황기환 박사는 아무것도 없는 편이 효과적이라는 견해를 가지고 있었다. 원래 사이코드라마는 일정한 대본이 없으며 배역과 상황만 부여하고 출연자가 생각나는 대로 연기를 구사해서 억압된 감정과 갈등을 표출하는 일종의 치료요법이었다. 연습도 필요 없으며 소품도 필요 없었다.

그러나 이번 사이코드라마는 계획적인 의도로 대본이 만들어졌다. 내가 간직하고 있는 진실과 소망을 환우들에게만이라도 전달해 보겠다는 의도였다. 물론 황기환 박사의 동의가 있었다. 따라서 출연자들은 가급적이면 대본을 크게 벗어나지 않는 범주에서 연기를 펼치도록 하라는 조언이 있었다.

"현대인들은 마치 영혼이 없다고 생각하는 사람들 같아요."

"육신은 눈에 보이는 것이니까 있다고 생각하고 영혼은 눈에 보이지 않으니까 없다고 생각하겠지."

"정말로 영혼이 눈에 보이지 않을까요."

"보인다면 사진에 찍히겠지."

"영안이 열린 사람들에게는 영혼이 보여요."

소요 역을 맡은 여자는 탤런트 지망생으로 가짜 영화감독에게 사기를 당하고 나서 극심한 우울증에 시달리다 입원한 내력을 가지고 있었다. 황기환 박사는 이번 드라마를 계기로 그녀가 상당한 호전을 보일 것이라는 확신을 가지고 있었다. 그녀는 놀랍게도 소요 역을 완전무결하게 소화해 내고 있었다. 물론 대본 그대로 대사를 구사하지는 않았지만 의도를 크게 벗어나지는 않았다.

관객들은 완전히 사이코드라마에 몰입해 있었다. 소요가 잠적하고 달이 실종되는 대목에 이르자 관객들의 얼굴에는 극도의 불안감이 감돌기 시작했다. 나는 달이 무엇인지를 전혀 모르고 있는 관객들이 달의 실종에 불안감을 느끼고 있다는 사실을 기이하게 생각하고 있었다.

나는 극중의 무명시인으로 출연하고 있었다. 하지만 무대 경험이 전혀 없었으므로 계속 식은땀을 흘리고 있었다. 그러면서도 최대한 진실을 부각시키려는 노력만은 포기하지 않았다.

소요가 잠적하고 달이 실종되고 나는 무대에 홀로 남아 독백을 읊조리고 있었다. 얼마나 많은 날들을 방황으로 소일했으며 얼마나 많은 밤들을 불면으로 보냈는가를 영탄조로 회상하는 장면이었다. 불쌍해 죽겠어. 객석에서 여자 하나가 손등으로 눈물을 닦아내고 있었다. 그것을 시발점으로 이내 여기저기서 여자들이 훌쩍거리는 소리가 들리기 시작했다. 환우들은 이상하게도 극중 인물이 표출하는 감정에 쉽게 동화되는 특질을 나타내 보이고 있었다.

내가 독백을 끝내자 대본대로 현실주의자 하나가 무대로 등장해서 무명시인에게 비난의 화살을 퍼붓기 시작했다. 관객들이 곤혹스러운 표정으로 현실주의자의 비난을 경청하고 있었다.

"달은 처음부터 존재하지 않았어. 물론 소요라는 여자도 처음부터 존재하지 않았지. 그것들은 모두 당신이 무능력과 불성실에 대한 책임을 전가시킬 목적으로 온갖 상상력을 동원해서 만들어낸 허구적 산물들에 불과한 거야. 당신은 문학에도 실패하고 생활에도 실패했어. 하지만 인정하고 싶지 않았겠지. 그래서 달이라는 이름의 허무맹랑한 천체와 소요라는 이름의 허무맹랑한 인물을 만들어서 마치 그것들 때문에 자기가 낙오병으로 전락해 버린 것처럼 떠벌리고 다니는 거야."

한도사가 현실주의자 역을 맡고 있었다. 연기력은 그다지 신통치 않았다. 그러나 대본의 요지를 확실히 파악하고 있는 것만은 분명해서 감정표출만은 나무랄 데가 없었다. 관객들도 출연자의 연기는 눈여겨보지 않고 있었다.

"당신은 치열한 생존의 정글에서 낙오된 패잔병이야. 물질만능으로 치달아가는 세상을 가슴 아파하는 척 엄살을 떨고 있지만 내가 보기에는 패잔병의 치졸한 자기변명에 불과하지. 모두들 황금에 목숨을 걸고 살아가는 이 세상에서 도대체 시 나부랭이가 무슨 쓸모가 있다는 거야. 당신은 살아 있을 가치가 없어. 당신은 밥이나 축내고 살아가는 잉여인간이야."

현실주의자는 계속해서 무명시인을 몰아붙이고 있었다. 그는 몰아붙이면서 조금씩 흥분을 고조시키고 있었다. 대본에는 분명히 무명시인이 자신의 입장을 설명하는 대사가 있었지만 현실주의자는 기회를 주지 않았다. 급기야는 바싹 다가와서 손가락으로 어깨를 찌르기도 하고 주먹으로 머리통을 쥐어박는 시늉도 해보였다.

그런데 갑자기 객석이 술렁거리기 시작했다.

“저 놈이 왜 불쌍한 시인을 못살게 굴고 지랄이야.”

“남들처럼 황금에 목숨을 걸고 살아가지 않는다고 지랄하는 거야.”

“도대체 말이나 되는 소리냐.”

“물질에 영혼을 팔아먹은 놈이 시인의 아픔을 어찌 알겠냐.”

“싸가지 없는 놈아, 개소리는 접고 빨리 무대에서 퇴장해라.”

관객들은 격분하고 있었다.

내가 생각하기에 그 정도로 격분할 사안이 아니었다. 그러나 관객들은 노골적으로 현실주의자를 성토하기 시작했다. 씨팔놈아. 너만 인간이냐. 급기야는 욕지거리까지 서슴지 않았다. 사이코드라마가 전개되는 동안 관객들은 극심한 감정의 기복을 드러내 보이고 있었다. 병실에서 생활할 때와는 판이하게 다른 모습들이었다. 나는 비로소 그들이 환자라는 사실을 실감하고 있었다. 황기환 박사는 관객들이 감정의 기복을 보일 때마다 무엇인가를 열심히 노트에 끄적거리고 있었다.

“여러분. 이놈은 친일파입니다. 여러분은 순진하게도 지금까지 이놈의 유언비어에 속고 있었습니다. 이놈은 낭만이 사라져버렸기 때문에 세상이 척박해졌다는 억지주장을 펼치고 있지만 그것은 친일파에 대한 적개심을 희석시키기 위해 만들어낸 낭설에 불과합니다. 낭만은 인간을 나약하게 만드는 마약입니다. 중독되면 친일파에 대한 적개심은 사라져버리고 유치찬란한 센티멘털리즘만 남게 됩니다. 이놈의 얕은 속임수에 놀아나서는 안 됩니다.”

관객들의 동요를 의식한 현실주의자가 갑자기 무명시인을 친일파로 몰아세우기 시작했다. 어처구니가 없었다. 나는 그때까지 한마디도 대사를 내뱉지 못하고 있었다. 관객들은 무명시인이 친일파라는 주장에 잠시 주춤거리는 기색이었다.

사이코드라마는 항로를 이탈해서 제멋대로 표류하고 있었다. 현실주의자는 기회를 놓치지 않고 왜놈들의 온갖 만행을 폭로하기 시작했다. 젊은 남자들이 학도병으로 끌려가 개죽음을 당하고 젊은 여자들이 정신대로 끌려가 만신창이가 되었다. 수없는 문화재들이 도굴당하고 수없는 애국지사들이 처형당했다. 왜놈이라는 말은 짐승이라는 말과 이음동의어(異音同意語)였으며 왜놈이라는 종자는 악마라는 종자와 동족지간(同族之間)이었다. 한동안 무대는 왜놈들의 무자비한 만행으로 유혈이 낭자했다. 그러다가 일본이 무릎을 꿇었고 조국은 해방을 맞이했다.

그러나 완전한 해방은 아니었다. 아직도 친일파 일당들이 사회 일선에서 요직을 차지하고 국가전복의 음모를 꿈꾸고 있었다. 왜놈들은 대한민국을 통째로 먹어치우겠다는 야욕을 버리지 못하고 있었다. 자기들이 다른 민족에게 저지른 범죄를 선행으로 미화시키고 역사를 왜곡해서 교과서에 수록하는가 하면 독도가 자기네 영토라는 억지주장을 서슴지 않고 있었다.

극중의 현실주의자는 한도사로 배역이 전환되어 있었다. 그는 자신의 초능력을 배경으로 구국결사대를 조직하고 친일파를 모조리 섬멸할 계획을 세우고 있었다. 사이코드라마는 항로를 이탈해서 암초지대로 진입하고 있었다. 그러나 황기환 박사는 사태를 수습할 의지를 보이지 않고 있었다.

나는 어쩔 수 없이 꾸어다 놓은 보릿자루로 돌변해서 무대 복판에 멀거니 서 있었다. 관객들은 모두 독립투사로 돌변해서 주먹을 부르쥐고 구국의 의지를 불태우고 있었다. 나는 당혹감에 사로잡혀 있었다. 차라리 퇴장해 버리고 싶은 심경이었다. 그대로 서 있으면 공개처형을 당할지도 모른다는 생각이 들었다.

그제서야 황기환 박사가 항로를 이탈한 사이코드라마에 예인신호(曳引信號)를 보냈다. 경험치료의 기회를 다각적으로 제공하기 위해 배역을 한번 바꾸어보자는 의견이 제시되었다. 황기환 박사는 한도사를 무대에서 퇴장시키고 평강공주 문보연을 현실주의자로 등장시켰다. 그래서 나는 사이코드라마의 정상적인 항해를 기대하고 있었다. 그러나 아니었다.

"저는 달이라는 천체가 온달 장군의 영혼을 상징한다는 사실을 알고 있었어요. 이름에서 겨우 글자 한 자를 빼버린다고 제가 모를 턱이 없잖아요. 바보온달을 장군으로 만든 여자가 누군데요. 그래요. 온달 장군은 죽어서도 밤하늘에 높이 떠서 온 세상을 환하게 밝혀주었을 거예요. 하지만 당신은 안타깝게도 온달 장군이 환생했다는 사실을 모르고 있어요. 온달 장군은 다시 이 세상에 환생해서 제가 나타나기만을 학수고대하고 있을 거예요."

이건 또 무슨 달밤에 빽덕어멈 빈대떡 부쳐먹는 소린가. 문보연 역시 대본과는 무관하게 대사를 읊조려대고 있었다. 그녀는 평강공주가 세계 최초의 페미니스트였다는 사실을 강조하면서 자신이 환생한 바보온달을 만나면 역사를 어떻게 바꿀 계획인가를 웅변조로 토로하고 있었다. 그녀는 어처구니없게도 온달 장군과 한도사를 결탁시켜 국가발전의 암적 존재인 친일파 일당을 섬멸하고야 말겠다는 공약까지 남발하고 있었다.

사이코드라마는 결국 전반부만 대본을 크게 벗어나지 않았고 나머지는 모두 중구난방이었다. 될 대로 되라지. 나는 자포자기 상태로 막이 내리기만을 기다리고 있었다.

다행스럽게도 현자의 배역을 맡은 오대단이 마지막에 출연해서 주제를 확실하게 상기시켜 주었기 때문에 가까스로 위안을 삼을 수가 있었다. 그는 프로였다. 오랜 무대 경험을 바탕으로 관객들을 순식간에 자기 페이스로 끌어들였다. 그리고 내가 전달하고자 하는 진실과 소망이 어떤 의미를 가지는가를 효과적으로 설파해 주었다.

사이코드라마가 끝나자 황기환 박사는 매우 흡족한 표정으로, 모두들 정말로 훌륭했어요, 라는 찬사를 연발하면서 힘차게 박수를 쳐대고 있었다. 도대체 사이코드라마가 어떤 작용을 했는지 모르지만 참가자들의 안면에는 행복감이 콜드크림처럼 번들거리고 있었다. 하지만 나는 사기라도 당한 듯한 느낌이었다.

42

가슴에 소망을 간직한 자여
하늘에 있는 모든 것들이 그대를 향해 열려 있도다

"이 그림 한번 봐주실래요."

그날 아침은 유난히 청명했다. 나는 아침식사를 끝내고 조간신문을 뒤적거리고 있었다. 그때 한 여자가 내게 다가와 말을 걸었다. 그녀는 이십대 후반의 나이였고 깡마른 체형에 창백한 얼굴을 가지고 있었다. 미술학원을 운영하다가 신경이 극도로 쇠약해져서 개방병동 신세를 지고 있다는 여자였다.

그녀는 환우들과 잘 어울리지 못하는 성격이었다. 혼자 후미진 자리를 차지하고 스케치북에 그림을 그릴 때가 많았다. 다른 환자들과는 가급적이면 대화를 회피하는 성향을 가지고 있었다. 그녀가 무슨 이유로 내게 말을 걸었을까. 나는 뒤적거리던 조간신문을 접었다. 그리고 의아한 표정으로 그녀를 쳐다보았다. 이 그림 한번 봐 주실래요. 그녀가 다시 한 번 내게 말했다.

"무슨 그림인가요."

내가 물었다.

그러나 그녀는 대답 대신 자신이 스케치북에 연필로 그려놓은 그림 한 장을 내게 펼쳐 보였다. 나는 한눈에 그녀의 솜씨가 예사롭지 않다는 사실을 간파할 수 있었다. 그러나 그녀는 지금까지 자신의 그림을 다른 환우들에게 한 번도 보여준 적이 없었다.

"이 그림 본인이 직접 그리신 건가요."

"그런데요."

나는 그녀의 그림을 보는 순간 심장이 멎어버리는 듯한 충격에 사로잡혔다. 혹시 잘못 보지는 않았을까, 나는 다시 한 번 그림을 자세히 들여다보았다. 예술적인 목적에서 그려진 그림이 아니라 기록적인 목적에서 그려진 그림 같았다. 그만큼 표현이 사실적이었다. 하지만 내가 충격에 사로잡힌 이유는 그녀의 묘사력 때문이 아니었다. 그림 속에 들어 있는 초승달 때문이었다.

그림 속에서 한 여자가 창문을 열고 바깥을 내다보고 있었다. 창문 밖으로 보이는 하늘에는 초승달이 떠 있었다. 밤이었다. 하늘이 새까맣게 칠해져 있었다. 그래서 초승달이 더욱 선명해 보였다. 그렇다. 전 인류가 달에 대한 기억을 망실했다 하더라도 나는 달에 대한 기억을 그대로 간직하고 있었다. 내 기억에 의하면 그것은 분명히 초승달이었다.

"혹시 달이 이렇게 생기지 않았나요."

그녀의 검지손가락이 초승달을 짚어 보이고 있었다.

"맞습니다. 언제나 이런 형상으로 하늘에 떠 있지는 않지만 달이라는 사실은 분명합니다. 이런 형상으로 떠 있을 때는 초승달이라고 하지요. 그런데 어떻게 초승달을 그리게 되셨습니까."

나는 애써 흥분을 가라앉히면서 그녀에게 물었다.

"사이코드라마를 보면서 정말로 밤하늘에 달이라는 천체가 있었으면 좋겠다는 생각을 했었거든요. 얼마나 낭만적이에요. 그런데 어젯밤에 꿈을 꾸었어요. 저는 혼자 집을 지키고 있었지요. 그러다가 너무 가슴이 답답해서 창문을 열었어요. 그러자 하늘에 이상한 물체가 걸려 있는 광경을 보게 되었어요. 그 물체는 잘라낸 손톱 같은 모양을 하고 있었어요. 하지만 크기는 손톱보다 몇 배나 컸지요. 휘어진 곡선이 매끄럽고 날렵해 보였어요. 신비하게도 은은한 빛을 발하고 있었지요. 저는 한 번도 달이라는 천체를 본 적이 없지만 대번에 그 이상한 물체가 달이라는 천체라고 생각했어요."

그녀 역시 흥분된 어조로 그림을 그리게 된 경위를 설명하고 있었다. 평소 창백하기 그지없던 그녀의 두 볼이 흥분으로 발그레하게 상기되어 있었다. 그녀가 어떻게 초승달의 형상을 이토록 자세하게 묘사할 수 있었을까.

"사이코드라마에서는 둥글게 생긴 보름달에 대해서만 이야기했는데요."

그랬다. 달의 형상이 나날이 변화된다는 사실을 말해 주면 관객들에게 혼란과 불신을 심어줄 것 같아서 대본에는 보름달에 대해서만 언급했었다. 달이 지구의 그림자에 의해서 날마다 형태가 변한다는 사실은 일체 언급한 바가 없었다.

내가 알기로 지구상에는 달에 관한 기록이 전무하다. 달에 관한 기억을 대뇌에 간직하고 있는 사람도 세 명을 초과하지 않는다. 그런데 이 여자는 아무런 정보도 없이 어떻게 꿈에 초승달을 보게 되었을까. 내가 모르는 사이 달이 다시 회귀한 것은 아닐까. 하늘을 한번 살펴보고 싶었다. 그러나 지금은 아침이었다. 달이 회귀했다고 하더라도 눈에 포착될 시간이 아니었다. 빨리 밤이 되었으면 좋겠다는 생각이 들었다.

아무튼 나는 좀처럼 흥분을 가라앉힐 수 없었다. 만고풍상을 고아신세로 견디다가 우여곡절 끝에 개방병동에서 피붙이 하나를 만난 기분이었다. 부둥켜안고 울음이라도 터뜨리고 싶은 심경이었다.

"지난밤 꿈에 저도 달이라는 걸 보았어요."

그런데 무슨 조화일까. 놀랍게도 다음날부터 꿈에 달을 목격했다는 환우들이 한두 명씩 늘어나기 시작했다. 어떤 환우들은 반달을 목격했다고 증언했고 어떤 환우들은 보름달을 목격했다고 증언했다. 그들은 모두 그것을 목격하는 순간 달이라는 천체임을 확신하게 되었노라고 증언했다.

꿈속에서 달을 목격했노라고 증언한 환우들은 한 가지 공통분모를 간직하고 있었다. 사이코드라마를 보면서 한결같이 밤하늘에 달이라는 천체가 실제로 존재한다면 세상이 훨씬 아름다울 거라는 생각을 했었다는 점이었다. 따라서 환우들이 꿈에 달을 목격하게 된 계기가 사이코드라마와 어떤 연관성이 있다는 사실만은 확실했다. 그러나 나로서는 어떤 연관성이 있는지 도무지 짐작해낼 재간이 없었다.

"하늘에 둥근 거울이 하나 떠 있는 것 같았어요."

"보름달입니다."

"내가 본 건 반쪽짜리였는데 어쩐지 슬퍼 보였어요."

"반달을 보셨군요."

환우들은 꿈에 달을 보고 나면 통과의례처럼 내게 감정을 의뢰했다. 꿈에 달을 보지 못한 환자들은 달을 UFO 정도로 생각하고 있었다. 그래서 외계인들이 탑승해 있느냐고 묻기도 했다.

"밤하늘을 쳐다보고 있을 때 구름 속에서 슬그머니 나타났어요."

"그럴 때도 있습니다."

"한참 동안 쳐다보고 있었지만 전혀 눈이 부시지 않았어요."

"달은 그렇습니다. 아무리 쳐다보아도 눈이 부시지 않습니다."

"정말로 신비했어요."

목격자들은 완전히 달에 매료되어 있었다. 그런데 기이하게도 사이코드라마에 출연했던 사람들이 꿈에 달을 목격했다는 사례는 없었다. 관객들만 목격자로 드러나고 있었다.

"비록 꿈속에서 달을 보기는 했지만 소요라는 여자분이 왜 달빛 중독자가 되었는지 이해할 수 있을 것 같아요."

"영혼에도 빛이 있다면 아마 달빛과 같을 겁니다."

"달이 한꺼번에 여러 개씩 뜨나요."

"아닙니다. 한 개만 뜹니다."

"그런데 왜 꿈에 달을 보았다는 사람들은 제각기 다른 생김새로 달을 표현할까요."

"달은 날짜에 따라 작아지기도 하고 커지기도 하는 천체이기 때문입니다."

환우들은 단지 꿈에 달을 목격했을 뿐인데도 실제로 달이 존재하고 있다는 사실을 확신하고 있는 눈치들이었다. 꿈에서 달을 목격했다는 사실을 마치 하늘이 자신에게 무슨 계시라도 내려준 사건쯤으로 받아들이고 있는 분위기였다.

"달이 실재하고 있는 천체니까 꿈에도 나타나는 거겠지?"

"사이코드라마에서 현자가 말하는 소리 들었지. 마음 안에 있는 빛이 사라져버렸기 때문에 마음 밖에 있는 빛도 사라져버렸다잖아."

"그럼 우리는 꿈에 달을 보았으니까 마음 안에 빛이 조금은 남아 있다고 보아도 무방하겠네."

"그렇겠지?"

"어쩐지 자부심이 생기는 걸."

"꿈에서 보면 무슨 소용이 있어. 생시에 보아야지."

"이러다 보면 실제로 보이는 날도 오지 않을까."

한동안 개방병동은 달이라는 천체가 대화의 중심소재로 자리 잡고 있었다. 그러나 한도사는 달의 실존설조차도 친일파 일당들의 음모설로 덮어씌우고 있었다. 달의 실존설은 정서적 혼란을 목적으로 친일파 일당들이 유포한 유언비어일 가능성이 농후하다는 주장이었다. 자신의 초능력으로 포착되지 않는 사물은 우주 어떤 공간에도 존재할 수 없다는 것이었다. 그러나 환우들은 밤이 되기만 하면 모두들 병실 유리창을 통해 하늘을 유심히 살펴보는 습관을 가지기 시작했다. 하늘에 실제로 달이 나타날지도 모른다는 기대감 때문이었다. 그러나 아무리 하늘을 유심히 살펴보아도 달은 나타나지 않았다.

치료팀은 도대체 이런 현상을 어떻게 받아들일까. 아마도 사이코드라마를 계기로 내가 가지고 있는 망상증이 다른 환자들에게 전이되었다고 판단하지는 않을까. 그러나 황기환 박사는 이번 현상을 다르게 해석할지도 모른다. 어느 날 나는 황기환 박사와 면담을 해보고 싶은 충동에 사로잡혔다.

"마침 퇴원문제를 의논하고 싶어서 만나야겠다는 생각을 하고 있었는데 시의적절하게 면담을 요청하셨군요."

"퇴원은 아직 생각해 본 적이 없는데요."

"이제는 사회에 적응하셔도 무방한 상태입니다."

"그래도 저는 자신이 없는데요."

"정상인들도 거의가 자신이 없는 상태로 저 개떡 같은 세상을 살아갑니다."

나는 황기환 박사가 이번 사태를 심각하게 받아들이고 퇴원과 전동을 저울질하다가 퇴원 쪽으로 결정을 내렸는지도 모른다는 생각을 하고 있었다. 그래서 환우들이 꿈에 달을 목격한 사실 때문에 그런 결정을 내리게 되셨느냐고 물어보았다.

"일반적으로 사이코드라마는 환자들의 잠재의식에 지대한 영향을 미칩니다. 때로는 환자들이 사이코드라마에서 얻어낸 정보나 정서를 바탕으로 꿈이라는 매개체를 통해 유사체험을 만들어내기도 합니다. 환자들이 꿈속에서 달을 목격하는 현상 정도라면 별다른 문제가 아닙니다. 일시적인 현상일 뿐이지요. 퇴원문제는 별개적인 사안입니다."

황기환 박사는 꿈속에서 달을 목격한 환우들이 늘어가고 있다는 사실을 대수롭지 않은 일로 받아들이고 있었다. 나는 사이코드라마에서 보름달에 관한 정보밖에 제공하지 않았다, 그런데도 환우들은 꿈속에서 초승달이나 반달을 목격했다, 달은 실재했을 때도 지구의 그림자가 겹쳐서 날마다 형태가 달라지던 천체였다, 당연히 환우들은 그 사실을 모르고 있었다, 모르고 있었는데도 꿈에 초승달이나 반달을 목격했다, 이러한 현상을 정신과 전문의로서는 어떻게 설명할 수 있는가, 나는 황기환 박사에게 물어보고 싶었다. 하지만 환우들에게 좋지 않은 영향을 미칠지도 모른다는 생각이 들었다. 그래서 입을 다물어버리고 말았다.

그러나 황기환 박사는 환우들이 대나무가 되어서 저 하늘에 달이 있다고 소리쳐줄지도 모른다는 말을 했었다. 어쩌면 그는 이번 현상을 대수롭지 않게 생각하고 있는 듯이 말하고 있었지만 그때 이미 사이코드라마 이후의 변화를 어느 정도 예측하고 있었던 것은 아닐까.

"입원을 연장할 수는 없나요."

"의사가 입원연장이 불가피하다고 판단했을 때는 환자의 동의를 얻어 입원을 연장할 수 있어도 환자가 마음대로 입퇴원을 결정할 수는 없습니다. 설마 이곳을 여관으로 생각하고 계시는 건 아니겠지요. 퇴원을 하셔도 무방할 정도로 건강이 회복되신 상태입니다. 바깥세상을 지나치게 부정적인 시각으로만 바라보지 마시고 측은지심을 가지고 바라보십시오. 그러면 적응에 그다지 어려움을 느끼지 않으실 겁니다."

하지만 내게는 바깥세상이 개방정신병동이다. 정체성과 가치관을 상실해 버린 정신병자들이 자신을 정상인으로 착각하면서 살아가는 아수라장이다. 온갖 부조리와 흉악범이 난무하는 저 동물의 왕국에서 정상인이라면 어떻게 태연자약하게 살아갈 수가 있겠는가. 그러니까 내게는 퇴원수속이 곧 입원수속이나 다름이 없다.

"오랜만에 차나 한잔 같이 할까요."

황기환 박사는 대답도 기다리지 않고 다기들을 주섬주섬 꺼내놓기 시작했다. 그는 자신이 자각하지 못하는 사이 다신(茶神)을 숭배하는 신흥종교의 신도가 되어버렸음이 분명하다고 농담조로 투덜거리고 있었다. 아무튼 바깥세상 어디를 가더라도 정상인을 만나기는 어려울 거라는 생각을 하면서 나는 녹차를 달이는 황기환 박사를 바라보고 있었다.

43
달맞이꽃들은 모두 어디로 사라져버렸을까

찬수녀석은 퇴원하는 날에야 봉고차를 끌고 내 앞에 나타났다. 집으로 돌아가는 길에 녀석은 소홀히 해서 미안하다는 말을 몇 번이나 연발했지만 나는 아무 말도 하지 않았다. 제영이가 코수술을 했어. 하지만 부작용이 생겨서 코가 부풀어 오르기 시작했지. 그래서 재수술을 했는데 신통치 않았어. 씨파, 날마다 마스크를 쓰고 방 안에 틀어박혀 신경질만 부리고 있어. 밖에도 못 나가는 주제에 뻑하면 명품타령이야. 솔직히 말해서 어떨 때는 부풀어 오른 코를 콱 밟아버리고 싶은 심정이야. 설상가상으로 가게도 고전을 면치 못하고 있어. 작년에 비하면 매출이 반이나 떨어졌어. 우리 가게만 그렇다는 건 아니야. 전체적으로 그렇다는 얘기야. 미치겠어. 사회

생활이 이렇게 힘든 줄은 몰랐어. 받아만 준다면 차라리 군대로 다시 돌아가고 싶어. 찬수녀석은 내게 위로의 말이라도 기대하고 있는지 끊임없이 신세한탄을 늘어놓고 있었다.

나는 조수석에 앉아서 바깥 풍경을 내다보고 있었다. 춘천 지역의 모든 고지들을 완전히 점령한 초목의 군병들이 하늘을 향해 양팔을 높이 쳐들면서 짙푸른 함성을 질러대고 있었다. 달맞이꽃이 피지 않았을까. 나는 눈여겨 노변을 살펴보고 있었다. 그러나 달맞이꽃은 보이지 않았다. 노변에서 흔히 발견되는 식물이었다. 아직 개화기가 아니어서 꽃은 보이지 않는다고 하더라도 대궁은 보여야 정상이었다. 그러나 이상했다. 아무리 눈여겨 살펴보아도 대궁조차 보이지 않았다.

"형으로서 당연히 화는 나겠지만 무슨 말이라도 해주면 좋잖아."

하지만 나는 아무 말도 하고 싶지 않았다. 말은 공허의 껍질에 불과하다. 어떤 경우에도 마음 그대로를 표현할 수가 없다. 달이 사라져버리고 난 다음부터 자주 언어의 부질없음을 깨닫는다.

"잠깐 내리자 형."

원창고개에 이르자 찬수녀석이 봉고차를 노변에 바싹 정차시키고 차에서 내렸다. 그리고 밖에서 내게도 내리라는 손짓을 해 보였다. 나는 영문도 모르고 차에서 내렸다.

춘천의 시가지가 한눈에 내려다보이는 장소였다. 기하학적인 형태로 일관된 콘크리트 건물들이 발악적인 기세로 녹지대를 잠식해서 마치 자연이 악성 피부질환을 앓고 있는 것처럼 흉물스러워 보였다. 한때는 안개의 도시였고, 몽상의 도시였고, 낭만의 도시였다. 그러나 지금은 안개도 없었고 몽상도 없었고 낭만도 없었다.

"형한테 죽도록 두들겨 맞고 싶어."

찬수녀석이 말했다. 죽도록 자기를 두들겨 패 달라는 주문이었다. 하지만 나는 녀석의 주문을 받아줄 수가 없었다. 물론 죽도록 두들겨 맞고 싶다는 녀석의 심중을 나도 어느 정도는 이해할 수 있었다. 하지만 녀석은 중국에서 흘러 들어온 싸구려 전자제품이 아니다. 본체를 두들겨 팬다고 기능이 정상적으로 작동되지는 않는다.

문제는 세상의 흐름이다. 양심이나 도덕을 밑천으로 살아가면 능력 없는 놈으로 간주되고 반칙이나 암수(暗數)를 밑천으로 살아가면 능력 있는 놈으로 간주된다. 인간답게 살면 문전걸식이 기다리고 있고 짐승같이 살면 부귀영화가 기다리고 있다. 도대체 어떤 미친놈들이 세상의 흐름을 이렇게 뒤집어놓았을까. 누나는 악마의 하수인들이라고 대답할 것이고 한도사는 친일파 일당들이라고 대답할 것이다. 그렇다면 세상이 이렇게 뒤집어질 때까지 하나님은 도대체 어디서 무얼 하고 계셨으며 순국선열 및 호국영령들은 도대체 어디서 무얼 하고 계셨단 말인가.

찬수녀석은 자신이 망가져 있다고 생각하는 모양이지만 아직은 지극히 정상적인 상태를 유지하고 있다. 정말로 망가진 놈은 죽도록 두들겨 맞고 싶은 충동을 느끼기보다 죽도록 두들겨 패고 싶은 충동을 느낀다. 물론 뒤집혀진 세상은 죽도록 두들겨 패고 싶은 충동을 느끼는 놈을 지극히 정상인 상태로 평가할 것이다.

"나 화난 거 아니다."

나는 한마디를 남기고 다시 조수석에 올랐다. 녀석은 도로변 풀섶에 쪼그리고 앉아서 두 팔로 한참 동안 머리를 감싸고 있다가 다시 운전석으로 돌아와 핸들을 잡았다.

나는 집으로 돌아가는 봉고차 안에서 내 시의 본질이 무엇인가를 생각해 보고 있었다. 소요를 만나기 전 내 시의 중심소재는 닭이었다. 그때까지만 하더라도 나는 어떤 대상이든지 자신과 흡사한 부분이 있어야만 정서적 소통이 가능하다는 주관을 가지고 있었고 정서적 소통이 가능해야만 시적 대상이 될 수 있다는 편견을 가지고 있었다. 닭이 간직하고 있는 비극적 요소들은 내가 간직하고 있는 비극적 요소들과 너무나 흡사해서 정서적 소통이 용이할 수밖에 없었다.

그러나 부모님이 돌아가시고 금불알을 떠맡기 시작하면서 나는 닭에게 염증을 느끼기 시작했다. 시적 대상으로서의 닭보다는 생계 밑천으로서의 닭이 더 크게 부각되기 시작했다. 그러면서 시적 감흥도 퇴색하기 시작했다. 소요를 만나지 않았더라면 나는 끝내 장사꾼으로 주저앉고 말았을지도 모른다.

그런데 적시에 소요가 나타났다. 그리고 어떤 대상이든지 흡사한 부분이 있어야만 정서적 소통이 가능하고 정서적 소통이 가능해야만 시적 대상이 될 수 있다는 내 주관을 완전히 해체시켜 버렸다.

소요를 통해서 내가 깨달은 바에 의하면 달빛 아래서는 삼라만상이 모두 아름답고 아름다움을 간직한 것들은 모두 사랑의 대상이 될 수 있으며 사랑의 대상이 될 수 있는 것들은 모두 시적 대상이 될 수 있었다.

소요를 만나고 내 시의 중심소재는 닭이라는 가축에서 달이라는 천체로 변환되었다. 문자상으로 따지면 닭에서 단지 기역 받침 하나가 떨어져 나갔을 뿐인데 정서적 차이는 그야말로 천양지차(天壤之差)였다. 나는 날마다 주체할 수 없는 시적 감흥에 사로잡혀 있었다. 심지어는 하루에 두 편씩이나 시를 쓴 적도 있었다. 소요가 내 곁에 존재했던 기간에는 어째서 세상이 그토록 아름답게 보였을까. 지금 생각해 보면 아름다움을 느끼는 가슴이 사랑을 느끼는 가슴이었고 사랑을 느끼는 가슴이 시를 느끼는 가슴이었다. 그런데 소요와 달이 사라져버리면서 그 가슴마저도 사라져버렸다. 그리고 나는 소요를 만나기 전의 시정잡배로 되돌아가고 말았다.

"필도한테 연락 없었냐."

"없었는데."

"자식이 무슨 일이 있길래 전화를 걸 때마다 불통이야."

필도녀석이 궁금했다. 무슨 일이 생기지 않고서는 이렇게 오래도록 연락을 끊고 지낼 녀석이 아니었다. 가는 길에 원룸에 한번 들러보아야겠다는 생각을 했다.

"집으로 가는 길에 교동에 먼저 들러보자."

"그럴까."

봉고차는 팔호광장 쪽으로 핸들을 꺾었다. 불과 두 달 보름밖에 지나지 않았는데 간판을 바꾼 업소들이 적지 않았다. 그만큼 장사가 안 된다는 뜻일 것이다. 기절해서 땅바닥에 엎어져 있던 경제가 간판을 바꾼다고 벌떡 일어나서 살사댄스를 추지는 않는다. 하지만 장사꾼들은 장기간 손님들의 발길이 끊어지면 나름대로 손님들의 눈길을 끌 수 있는 방법을 생각하느라고 막말로 두개골이 빠개진다. 간판을 갈아볼까. 단순한 생각을 가진 장사꾼이라면 일단 간판부터 갈아치울 궁리를 하게 된다.

하지만 남의 지갑에 있는 돈을 내 지갑으로 옮기려면 간판만 가지고는 어림도 없다. 생면부지의 손님일 경우에는 일단 간판만 보고 들어올 수도 있지만 일반적으로는 간판이 고객유치에 지대한 영향을 미치지는 않는다. 아버지의 가르침에 의하면 장사꾼이 망하지 않기 위해서는 세 가지 덕목을 지속적으로 갖추고 있어야 한다. 첫째는 가격이 합당한 양질의 상품이요, 둘째는 손님에 대한 관심과 친절이며, 셋째는 종업원의 능력에 걸맞은 예우와 신뢰다. 이것들은 돈을 벌고 싶은 욕심에서 만들어진 상술이 아니어야 하며 인격수양을 바탕으로 표현되는 진실이어야 한다. 지극히 상식적인 덕목이다. 그러나 갖추기도 힘들고 지키기도 힘들다. 각양각색의 손님들을 상대하다 보면 때로는 짜증이 치밀어 오르기도 하고 때로는 울화통이 치밀어 오르기도 한다. 그래서 아버지는 모름지기 장사꾼이라면 아침에 자리에서 일어나 제일 먼저 쓸개부터 떼내어 금고 깊숙이 보관해 두는 습관을 가져야 한다고 말씀하셨다.

"필도 형이 사는 데가 어디지?"

"한림대 정문 쪽이야."

"주차할 데가 있을까."

"밤에는 어렵지만 지금쯤은 괜찮을 거다."

그러나 막상 필도녀석이 살고 있는 원룸 골목에 들어서니 주차 공간이 보이지 않았다. 나는 찬수녀석에게 한림대 병원 주차장에 차를 대기시켜 두라고 이른 다음 혼자 필도녀석의 원룸을 찾아갔다. 몇 번이나 문을 두드렸으나 기척이 없었다. 쟈쉭이 또 여자 꿰차고 어디 여행이라도 떠나버렸나. 투덜거리면서 돌아서려는 찰나, 거기 아무도 없어요, 퉁명스러운 여자 목소리가 뒤통수를 때렸다. 계단 아래서 주인 아주머니가 못마땅한 표정으로 나를 쳐다보고 있었다.

"그런데 댁은 누구슈?"

"이 방에 살고 있는 사람 친군데요."

"친구 아닌 거 같은데."

"친구 맞습니다."

"그런데 친구가 깜방 간 것도 모른단 말이여?"

"깜방이요?"

"친구 아니로구만."

"제가 몇 달 동안 연락이 안 닿는 곳에 있었거든요. 이 친구가 깜방을 갔다니 도대체 무슨 말씀입니까."

주인 아주머니는, 필도녀석이 두 달 전쯤에 여자 문제로 누군가에게 주먹질을 했는데 맞은 사람이 고소를 하는 바람에 형사들이 관리실에 잠복해 있다가 필도녀석이 나타나자 수갑을 채우고 연행해 갔다고 부재이유를 설명해 주었다. 무거운 납덩어리 하나가 가슴 밑바닥으로 쿵 하고 떨어져 내리는 소리가 들렸다. 폭행을 당한 사람이 여자냐고 물었더니 남자라는 대답이었다. 같이 있던 여자는 어떻게 되었느냐고 물었더니 역시 모르겠다는 대답이었다. 형사들이 연행해 갈 때 여자는 없었다는 것이었다. 주인 아주머니도 그 이상의 내용은 모르고 있는 것 같았다. 나는 무거운 납덩어리를 끌어안고 돌아서는 수밖에 없었다.

"필도 형은?"

"없더라."

"필도 형은 다음에 점심 같이 먹기로 하고 오늘은 우리끼리 먹자."

"차는 여기다 그대로 세워두고 근처에 육개장을 잘 하는 집이 있으니까 그리로 가자."

"형 육개장 별로 안 좋아했잖아."

"두 달 보름 동안 양순한 환자밥만 먹다가 바깥에 나오니 성깔 있는 음식이 먹고 싶어진다."

문병객들, 환자들, 조문객들. 한림대병원은 사람들로 북새통을 이루고 있었다. 병원 정문으로 끊임없이 차량들이 밀려들고 있었다. 정문이 비좁아 보일 지경이었다. 한 분씩 완쾌되실 때마다 한 송이씩 피어나 드리겠어요. 화단에 피어 있는 꽃들이 낭랑한 목소리로 소리치고 있었다. 그러나 꽃들에게 눈길을 주는 사람은 아무도 없었다.

찬수녀석과 병원 주차장을 빠져나오는 사이, 교통사고를 당했는지 앰뷸런스에서 피투성이 환자 두 명이 들것에 실려 급히 응급실로 옮겨지고 있었다. 검은 양복을 걸친 조문객들이 단체로 버스에서 내려 침통한 표정으로 영안실을 향해 걸어가는 모습도 보였다. 문병객들은 근심에 싸여 있고 환자들은 불안에 싸여 있고 조문객들은 슬픔에 싸여 있었다. 하지만 병원을 나서면 모두들 생존의 투사들로 돌변할 것이다.

"육개장과 보신탕이 사촌지간이라는 사실을 알고 있냐."

"설렁탕하고 사촌지간이 아닌가."

"설렁탕은 혈통이 다르니까 촌수를 따지면 안 되고 같은 지역에 사는 놈쯤으로 생각해야 된다."

병원에서 십 미터도 안 되는 거리에 육개장을 하는 한식집이 있었다. 나는 음식이 나오기를 기다리면서 찬수녀석에게 육개장과 보신탕에 대해서 설명하기 시작했다.

"육개장이라는 이름은 개장국에서 유래되었지."

물론 개장국은 보신탕을 말한다. 허준의 『동의보감』에는 개고기가 오장을 편안하게 해주며 혈맥을 조절하고 골수를 충족시켜서 허리와 무릎을 따뜻하게 만들어줄 뿐만 아니라 기력을 증진시킨다고 기록되어 있다.

그러나 육개장은 개고기를 쓰지 않는다. 개고기 대신 소고기를 쓴다. 소고기를 쓰지만 조리법이 개장국과 다르지 않다. 육개장의

독특한 맛은 고추기름에서 나온다. 한국 사람들은 이열치열(以熱治熱)이라는 말을 즐겨 사용한다. 열로써 열을 다스린다는 말이다.

한국의 음식들은 대부분 음양오행설(陰陽五行說)에 근거를 두고 상생(相生)과 상극(相剋)을 고려해서 만들어졌다. 복(伏)날 개고기를 먹는 것도 음양오행설에 근거한 것이다. 개[狗]는 화(火)의 기운을 가지고 있으며 복은 금(金)의 기운을 가지고 있다. 화극금(火剋金). 화는 금을 누른다는 뜻이다. 그러니까 개고기는 더위를 물리친다.

2002년 한일 월드컵 때 서양 사람들은 한국인이 개고기를 먹는다는 이유로 야만인이라는 비난을 서슴지 않았다. 서양 사람들은 물고기 한 마리를 갖다 주면 구워먹거나 쪄먹는 것이 고작이다. 그러나 한국 사람들은 회를 치거나 포를 뜨거나 끓이거나 굽거나 삶거나 데쳐 먹는다. 양념에 따라서 음식이 달라지고 지역에 따라서 음식이 달라진다. 심지어는 서양 사람들이 내버리는 내장까지 젓갈로 갈무리해서 먹는다. 이러한 문화적 깊이를 모르고 야만인 취급을 하는 것은 언어도단이다. 개고기를 먹는 놈이 야만인이면 개고기를 못 먹는 놈은 미개인이다. 한국 사람들도 식용으로 기르는 구(狗)는 먹지만 애완으로 기르는 견(犬)은 먹지 않는다.

영어로 개는 DOG라고 표기한다. 거꾸로 읽으면 신을 나타내는 GOD가 된다. 그야말로 극과 극이다. 무엇이든지 한쪽 방향에서만 보고 판단하면 편견과 아집에 치우치기 쉽다. 태양이 날마다 동쪽에서 떠서 서쪽으로 진다고 철석같이 믿고 있는 사람들이 많을 것이다. 그러나 태양이 날마다 동쪽에서 떠서 서쪽으로 지는 것은 아니다. 북극점에서 관측하면 태양은 남쪽에서 떠올라 6개월 동안 이나 하늘에 머물러 있다가 남쪽으로 진다. 남극점에서는 반대다. 태양이 북쪽에서 떠올라 6개월 동안 하늘에 머물러 있다가 북쪽으로 진다. 한국 사람들은 뜨겁고 얼큰한 국물을 먹을 때 시원하다는 표현을 쓴다. 뜨겁다〔hot〕는 말과 시원하다〔cool〕는 말은 서로 상반된 의미를 지니고 있다. 그런데 한국 사람들은 속을 풀어주는 음식을 먹을 때 동일한 의미로 쓴다.

서늘하다. 싸늘하다. 차갑다. 선선하다. 시리다. 차디차다. 춥다. 쌀쌀하다. 시원하다. 이 모든 표현들을 쿨(cool)이라는 단어 하나로밖에 쓸 줄 모르는 사람들이 과연 뜨겁고 얼큰한 국물을 먹을 때 시원하다고 말하는 문화의 깊이를 가늠할 수 있을까.

하지만 나는 개방병동에서 생활하는 동안 나름대로 마음을 정리했다. 달이 없다고 생각하는 사람들은 달이 없는 것이 진실이고 달이 있다고 생각하는 사람들은 달이 있는 것이 진실이다. 사이다가 알을 깐다고 생각하는 사람들에게는 사이다가 알을 까는 것이 진실이고 사이다가 기포를 발생시킨다고 생각하는 사람들에게는 사이다가 기포를 발생시키는 것이 진실이다.

"맛있게 드십시오."

성깔 있는 음식 육개장이 나왔다. 오랜만에 먹어보는 육개장이라 무척 맛이 있었다. 그러나 필도녀석 때문에 마음 한구석이 암울했다. 여자 문제로 주먹을 휘둘러 고소를 당했다니, 생각할수록 사건의 전말이 궁금해졌다. 어떤 여자가 개입되었는지, 주먹을 휘두른 이유가 무엇인지, 피해자의 상처는 어느 정도인지, 원룸 주인 아주머니의 말만으로는 사건의 추이를 가늠할 수가 없었다. 내일 경찰서로 한번 찾아가볼 예정이었다. 그러나 지금쯤은 교도소에 있을 가능성이 짙었다. 착잡했다.

"형이 왔는데 인사도 안 하냐."

집으로 돌아와 찬수녀석이 자기 방문을 열고 제영이에게 내가 퇴원했다는 사실을 알렸으나 제영이는 고개를 돌린 채 들은 척도 하지 않았다. 방 안에서도 마스크를 쓰고 있었다.

"잘 있었어?"

내가 인사를 던졌지만 함구무언이었다. 예상하고 있었던 사실이었다. 다시 무거운 납덩어리 하나가 쿵 하고 가슴 밑바닥으로 떨어져 내리는 소리가 들렸다.

44
대한민국에서는
사람을 때린 죄보다
합의를 볼 돈이 없는 죄가 더 크다

한국에 존재하는 건축물 중에서 검찰청이나 경찰서나 교도소는 어떤 건축가의 솜씨를 빌려도 예술품이 될 수가 없다. 그 건축물들은 아무런 잘못을 저지르지 않은 서민들에게도 위압감과 속박감을 안겨주는 무례함을 간직하고 있다. 그중에서도 교도소는 공동묘지와 버금가는 공포심까지 불러일으킨다. 멀리서 바라보아도 간담이 서늘해진다.

하지만 살다 보면 본의 아니게 그 기분 나쁜 건물들을 드나들어야 하는 액운도 생기는 법이다. 나는 오전에 경찰서를 찾아가 필도 녀석의 폭행사건을 담당했던 형사를 만났다.

"노혜연이라는 여자 알고 계시지요."

"친구 녀석과 같이 있을 때 몇 번 얼굴을 대면한 정도입니다."

"최근에 만나신 적은 없습니까."

"없는데요."

담당 형사는 내가 필도녀석의 친구임이 분명하다는 사실을 확인하자 무슨 까닭인지 노혜연에 대해서 지대한 관심을 나타내 보이기 시작했다.

"무슨 연락이라도 받으셨을 텐데요."

"글쎄요. 개인적으로는 그다지 가깝게 지낸 사이가 아닙니다."

"그래도 친구를 잘 부탁한다는 전화 정도는 걸 수도 있지 않을까요."

"두 달 보름 동안 친구 녀석조차도 연락이 두절된 상태였습니다."

"김필도와는 절친한 사이로 알고 있는데 두 달 보름 동안이나 연락이 두절된 상태였다니 믿기지 않는데요."

"제가 동산면에 있는 국립춘천병원에 입원해 있었거든요."

"정신병원 말씀인가요?"

"그렇습니다."

"혹시 노혜연한테서 무슨 연락이라도 오면 즉시 저한테 알려주셨으면 고맙겠습니다."

담당 형사의 말에 의하면, 피해자 허혁만(許赫萬)은 요선동에서 임마뉴엘이라는 카페를 운영하는 자로서 가해자 김필도의 동향(同鄕) 선배였다. 허혁만은 봄을 기해서 임마뉴엘의 분위기를 바꿀 계획으로 가해자 김필도에게 실내장식을 의뢰했다. 그런데 김필도가 실내장식을 하느라 교동에 소재한 원룸을 비운 사이 허혁만이 김필도의 동거녀 노혜연과 수차례 통정을 하는 사이로 발전했다. 어느 날 김필도는 실내장식에 필요한 사진자료를 출력하기 위해 원룸으로 되돌아갔다가 허혁만과 노혜연의 통정 장면을 목격했다. 그리고 격분한 나머지 주먹으로 허혁만의 안면을 가격하여 앞니를 두 대나 부러뜨리는 상해를 입혔다.

"피해자 허혁만은 김필도가 동거녀 노혜연과 모의하여 자기에게 돈을 뜯어낼 목적으로 꾸민 각본에 말려들었으며 자신이 오히려 피해자라고 주장하고 있는 실정입니다. 지금 이 시점에서는 가해자 김필도가 피해자 허혁만과 서로 합의를 보는 것이 중요합니다. 그런데 허혁만의 부인이 남편의 통정 사실을 알고 노혜연과 허혁만을 간통죄로 고발해서 허혁만 역시 지금 교도소에 수감된 상태입니다. 문제는 노혜연이라는 여자입니다. 허혁만은 김필도가 돈을 뜯어낼 목적으로 노혜연과 작당해서 자기를 유혹했다는 주장을 펼치고 있지만 김필도는 이를 강력하게 부인하고 있는 실정입니다. 그런데 중요한 열쇠를 가지고 있는 노혜연이 아직도 나타나지 않고 있는 겁니다."

"그 여자가 나타나지 않고 있다니요?"

"김필도에게 현장을 발각당하던 날 어디론가 도망쳐버리고 말았습니다. 물론 허혁만이 통정 사실을 전부 시인했기 때문에 노혜연은 간통죄가 성립되어 현재 피의자로 수배중에 있습니다."

김필도가 허혁만과 합의를 본다면 정상참작이 되겠지만 합의를 보더라도 노혜연이 나타나기 전까지는 교도소를 벗어나기 힘들 거라는 전망이었다.

경찰서를 나와 택시를 잡았다. 교도소로 가기 위해서였다. 여름이 시작되고 있었다. 건물들이 강렬한 햇빛 속에서 빈혈을 앓고 있었다. 나는 택시를 타고 교도소로 가면서 도대체 이 사태를 어떻게 수습해야 좋을지를 생각해 보기 시작했다. 난감했다. 시인이란 얼마나 나약한 존재인가. 국문과를 나온 것이 잘못이었다. 법대를 나왔으면 이럴 때 녀석에게 마음의 위안이라도 될 수 있었을 것이다. 지금까지 친구로 살아오면서 닭갈비집 주인으로 녀석에게 도움을 준 적은 있어도 시인이라는 이름으로 녀석에게 도움을 준 적은 없었다. 교도소 건물이 보이기 시작하자 가슴이 순식간에 시커먼 먹장구름으로 뒤덮여버렸다.

"무슨 용무로 오셨습니까."

정문에서 근무자가 용무를 물었다. 재소자를 면회하러 왔노라고 대답하니까 근무자가 신분증을 확인한 다음 접견자 대기실을 가르쳐주었다. 교도소 건물로 들어서는 순간 나도 수인(囚人)이 되어버린 기분이었다.

대기실은 면회객들로 들끓고 있었다. 화장발이 짙은 아가씨들과 깍두기 차림의 젊은이들이 제일 많이 눈에 띄었다. 농사꾼으로 보이는 사람도 있었고 막노동꾼으로 보이는 사람도 있었다. 그러나 양복에 넥타이 차림을 한 사람은 한 명도 보이지 않았다. 그래서 실내 분위기는 더욱 우중충해 보였다. 젊은 여자 하나가 아기에게

젖을 물린 채 하염없이 눈물을 흘리고 있었다. 노인 하나가 주름이 가득한 얼굴로 자꾸만 벽시계에 눈길을 던지고 있었다. 모두들 초조하고 불안한 표정들이었다. 벽면 한쪽에 수족관이 설치되어 있었다. 물고기들의 움직임까지 불안하고 초조한 느낌을 불러일으키고 있었다.

나는 접수창구로 가서 면회를 신청했다.

"접견하실 분 수인번호는?"

"모릅니다."

"그렇다면 성함을 말씀해 보세요."

"김필도입니다."

직원이 컴퓨터를 두드리더니 즉시 수인번호를 알려주었다.

"김필도씨 수인번호는 일삼공사번입니다."

"감사합니다."

"접견신청서를 접수하시고 주민등록증을 맡겨두세요. 안내방송이 나오면 지정하신 접견실로 가시면 됩니다."

나는 수속을 끝내고 담배를 피우기 위해 밖으로 나왔다. 남자들 몇 명이 재떨이를 선점하고 암울한 표정으로 연기를 뿜어대고 있었다. 담배를 태우고 있는 것이 아니라 속을 태우고 있는 것이라는 생각이 들었다. 재떨이는 이미 포화상태였다. 오바이트를 해놓은 꽁초들이 시멘트 바닥에 허옇게 흩어져 있었다. 나는 담배 한 대를 피우고 대기실로 들어가 안내방송을 기다리기 시작했다.

"일삼공사번 접견하실 분 오호실로 가주세요. 다시 한 번 말씀드립니다. 일삼공사번 접견하실 분 오호실로 가주세요."

접견실은 바깥으로 나가 도보로 5분 정도를 걸어야 되는 거리에 위치해 있었다. 접견실 담벼락에는 벽화가 그려져 있었다. 벽화 속에서 가족으로 보이는 사람들이 면회객들을 향해 환한 웃음을 던지고 있었다. 언젠가는 이런 날을 맞이하게 될 거라는 의미일까. 하지만 교도소 전체가 지나치게 위압감을 주고 있었기 때문에 벽화는 그다지 감동을 자아내지 못하고 있었다.

나는 지정된 접견실로 들어갔다. 일단 면회가 시급하다는 생각으로 여기까지 오기는 했지만 막상 녀석을 만나면 무슨 말부터 꺼내야 할지 난감한 기분이었다. 그러나 아직 녀석의 모습은 보이지 않았다. 의자에 앉아 기다리고 있는데 이내 맞은편 철문이 열리면서 녀석이 들어오는 모습이 보였다. 푸른 수의(囚衣)를 걸치고 있었다. 수척해 보였다. 우리는 녹두알 크기의 통화용 구멍이 인색하게 뚫어져 있는 유리벽 하나를 사이에 두고 마주앉았다. 단지 유리벽 하나 사이였다. 그래서 녀석의 실체를 확연하게 들여다볼 수가 있었다. 그러나 유리벽 안쪽은 전혀 다른 세상이었다. 녀석과의 거리가 너무 멀게 느껴졌다. 나는 녀석에게, 그만 거기서 나와라, 집으로 돌아가자, 라고 말해 주고 싶었다.

"미안하다. 네가 여기 있다는 사실을 어제야 알았어. 그동안 동산면에 있는 국립춘천병원 개방병동에 입원해 있었다. 이따금 네 핸드폰으로 전화를 걸었는데 불통이더라."

"어느 날 혜연이가 시내에 볼일이 있다고 나갔는데 전화를 거니까 불통이었어. 그래서 심하게 말다툼을 하게 되었지. 사건이 터질 무렵쯤에는 그런 일로 자주 말다툼을 했었다. 다음날 아침에 소변이 마려워서 화장실로 들어가보니까 변기에 핸드폰이 빠져 있더라. 혜연이가 내 핸드폰을 변기에 처박아버린 거지."

"나는 그런 줄도 모르고 전화를 안 받길래 이번에는 어디 외국으로 여행을 떠난 것이나 아닐까 생각했었지."

"내가 여기 있다는 건 어떻게 알았냐."

"어제 퇴원해서 원룸에 찾아갔었다. 주인 아주머니한테 대충 얘기를 들었지만 자세한 내막을 알고 싶어서 아까 담당형사를 만났어."

"핸드폰을 수리해 달라고 대리점에 맡겼더니 너무 오래 빠져 있었기 때문에 수리가 불가능하니까 추가금을 지불하고 다른 핸드폰으로 교체하라고 하더군. 그런데 핸드폰을 교체하기도 전에 사건이 먼저 터져버린 거야."

"천금 같은 시간을 핸드폰 얘기로 다 소비하고 말 거냐."

"궁금한 거 있으면 물어봐라."

"도대체 허혁만이라는 작자가 누구냐."

"어릴 때 같은 동네에서 살았는데 지금은 요선동에서 임마뉴엘이라는 카페를 운영하고 있지. 여자를 무척 밝히는 성격인 줄 알면서도 경계하지 않았던 내가 잘못이었다."

녀석의 말에 의하면, 제주도 여행을 가기 전에 그림을 한 점 사주었다는 선배가 바로 허혁만이었다. 허혁만은 그때부터 이미 노혜연에게 눈독을 들이고 있었다. 나중에 실내장식 관계로 카페에서 만나는 일이 잦아지면서 허혁만과 노혜연이 서로를 대하는 태도가 예사롭지 않았다. 나는 필도녀석의 말을 들으면서 순간적으로 모텔에서 노혜연이 자위를 하던 장면을 떠올렸다. 그녀는 삼력맨 취향이었다. 필도녀석보다는 허혁만이 한결 구미가 당기는 남자로 판단되었을 것이다.

유리벽 안에서 임석교도관이 우리의 대화를 열심히 기록하고 있었다. 면회시간은 5분으로 한정되어 있었다. 그러나 나는 그 짧은 시간을 요긴하게 쓸 방도를 찾아내지 못하고 있었다.

"부탁하고 싶은 것이 있으면 허심탄회하게 말해라."

"벡진스키의 화집이나 한 권 구해서 넣어주었으면 좋겠다. 내가 알기로 춘천에서는 구할 수 없을 거다."

"철창 안에서 만나기에는 너무 그림이 처절한 화가 아니냐."

"차라리 더 처절하고 싶다. 예술에 대한 치열성이 떨어졌으니까 속세가 나를 이런 함정으로 몰아넣을 수 있었겠지. 요즘은 가다밥을 주물러서 여자의 누드를 만들고 있다. 깜빵 동료들은 이 새끼가 아직도 정신을 못 차렸다고 힐난하지만 나로서는 예술에 대한 열정을 꺾고 싶지 않다는 의지의 표현이야."

이럴 때는 마피아 두목이라도 되었으면 좋겠다는 생각이 들었다. 그렇게만 된다면 당장이라도 무지막지한 부하 몇 놈을 데리고 와서 감옥을 폭파시켜 버리고 싶었다. 녀석만 탈옥시킬 수 있다면 조직이고 나발이고는 나중에 생각할 문제였다. 하지만 나는 일개 닭갈비집 주인에 불과한 존재였다. 감옥을 폭파시킬 만한 카리스마가 없었다.

"변호사는 구했냐."

"형들이 구했다. 부모님은 아직 모르고 계신다. 인격수양 잘 하고 있으니까 너무 걱정하지 말아라."

"언제쯤 나올 수 있을 거 같냐."

"변호사는 재판에 회부되기 전에 합의를 보는 일이 급선무라고 했지만 나는 합의를 보지 않겠다고 말했다."

"합의를 보지 않으면 불리하지 않을까."

"불리하겠지. 대한민국에서는 사람을 때린 죄보다 합의 볼 돈이 없는 죄가 더 크다는 말이 있지만 나는 어떤 일이 있더라도 합의는 보지 않을 생각이야."

"신중하게 생각해서 결정해야 할 문제 같다."

"허혁만이 요구하는 합의금이 자그만치 오천만 원이다. 이번 기회에 숫제 팔자를 고쳐보겠다는 속셈이지. 판사가 형량을 얼마나 때릴지는 모르지만 나는 얼마를 때리더라도 고스란히 몸으로 때우고 나갈 작정이다. 깜빵도 견딜 만하니까 너무 걱정하지 마라."

"먹고 싶은 건 없냐."

"육개장이 먹고 싶다."

이심전심이었을까. 내가 입원해 있을 때 가장 먹고 싶었던 음식도 육개장이었다. 하지만 나는 어쩐지 가슴이 아려서 사실대로 말할 수가 없었다.

"어떻게 하면 육개장을 사식으로 넣어줄 수 있냐."

"불행하게도 사식 메뉴에는 육개장이 빠져 있다."

"그럼 다른 걸로 선택해라."

"아직은 견딜 만하다. 더 살아보고 필요한 것이 있으면 부탁하겠다."

그때 교도관이 면회시간 종료를 선언했다. 쓸데없는 잡담으로 면회시간을 모조리 허비해 버린 듯한 기분이었다. 중요한 말이 남아 있을 것 같았는데 떠오르지 않았다. 녀석은 너무 걱정하지 말라는 말을 남기고 일어섰다. 철문을 열고 사라지는 녀석의 뒷모습을 보면서 나는 다시금 뼈저린 무력감에 젖어들고 있었다.

밖으로 나오니 매미가 전화벨 같은 소리로 어디론가 발신음을 보내고 있었다. 수신자는 부재중. 그리도 매미는 계속해서 어디론가 발신음을 보내고 있었다. 햇살이 눈부셨다.

45 땅꺼짐 현상

자동차가 전속력으로 달리고 있는데 갑자기 눈앞에서 도로가 땅속으로 사라져버렸다. 또는 아침에 잠에서 깨어나보니 앞집이 흔적도 없이 땅속으로 사라져버렸다. 믿기지 않겠지만 일부 지역에서 흔히 목격되는 땅꺼짐 현상이다. 영어로는 싱크홀(sink hole) 현상이라고 표현한다.

미국의 플로리다 지역에서는 해마다 싱크홀 현상이 몇 건씩이나 발생해서 주민들이 불안에 떨고 있다. 싱크홀 현상은 지반이 약해진 지역의 지표면이 느닷없이 땅속 깊이 함몰해 버리는 현상이다. 지질학자들은 지반의 밀도가 높지 않은 석회암 지대에서 싱크홀 현상이 자주 나타난다는 견해를 가지고 있다.

플로리다에 있는 싱크홀 중에서 가장 큰 것은 게인스빌 시의 데빌스 밀호퍼라는 이름의 싱크홀이다. 이 싱크홀은 직경 152미터에 37미터의 깊이를 가지고 있다. 지질학자들은 매년 수많은 싱크홀들이 생겨나고 있으며 드러난 싱크홀보다는 숨겨진 싱크홀이 훨씬 많다고 주장한다.

지난 몇 년 동안 싱크홀로 인해 주택이 피해를 입은 보고 사례는 수백 건에 달한다. 윈터파크에서 발생한 싱크홀은 고급승용차 정비소에 주차되어 있던 다섯 대의 포르셰를 잡아먹고 수백만 불의 피해를 입히는 기록을 보유했다. 브룩스빌 근처에서 발생한 싱크홀은 공사장 부근의 굴착기와 트레일러와 트럭들을 순식간에 집어삼켜버렸는데, 레이더를 이용해 추적해 본 결과 30미터 지하까지 끌고 들어간 사실이 밝혀졌다.

플로리다는 최근 3개월에 걸쳐서 4차례의 허리케인을 겪었으며 이어 싱크홀로 인해 고층건물에 균열이 생기거나 일반주택 일부가 붕괴되는 사태가 속출했다.

이에 플로리다 주정부는 주택보험에 싱크홀 피해보상에 대한 조항을 추가하는 법안을 제정하고 민심을 수습하는 일에 다각적인 노력을 기울이고 있다. 그러나 보험회사 측에서는 건축물에 한해서만 보상이 가능하다고 밝혔으며 토지 부분에 대해서는 보상을 꺼리고 있어 가입자들과의 법정시비가 잦아지고 있다. 해마다 허리케인에 대한 공포로 시달림을 당해온 플로리다 주민들은 최근 땅꺼짐 현상까지 겹쳐 하늘의 재앙과 땅의 재앙 사이에서 샌드위

치식 공포에 시달리고 있다.

그러나 미국 플로리다 주민들만 싱크홀 현상에 시달림을 당하고 있는 것은 아니다.

한국에서도 싱크홀 현상과 똑같은 땅꺼짐 현상이 일어나고 있다. 수년 전 전남 무안군 무안읍 성남리에 살고 있는 윤모 씨의 방앗간 창고가 불시에 흔적도 없이 사라져버린 사건을 계기로 지금까지 인근 가옥과 도로에도 심한 균열이 발생해서 주민들을 불안과 공포에 떨게 만들고 있다. 뿐만 아니라 교촌리 일대에서도 원인불명의 지반침하 현상이 발생해서 가옥, 창고, 도로에 심한 균열을 보이고 있다.

이에 무안읍 주민들은 읍내 전 지역이 안전지대가 아니라는 사실이 지질조사를 통해 밝혀진 시점에서도 관계당국이 예산부족을 핑계로 소극적인 태도를 보이고 있다는 비난과 함께 관계당국의 시급한 대책을 강력히 촉구하고 있다. 한편 무안군은 이번 사태를 계기로 5억 원의 예산을 투입해 피해지역 일대를 정밀조사하고 지질조사 용역비 10억 원을 국고에서 지원토록 요청할 계획이다.

(HBN 포커스 한대영 리포터)

46 아버지는 왜 껍질이 없는 계란을 의암호에 던지셨을까

"거덜 나기 직전이구나."

어느 날 통장을 점검해 보니 수입에 비해 지출이 너무 많았다. 가게 운영에 필요한 지출은 별다른 변동이 없었다. 그런데도 수차례에 걸쳐 몇백만 원이라는 거액이 통장에서 빠져나간 흔적이 보였다. 지난 달만 하더라도 3백만 원이라는 거금이 세 번에 걸쳐 빠져나간 흔적이 역력했다. 테이블 15개짜리 닭갈비집에서 재료구입비를 제외하고 한 달에 9백만 원이나 되는 거금을 집어삼킬 수 있는 괴물이 무엇일까. 없었다. 그래서 나는 은행직원이 전산처리를 잘못했을 거라고 생각했다. 그러나 아니었다.

내가 심각한 낯색으로 찬수녀석을 추궁하자 괴물의 실체가 금방 드러났다. 제영이의 명품구입비와 성형수술비 때문에 거액의 지출이 불가피했다는 것이었다. 그러나 명품구입이나 성형수술은 불가피하다는 단어를 갖다 붙일 사안이 아니었다. 불가피하다라는 말은 피할 수 없는 상황에서만 쓰여지는 말이었다. 명품구입을 하지 않는다고 생명이 단축되는 것도 아니고 성형수술을 하지 않는다고 주민등록증이 말소되는 것도 아니었다. 그런데도 찬수녀석은 제영이 문제라면 언제나 불가피한 상황이라는 말을 갖다 붙였다.

제영이는 요즘 코수술 실패를 계기로 명품중독증이 극도로 악화되어 이틀이 멀다 않고 찬수녀석을 볶아대고 있었다. 찬수녀석도 이제는 제영이가 악귀 같아 보여서 눈길을 마주치기조차 끔찍하다는 태도를 보이고 있었다. 격렬한 말다툼은 다반사였고 잠자리조차 같이 하지 않았다. 아예 찬수녀석이 가게에서 혼자 홑이불을 덮고 잠을 자는 경우가 대부분이었다. 그녀는 말다툼을 할 때마다 혼인을 빙자한 간음죄로 찬수녀석을 고발하겠다고 으름장을 놓았다. 마치 자기 머리를 스스로 골대에 들이박은 축구선수가 심판에게 레드카드를 꺼내 보이면서 퇴장을 명령하는 격이었다.

"제영이 문제를 어떻게 해결할 생각이냐."

"나도 모르겠어."

"내 판단에 의하면 제영이는 폐쇄병동에서 치료를 받아야 할 정도로 심각한 환자야."

"하지만 당사자는 자기가 지극히 정상적인 인간이라고 생각한

다니까."

나를 언제까지 닭갈비집 시다로 취급할 생각이냐. 나도 여자다. 자신을 아름답게 가꾸고 싶어하는 것은 여자의 본능이다. 여자로 태어나 이쁜 얼굴에 명품 걸치고 거리를 활보하고 싶어 하는 것이 무슨 죄냐. 돈이 없다면 몰라도 돈이 있는데 못 해준다면 나를 아직도 닭갈비집 시다로 생각한다는 증거 아니냐. 나를 쫓아다니는 남자들 정말 많았다. 그놈들 다 물먹이고 닭갈비집 시다 취급이나 받고 살아가는 내가 미친년이다. 행복하게 해줄 자신이 있다고 말하지 않았느냐. 하지만 나는 명품이라도 안겨주어야 행복해지는 여자다. 니놈의 감언이설에 속아서 대학까지 자퇴했는데 대접이 고작 이거냐.

말다툼이 시작되면 그녀는 30구경탄을 분당 900발로 쏘아대는 M240 기관총을 방불케 한다. 이 기관총의 치명적인 단점은 우아하지 못한 외모다. 실전에서는 많은 활약을 하지만 영화에서는 못생긴 외모 때문에 대부분 감독들이 출연시키기를 꺼린다. 나는 곁에서 그녀가 난사하는 총성만 들어도 전신에 벌집 같은 구멍이 뚫린 상태로 무참하게 사살당하는 느낌이다. 그럴 때는 나도 찬수녀석이 불가피하다는 말을 자주 쓰는 이유를 어느 정도는 이해할 수 있을 것 같다.

"너 혼자 시골에 들어가서 방이나 하나 얻어가지고 몇 달 동안 은둔해 있는 방법은 어떻겠냐."

"가게는 어떻게 하고."

“일하는 아줌마 하나 더 쓰면 되겠지.”

“하긴 이대로 한 달만 더 버티면 내가 미쳐버리고 말거야.”

결국 찬수녀석은 시골로 가서 당분간 은둔해 있겠다는 결정을 내렸다. 어떤 일이 있더라도 제영이에게는 알리지 않기로 합의를 보았다. 거처가 정해지면 가평에 있는 여동생을 통해 서로 연락을 취하기로 모의한 다음 하루라도 빨리 실행에 옮기자는 결론에 도달했다. 찬수녀석이 없어진다면 제영이도 이 집에 끝까지 붙어 있지는 않을 거라는 판단이었다.

가게도 문제였다. 그동안 찬수녀석에게 맡겨두었더니 관리를 잘못해서 타 업소와의 경쟁력을 완전히 상실한 상태였다. 일대 수술을 단행하지 않으면 도태될 위기에 처해 있었다. 속칭 춘천의 닭갈비 골목은 자타가 공인하는 닭갈비의 메카였다. 휴가철만 되면 외지 손님들이 몰려들어 업소들마다 유치경쟁이 치열했다. 골목 안에 손님이 한 명이라도 나타나면 모든 업소의 종업원들이 달려와서, 우리집이 방송에 나온 집입니다, 우리집이 진짜 원조입니다, 유치경쟁이 전쟁터를 방불케 할 정도였다. 기본 서비스도 다양했다. 어떤 집은 아이스크림, 어떤 집은 주차권, 어떤 집은 열쇠고리, 심지어는 손님들에게 로또 복권을 한 장씩 서비스하는 집도 있었다.

그러나 금불알은 메카로부터 상당히 거리가 떨어진 장소에 위치해 있었다. 경쟁 면에서도 홍보 면에서도 불리할 수밖에 없었다. 찬수녀석처럼 안이하게 카운터에 앉아 오는 손님이나 기다리는 자세로는 살아남을 가능성이 희박했다. 나는 내부문제를 해결하기 위해서 일단 찬수녀석과 제영이를 격리시킬 필요가 있다는 결론에 도달했다.

이틀 후 찬수녀석은 제영이에게 부디 좋은 남자 만나서 행복하기를 빈다는 쪽지 한 장을 남겨두고 어디론가 종적을 감추어버렸다. 내가 제영이에게 쪽지를 갖다 보여주었지만 그녀는 무관심으로 일관해 버렸다. 이미 각오하고 있던 일이 벌어졌을 뿐이라는 태도였다.

그로부터 사흘이 되는 날부터 나는 끼니때마다 음식을 만들어 제영이에게 갖다 바쳐야 했다. 그녀는 손끝도 까딱하지 않았다. 그대로 내버려두면 앉은 채로 굶어 죽을 것 같았다. 무슨 팔자소관인지는 모르지만 부모님에게도 베풀어본 적이 없는 선행을 M240 기관총 같은 여자에게 베풀고 있었다.

며칠 후 나는 계획했던 대로 일하는 아줌마 하나를 더 영입시켰다. 동시에 웹디자인에 자신이 있다는 대학생 한 명도 영입시켰다. 대학생에게는 홈페이지 제작을 맡길 계획이었다. 외지까지 판로를 확장해서 택배로 닭갈비를 판매하겠다는 전략이었다.

하지만 닭갈비에 대한 자료가 턱없이 부족했다. 닭갈비는 춘천의 대표 먹거리였다. 그런데도 불구하고 춘천시 홈페이지에 들어가 보면 춘천 시민들이 호숫물만 퍼마시고 사는 줄 아는지 닭갈비에 대한 자료가 전무했다. 인터넷에서 검색해 보아도 하찮은 상식 정도만 언급되어 있었다. 몇 군데의 닭갈비 업소들이 홈페이지를 가지고 있기는 했으나 역시 이렇다 할 자료는 없었다. 나는 홈페이지에 아버지의 철학과 어머니의 비법을 크게 부각시키기로 마음먹었다.

일본에서는 대를 이어서 장사를 하면 그만큼 칭송도 따르고 관록도 붙는다. 2대를 이어서 라면을 파는 집과 3대를 이어서 라면을 파는 집이 있다면 당연히 3대를 이어서 라면을 파는 집으로 손님들이 모인다. 그러나 한국에서는 대를 이어서 장사를 하면 탐탁지 않게 생각하는 관습이 있다. 능력 없는 자식이 부모 재산이나 물려받아서 생계를 이어가는 것쯤으로 치부해 버린다. 3대를 이어서 라면을 파는 집이 있다면, 저놈의 집구석은 대대손손 라면장사를 벗어나지 못하고 있어, 라고 혀를 찰지도 모른다.

아버지는 장사꾼이 망하지 않기 위해서는 세 가지 덕목을 지속적으로 갖추고 있어야 한다고 내게 가르쳤다. 첫째는 가격이 합당한 양질의 상품이요, 둘째는 손님에 대한 관심과 친절이며, 셋째는 종업원의 능력에 걸맞는 예우와 신뢰다. 나는 아직도 아버지의 가르침을 철두철미하게 실천하고 있다는 사실을 고객들에게 강조할 생각이었다.

홈페이지를 만드는 동안 가평에 있는 여동생이 찬수녀석의 근황을 알려주었다. 설악이라는 마을에 거처를 정했으며 잘 지내고 있으니 걱정하지 말라는 소식이었다.

제영이는 천지개벽을 하더라도 이 집을 떠나지 않겠다는 자세를 고수하고 있었다. 방 안에 틀어박혀 명품들이나 만지작거리다가 끼니때가 되면 내가 차려다 주는 음식으로 허기를 면하고 종일토록 텔레비전이나 들여다보면서 시간을 소일하고 있었다. 설거지조차 거들어주는 법이 없었다. 때로는 불쌍하다는 생각도 들었고 때로는 지겹다는 생각도 들었다. 하지만 나는 그녀에게 일절 말을 붙이지 않았다. 그녀도 역시 꿀 먹은 벙어리였다.

나는 한 달 정도의 기간을 허비해서 홈페이지를 개설했다. 그러나 열흘 정도가 지났는데도 외지 주문은 들어오지 않았다. 보름이 지나서야 주문이 들어왔다. 경기도 어느 교회로 닭갈비 40인분을 보내 달라는 주문이었다. 나는 입금을 확인한 다음 닭갈비 40인분을 아이스박스에 재우고 콜라 40캔을 서비스로 추가했다. 그리고 콜라 캔마다 명함을 부착했다. 물론 손해 보는 장사였다. 그러나 홍보전략의 일환으로 생각했다. 게시판에 올라오는 글들은 하나도 빠짐없이 리플을 달았다.

마침내 내 전략이 적중했다. 나흘이 지났을 때 같은 지역 사람이 홈페이지를 통해서 5인분을 주문했고 나는 똑같은 방법으로 닭갈비를 배송했다. 그 후로 조금씩 외지 주문이 늘어나기 시작했다.

그러나 가게는 여전히 한산했다. 특별한 대책을 세우지 않으면 살아남기 힘들다는 불안감을 떨쳐버릴 방도가 없었다. 그렇다고 수입닭을 쓸 수는 없는 일이었다. 수입닭은 값이 싸기는 하지만, 비린내가 심해서 깻잎을 많이 넣어야 하고 육질이 퍽퍽하며 기름기가 많다는 단점을 가지고 있었다. 하지만 국산닭은 육질이 쫄깃하고 기름기가 없으며 비린내가 풍기지 않는 반면, 수입닭에 비해서 가격이 현저하게 비싸다는 단점을 가지고 있었다.

단골들은 금불알이 수입닭을 쓰지 않는다는 사실을 잘 알고 있었다. 수입닭을 쓰면 단골을 잃어버릴 가능성이 농후했다. 그러나 국산닭을 쓰면 타산이 맞지 않았다. 설상가상으로 여름철을 맞이해서 닭 값까지 급등했다. 아무리 머리를 쥐어짜도 획기적인 방책은 떠오르지 않았다.

그러던 어느 날 나는 낮잠 속에서 아버지를 만났다.

아버지가 멀리서 나를 손짓해 부르고 있었다. 나는 아버지의 손짓에 빨려 들어가듯 천천히 걸음을 옮겨놓고 있었다. 아버지는 나를 데리고 의암호로 가고 있었다. 의암호는 꾸역꾸역 안개를 토해내고 있었다. 아버지는 털이 뽑힌 생닭 한 마리를 들고 있었다. 잘 보아라. 아버지가 말했다. 잘 보아라. 아버지는 말하면서 생닭의 뱃속에서 샛노란 계란을 한 개씩 꺼내 의암호로 던지기 시작했다. 껍질이 없고 노른자만 있는 계란이었다. 크기가 다양했다. 녹두알만한 크기도 있었고 골프공만한 크기도 있었다. 아버지가 의암호에 계란을 한 개씩 던질 때마다 커다란 잉어들이 몸을 뒤채면서 몰려들고 있었다. 잉어가 계란도 먹나요. 내가 물었다. 그러나 아버지는 대답하지 않고 안개 속으로 슬그머니 사라져버렸다. 아버지, 라고 부르는 내 목소리를 듣고 나는 잠에서 깨어나고 말았다.

너무도 기억이 선명해서 생시 같았다. 특히 껍질이 없는 계란이 인상적이었다. 분명히 어디선가 본 적이 있는 계란이었다. 하지만 어디서 보았던가를 기억해 내는 데는 그리 오랜 시간이 걸리지 않았다.

아주 어렸을 때였다. 내 분명한 기억에 의하면 그때는 닭갈비 속에도 계란이 들어 있었다. 산란된 계란이 아니라 산란되기를 기다리고 있는 계란이었다. 꿈에서 본 계란처럼 녹두알만한 크기도 있었고 골프공만한 크기도 있었다. 산란될 날짜별로 크기가 모두 다른 계란들이 알집 벽에 다닥다닥 붙어 있었다. 다음날 산란될 계란 하나만 하얗고 말랑말랑한 껍질에 쌓여 있었고 나머지는 모두 껍질이 없었다. 그저 샛노란 빛깔의 노른자뿐이었다. 그때는 지금처럼 영계(嬰鷄)를 닭갈비 재료로 쓰지는 않았다.

그러나 지금은 양계장에서 부화된 지 45일밖에 안 되는 영계를 닭갈비 재료로 쓰고 있었다. 그래서 계란이 들어 있는 닭갈비를 구경할 수가 없었다.

만약 옛날처럼 뱃속에 샛노란 알이 다닥다닥 붙어 있는 암탉들을 닭갈비 재료로 쓴다면 어떤 효과가 있을까. 분명히 손님들은 좋아할 것이다. 영계에 비해서 질긴 육질은 얼마든지 부드럽게 처리할 수가 있었다. 그러나 영계에 비해 가격이 훨씬 비싸기 때문에 도저히 타산이 맞지 않았다. 4인분 이상을 시키는 손님들에게 계란이 들어 있는 암탉을 제공하면 어떨까. 그러면 어느 정도 타산이 맞는다. 나는 자리에서 벌떡 일어나 컴퓨터를 켜고 검색엔진에서 춘천 근교의 양계장들을 모조리 물색해 보기 시작했다.

47
고승도치섬으로 가서 처음으로 소원을 빌다

알집 벽에 샛노란 계란들이 착생해 있는 닭갈비를 선보였을 때 대부분의 손님들은 환호에 가까운 반응을 나타내 보였다. 손님들은 양계장에서 사료를 먹여서 키운 닭을 재료로 쓰지 않고 시골에서 야생으로 키운 닭을 재료로 써서 몸보신에 좋다고 자기들끼리 터무니없는 가치를 부여해 버렸다.

물론 시골에서 야생으로 키운 닭이 아니었다. 양계장에서 사료를 먹여서 키운 닭이었다. 단지 닭갈비로 쓰기 위해 사육된 닭이 아니라 계란을 생산하기 위해 사육된 닭이었다. 하지만 나는 손님들의 곡해를 지적해서 몸보신에 대한 기대와 자발적으로 고무된 입맛을 떨어뜨리는 자충수를 두고 싶지는 않았다.

아버지가 의암호에 계란을 던지는 꿈을 꾸고 나서 양계장을 물색하고 계약을 체결하고 양념을 개발하느라고 두 달이 훌쩍 지나가버렸다. 나는 그동안 제영이를 한 끼도 굶기지 않았으며 네 번이나 교도소를 찾아가 필도녀석을 접견하기도 했다. 필도녀석은 아직 재판을 받지 않은 상태였지만 절대로 합의를 보지 않고 판결을 그대로 감수하겠다는 의지를 굽히지 않고 있었다.

오늘은 정기휴일.

밖에는 비가 내리고 있었다. 나는 홀가분한 기분으로 쉬고 싶었다. 다행스럽게도 가게는 조금씩 활력을 되찾아가고 있었다. 태평천하에 전화를 걸어 설렁탕 2인분을 주문했다. 태평천하는 24시간 음식배달을 하는 업소였다.

"저어,"

제영이에게 설렁탕을 갖다 주었을 때였다.

"구찌 썬글라스 하나만 사주실래요."

그녀가 먼저 내게 말을 걸었다. 나는 전혀 소통이 되지 않는 외계인 하나를 억지로 수발하고 있는 기분이었다. 공포감이 숨통을 틀어막고 있었다. 나는 아무 대답도 하지 않고 방문을 닫아버리고 말았다.

방 안에 틀어박혀 빗소리를 듣고 있자니 울적해져서 우산을 쓰고 밖으로 나와버렸다. 달맞이꽃이 보고 싶었다. 나는 고슴도치섬을 떠올렸다. 빗줄기는 별로 거세지 않았다. 나는 지천으로 피어 있는 달맞이꽃을 떠올리면서 고슴도치섬으로 가고 있었다.

고슴도치섬에는 소요와 자주 만나던 장소가 있었다. 그녀는 보름달이 떠오르면 구봉산에서 활공을 시작해서 한 마리 시조새처럼 보름달 주변을 선회하다가 천천히 시내를 가로질러 고슴도치섬으로 날아갔다. 구봉산이 그녀의 활공장이라면 고슴도치섬은 그녀의 착륙장이었다.

나는 봉의산에서 소요가 보름달을 선회하는 모습을 바라보다가 그녀가 진로를 바꿀 기미를 보이면 허겁지겁 봉의산을 내려왔다. 그리고 택시를 잡아타고 그녀의 착륙장인 고슴도치섬으로 달려갔다. 그러나 지금은 택시를 잡아타고 달려가도 그녀를 만날 수가 없었다. 도보로 가기에는 다소 먼 거리였지만 나는 걷기로 작정해 버렸다.

"할아버지한테 들은 얘긴데요, 고슴도치도 제 새끼는 이뻐한다는 속담이 이 섬에서부터 생긴 거래요. 하늘에서 내려다보면 섬 전체가 정말 고슴도치 형상을 빼닮았어요. 천 년 묵은 고슴도치가 신령이 되어 이 섬을 지키고 있는데 섬에 들어오는 사람들을 모두 자기 새끼로 생각해서 소원을 빌면 무조건 다 들어준다는 전설이 있대요. 저는 활공을 끝내고 이 섬에 착지할 때마다 온 세상 사람들의 가슴에 빛이 가득한 날이 오기를 빌었어요."

춘천시는 옛날 맥국의 고도(古都)로서 고려 태조 23년 춘주로 개편하였으며 조선 태종 3년에 춘천이라는 이름을 얻었다. 고슴도치섬은 북한강과 신영강 사이에 있는 네 개의 삼각주(三角洲) 중에서 가장 상류에 위치한 섬으로 태종 이전까지는 일반인들에게 지금처럼 고슴도치섬이라는 이름으로 불리워졌다.

그런데 지명개편의 기회를 틈타 탐관오리 하나가 고슴도치섬이라는 이름을 위도(蝟島)라는 이름으로 개편하는 음모를 꾸몄다. 사대주의가 만연해 있던 시대라 아무도 반대하거나 의심하지 않았다.

그 탐관오리도 음양오행의 기본원리는 알고 있어서 문자로 길흉(吉凶)을 조작하는 방법 정도는 터득하고 있었다. 위(蝟) 자는 고슴도치를 지칭하는 한자지만 지명(地名)으로 쓰여지면 분란에 휘말려 지기(地氣)가 쇠약해지고 인명(人名)으로 쓰여지면 질병에 휘말려 오장(五臟)이 쇠약해지는 글자였다. 그 관리는 위도를 자타가 공인하는 흉도(凶島)로 만들어 적당한 시기에 적당한 구실을 만들어 자기 소유로 삼을 속셈이었다. 그러나 무슨 조화였을까. 그 탐관오리는 어느 날 우중에 친지가 죽어서 문상(問喪)을 다녀오는 길에 예기치 못했던 산사태를 만났고 그 자리에서 유명을 달리하는 신세가 되고 말았다.

수년 전까지 고슴도치섬은 개인 소유로 등재되어 있었다. 물론 위도라는 이름을 그대로 간직하고 있었다. 그러나 수년 전에 어떤 노스님에 의해 고슴도치라는 옛이름을 되찾게 되었다.

섬 주인은 근면성실한 성품의 소유자였다. 그러나 위도는 부모로부터 물려받은 애물단지였다. 온갖 노력을 다 쏟아 부어도 침체상태를 벗어나지 못했다. 처분해 버리고 싶은 생각이 치밀어 오를 때가 한두 번이 아니었다. 그러나 마땅한 임자조차 나타나지 않았다. 그런데 어느 날 누더기를 걸친 노스님 하나가 관리실로 찾아와 섬 주인을 찾았다.

"무슨 일로 오셨습니까."

때마침 섬 주인이 관리실에 동석하고 있었다.

"소승이 오늘 중으로 쌍계사까지 가야 하는데 여비가 떨어져서 들렀습니다."

"얼마면 되겠습니까."

"마음이 내키시는 대로만 주시면 됩니다."

주인은 불교 신자가 아니었지만 지갑 속에 있는 현찰 12만 원을 아낌없이 노스님에게 적선해 버렸다. 노스님은 합장을 한 채 허리를 깊이 숙여 보이고는 출입문 쪽으로 몇 걸음을 옮겨놓았다. 그러다 무슨 생각을 했는지 고개를 돌려 벽에 걸려 있는 액자를 뚫어지게 쳐다보고 있었다. 위도창림(蝟島蒼林). 액자 속에는 위도창림이라는 붓글씨가 들어 있었다.

"아직도 위도라는 섬 이름을 쓰고 있소?"

"그렇습니다."

"어허."

"좋지 않은 이름인가요?"

"소승이 옛날 이야기 하나를 해드리고 가지요."

노스님은 고슴도치섬이 위도라는 이름을 가지게 된 내력을 소상하게 설명해 주었다. 섬 주인도 모르고 있었던 내력이었다.

"스님께서는 그런 내력을 어떻게 아셨습니까."

"젊었을 때 청평사에서 땡초로 살았던 적이 있는데 그때 은사 스님이 인연설을 설파하시던 중에 들려주신 이야기지요."

"춘천 사람들은 왜 아무도 그 사실을 모르고 있었을까요. 저까지 금시초문인데요."

"아는 일도 인연 따라 가는 법입니다."

"스님께서 좋은 이름 하나 지어주시면 안 되겠습니까."

"새 이름을 지어주기보다는 고슴도치섬이라는 원래 이름을 되찾아주는 것이 도리가 아니겠소."

노스님은 그렇게 말해 주고는 황망히 사라져버렸다.

때마침 국제마임축제가 위도에서 열리기로 내정되어 있었다. 그러나 섬주인은 위도라는 이름을 과감하게 내던져버렸다. 그리고 모든 보도자료에 고슴도치섬이라는 이름을 사용하기 시작했다. 해마다 국제마임축제가 열리면서 세인들의 머릿속에는 절로 고슴도치섬이라는 이름이 선명하게 각인되었다.

나는 고슴도치섬이 옛이름을 되찾은 내력을 떠올리면서 사우삼거리를 통과했다. 소요에게 고슴도치섬의 내력을 들을 때만 하더라도 전설이나 신화는 믿지 않았다. 그래서 한 번도 고슴도치섬에서 소원을 빌어본 적이 없었다. 그러나 이제는 믿고 싶었다.

나는 신매대교(新梅大橋)를 건너면서 고슴도치섬을 내려다보고 있었다. 고슴도치섬은 물안개에 잠겨 있었다. 몽환적인 분위기였다. 모든 풍경이 물안개 속으로 흐리게 침잠하고 있었다. 조금씩만 형체를 드러내 보이고는 이내 사라져버리는 사물들. 나무들이 우거진 자리마다 초록빛 분말로 물안개가 번지고 있었다. 나는 물안개에 이끌려 섬으로 들어서고 있었다. 소요를 만나던 시절에는 그토록 많이 피어 있던 달맞이꽃이 지금은 한 송이도 보이지 않았다.

섬에는 시간이 젖은 채로 정지해 있었다. 나는 젖은 채로 정지해 있는 시간을 밟으면서 소요의 착륙장으로 가고 있었다. 고슴도치섬의 머리 부분에 해당하는 지점이었다. 삼각주를 만나 양쪽으로 갈라져 흐르던 물이 전면에서 소용돌이를 이루며 합류하고 있었다. 나는 거기에 이르러 합장을 하고 흐르는 물에게 간절히 빌었다. 부디 소요를 만나게 해 달라고.

48
내가 그것들에게 눈길을 주는 순간 그것들도 내게 눈길을 준다

방 안에 누군가 들어와 있다.

나는 잠결에 그렇게 감지하고 있었다. 잠에서 완전히 깨어난 상태는 아니었지만 방 안에 누군가 들어와 있다는 사실만은 분명했다. 방 안에 들어온 사람의 접촉이나 소리가 포착되지는 않았다. 그러나 방 안의 밀도가 달라져 있었다.

누굴까. 수면 영역에 잠겨 있던 내 의식이 조금씩 현실 영역으로 부상하고 있었다. 찬수녀석은 부재중이었고 집 안에는 제영이밖에 없었다. 그러나 그녀는 한 번도 내 방에 들어와본 적이 없었다. 그렇다고 필도녀석이 탈옥을 했을 리도 만무했다. 아무도 들어오지 않았는데 신경이 예민해져서 그렇게 느끼고 있는지도 모른다. 나는 불을 켜서 확인해 보아야겠다는 생각으로 자리에서 부시시 일어났다. 그때 어둠 속에서 목소리가 들렸다.

"불을 켜지 마시게."

노인의 목소리였다.

"어르신."

일주일 전부터 정체불명의 불안감이 가슴 밑바닥에 무슨 폭발물처럼 장착되어 있었다. 나는 노인의 예언을 떠올리고 있었다. 두 번째 재앙은 사람의 몸에서 연기가 피어오른다, 그것이 곧 재앙이다, 라고 노인이 암시했다. 하지만 나는 아직도 노인의 암시를 판독하지 못하고 있었다. 나는 날마다 불조심을 철저히 하는 것으로 재앙에 대한 방비를 대신하고 있었다. 날이 갈수록 불안감은 고조되고 있었다. 나는 노인이 나타나기만을 학수고대하고 있었다.

"불을 켜는 일과 재앙이 무슨 연관이라도 있습니까."

"그건 아닐세."

"그럼 왜 불을 켜지 말라고 하셨는지요."

"육안을 덮어버려야 선명하게 보이는 세상도 있는 법이니 오늘은 불을 끈 상태로 이야기를 나누어보자는 뜻이었네."

"알겠습니다."

"그동안 별고 없었는가."

"여전히 시를 한 줄도 쓰지 못했습니다."

"손바닥을 한 번 뒤집을 때마다 꽃잎이 펄럭거리면 그건 마술사지 시인은 아닐세."

노인은 시에 대한 내 조급증을 일격에 타파해 버렸다. 선조들은 마음에 드는 절구 한 줄을 얻기 위해 몇 년씩을 술로 보내기도 했고 심지어는 마음에 드는 절구를 찾아내지 못해서 애간장을 태우다가 지병을 얻어 세상을 하직해 버린 시인들도 있었다. 기록에 의하면 어떤 시인은 시마(詩魔)가 찾아와서 시를 불러주기도 했다. 시마는 시를 간절히 사랑하는 사람에게만 붙는 영적 존재다. 한 번 붙으면 탄복을 금치 못할 시들이 입에서 절로 쏟아져 나오는 신통력을 가지게 된다. 얼마나 시를 사랑하는 마음이 간절했으면 시마까지 찾아와서 시를 불러주었을까. 거기에 비하면 나는 아무것도 아니라는 생각이 들었다.

"어르신의 말씀을 듣고 나니 저는 아직 멀었다는 생각이 들었습니다."

방 안에는 농도 짙은 어둠이 빈틈없이 들어차 있었다. 어둠은 사물의 형상을 모조리 집어삼키고 소리만 방출해 내고 있었다. 나는 팬티 바람이었으므로 어둠 속에서 황급히 옷들을 챙겨 입기 시작했다.

"티셔츠를 뒤집어 입었네."

노인이 말했다.

나는 손으로 목언저리의 상표를 더듬어보았다. 노인의 지적대로 티셔츠를 뒤집어 입고 있었다.

"어떻게 아셨습니까."

"자네의 대뇌가 감지하지 못하는 사실을 자네의 세포는 감지할 수 있다네."

"미혹해서 무슨 말씀인지 이해할 수가 없습니다."

"내가 방 안에 들어와 있다는 사실을 자네의 대뇌는 모르고 있었지만 자네의 세포는 알고 있었네."

"제 세포가 알고 있는 사실을 어르신은 어떻게 아셨습니까."

"나도 세포들로 이루어진 인간이라네."

노인의 말에 의하면 현대인들은 지나치게 대뇌에 의존해서 살아가기 때문에 초감각적인 능력이 퇴화되고 말았다. 가령, 산길을 걷고 있는데 어쩐지 섬뜩한 느낌이 들어 걸음을 멈춘다. 알고 보니 몇 걸음 앞에 살모사가 또아리를 틀고 있었다. 이때 대뇌는 몇 걸음 앞에 살모사가 또아리를 틀고 있다는 사실을 모르지만 세포가 이를 감지하고 사고를 미연에 방지한다. 기다리던 버스가 도착했는데 어쩐지 마음이 내키지 않아서 탑승하지 않았다. 버스는 20여 분 후에 열차와 충돌했다. 탑승했으면 목숨을 잃었을지도 모른다. 이때도 세포가 사고를 미리 감지하고 탑승하지 않도록 거부감을 유발시킨 것이다.

하지만 인간은 이기적인 동물이기 때문에 대뇌를 활용하는 일에는 지대한 관심을 기울이지만 세포를 활용하는 일에는 그다지 관심을 기울이지 않는다. 대뇌도 지나치게 이기적인 방식으로만 활용한다. 자신들의 이득과 편리만 보장된다면 어떤 악행도 불사한다. 결국 세포의 기능이 퇴화되면서 자연과의 소통도 단절되어 버렸고 인간의 가슴도 황무지로 변해버리고 말았다.

"우주의 역사를 통틀어 인간만큼 의식과 물질이 잘 조화된 생명체를 만들어내기도 힘든 법이라네. 예전에는 대부분의 인간들이 가슴에 빛을 가득 품고 있었지. 그 빛은 자신 이외의 것들을 많이 사랑할수록 밝아지는 법이라네. 허나 작금의 인간들은 자신조차도 사랑할 줄 모르는 상태로 전락해 버리고 말았네. 인간들은 달이 태양빛을 반사해서 밤에도 빛난다고 생각하지만 그렇지 않네. 달은 인간들의 가슴에 간직되어 있던 빛을 반영하던 천체였네. 결국 인간들의 가슴에서 빛이 사라져버렸기 때문에 하늘에서 달도 사라져 버린 거라네."

노인은 달만이 인간들의 가슴에 간직된 빛을 반영하는 것이 아니라 삼라만상이 모두 인간들의 가슴에 간직된 빛을 반영한다는 견해를 가지고 있었다. 사물의 형체가 완전히 사라져버린 어둠 속에서 소리는 절대성을 드러낸다. 나는 비로소 하나님이 태초에 말씀으로 천지를 창조하셨다는 사실에 믿음을 가지기 시작했다.

"자네가 산을 바라보는 순간 산도 자네를 바라보고 자네가 호수를 바라보는 순간 호수도 자네를 바라보고 자네가 달을 바라보는 순간 달도 자네를 바라본다네. 자네가 눈길을 주기만 하면 삼라만상이 모두 자네를 바라본다네. 자네가 하늘을 날아가는 한 마리 백로를 보았다고 하세. 그 순간 백로의 눈은 다른 곳을 보고 있겠지. 그러나 백로의 의식은 자네를 바라보고 있네. 하지만 인간은 예외일세. 인간은 의식이 육안에 갇혀 있는 경우가 많기 때문에 안타깝게도 자네가 바라본다는 사실을 감지하지 못한다네."

어느 순간부터 인간들은 하늘을 바라보지 않게 되었다. 호수도 바라보지 않게 되었다. 달도 바라보지 않게 되었다. 인간들에게 왜 그것들을 바라보지 않느냐고 묻는다면 어떻게 대답할까. 그것들을 바라보아서 돈이 된다면 왜 그것들을 바라보지 않겠느냐고 반문할지도 모른다.

"달은 어디로 사라져버렸을까요."

"알고 보면 달이 사라져버린 것이 아니라 인간들의 가슴에서 빛이 사라져버린 것일세."

노인은 인간이 정(精), 기(氣), 신(神)이라는 요소들의 삼합체(三合體)로 이루어졌으며 그것들이 온전한 조화를 이루어야만 세상도 온전한 조화를 이룰 수가 있다고 설파했다.

"삼합체를 양초에 비유하면 정은 양초의 몸체에 해당하고 기는 양초의 심지에 해당하며 신은 양초의 불꽃에 해당하네. 그런데 현대인들은 몸체도 온전하고 심지도 온전하지만 불꽃이 없는 경우가 대부분일세. 이는 기꺼이 자신의 몸체를 녹여 심지를 태우고 그 불꽃으로 세상을 환하게 밝히려는 의지가 미약하기 때문이라네."

"앞으로 어떤 일이 벌어질지 두렵습니다."

"제일 먼저 바다의 동물들이 이변을 일으킬 것이고 그 다음에는 육지의 동물들이 이변을 일으킬 걸세. 연이어 식물들이 이변을 일으키고 급기야는 땅들이 이변을 일으키겠지. 그 이변들은 자신들을 보아 달라는 나름대로의 강력한 몸부림이라네. 하지만 인간들은 대부분 무관심으로 일관하고 있지. 이러다가는 결국 인간에게도 끔찍한 재앙이 도래하고야 말 걸세."

"이 집에서 일어날 재앙을 어르신께서 막아주실 수는 없는지요."

"길흉화복은 모두 자신이 천지만물과 함께 살아가면서 불러들인 필연지사인 즉, 내가 끼어들어 고의적으로 순리를 바꿀 수는 없는 법일세."

"제발 암호를 푸는 방법만이라도 가르쳐주셨으면 합니다."

"그건 암호가 아닐세. 당사자라면 대번에 알아볼 수 있는 문장을 사용했고 불행을 미연에 방지할 수 있는 방법까지 명기해 두었네. 그리고 나름대로 최대한 방편을 써서 기일을 석 달 정도나 지연시켜 드렸네. 그것이 내가 순리를 그르치지 않고 자네를 도와줄 수 있는 최선의 방책이었네."

"사람의 몸에서 연기가 피어오른다, 그것이 곧 재앙이다, 라고 말씀하셨는데 혹시 이 집에서 화재가 발생한다는 뜻인가요."

"머리로써 알아내려고 애쓰지 말고 마음으로써 알아내려고 애써야 하네."

"재앙이 닥치는 시기는 언제쯤입니까."

"머지않았네."

"누구의 몸에서 연기가 피어오릅니까."

"그걸 가르쳐주는 일도 순리를 그르치는 일이라네."

나는 피할 방도가 없다는 뜻으로 받아들였다. 차라리 죽기를 각오하자. 나는 자포자기해 버리고 말았다. 그러니까 불안감의 무게도 한결 삭감된 기분이었다. 나는 소요를 떠올리고 있었다.

죽을 때는 죽더라도 소요를 한 번 만나보고 죽었으면 좋겠다는 생각이 들었다. 노인이라면 그녀가 어디 있는지 알아낼 방도가 있을지도 모른다는 생각이 들었다. 나는 어둠 속에서 자초지종을 털어놓았다.

"그 여자를 만날 방법이 없을까요."

나는 간곡한 목소리로 노인에게 물었다.

그러나 노인은 대답하지 않았다. 잠시 방 안에는 정적이 감돌고 있었다. 나는 어둠 속에서 노인이 천리안을 가동해서 소요가 어디 있는지 찾아보고 있는 것이나 아닐까 가슴을 두근거리기 시작했다. 도대체 소요는 어떤 방법으로 자신을 은폐시키고 있기에 노인조차도 쉽사리 찾아내지 못하고 있는 것일까. 나는 조바심을 치고 있었다. 침묵이 너무 길다는 생각이 들었다.

"어르신."

그러나 노인은 대답이 없었다.

"그 여자의 정체만이라도 알 수가 없을까요."

역시 노인은 대답이 없었다.

"어르신."

방 안에는 침묵만 계속되고 있었다. 공기의 밀도가 달라져 있었다. 나는 당혹감에 사로잡혀 형광등을 켜보았다. 아무도 없었다. 방문이 열리는 소리도 들리지 않았는데 노인은 어디로 사라져버렸을까. 황급히 바깥으로 달려 나가 대문을 열고 사방을 둘러보았다. 노인의 모습은 보이지 않았다. 지금까지 허깨비와 대화를 나누었던 것일까. 하지만 나는 곧 노인이 다녀갔다는 확실한 증거를 발견할 수 있었다. 백자심경선주병에 샛노란 달맞이꽃 한 송이가 꽂혀 있었다.

49
詩人에게

시인이여

바다가

허연 웃음을 베어 물고

떠나는 여름

지금쯤 그대가

나이테도 없이 썩은 등걸로

풀썩

쓰러진들 어떠리

뻘밭에 살면
누구든
본디 모습 비쳐볼 재간 없고
그대는 농게처럼
옆걸음을 치면서
자조의 시를 쓰고 있지만

문득
술잔에 떨어지는
서옹(西翁)의 흰 눈썹
한 올에도
한 하늘이 깨지는 소리
들리거늘.

50 타살도 아니고 자살도 아닌 죽음

날씨가 서늘해져 있었다.

그날도 나는 24시간 음식배달을 하는 태평천하에 전화를 걸어 설렁탕 두 그릇을 시켰다. 아침이라고 하기에는 너무 늦었고 점심이라고 하기에는 너무 이른 식사였다. 가게에 손님들이 늘어나기 시작하면서 자연히 일손이 바빠졌고 다음날 잠에서 깨어나면 전신이 물에 젖은 솜뭉치 그대로였다. 만사가 귀찮았다. 내 손으로 음식을 차릴 여력이 없었다. 그래서 나는 제영이한테 물어보지도 않고 메뉴를 설렁탕으로 정해버렸다.

제영이는 음식에 대해서도 까탈스러운 편이었다. 한식이나 중식은 저급한 음식이고 일식이나 양식은 고급한 음식이라고 생각했다. 그래서 지난번에 갖다 바친 설렁탕도 외출에서 돌아와보니 숟가락질 한 번 하지 않은 상태 그대로 남아 있었다. 하지만 그 시간에 일식이나 양식을 배달하는 음식점은 없었다. 있다고 하더라도 따로 시켜줄 생각은 없었다. 설렁탕 알레르기가 있는 것도 아니고 단지 한식을 저급하게 생각해서 숟가락도 대지 않는 것이라면 굳이 비위를 맞출 필요가 없다는 생각이 들었다.

내가 막 세수를 끝마쳤을 때 설렁탕이 도착했다. 나는 개다리소반에 일인분을 따로 차렸다. 제영이에게 갖다 주기 위해서였다. 그런데 개다리소반을 들고 그녀가 기거하는 방문 앞에 이르렀을 때였다. 설렁탕에서 역겨운 냄새가 풍기고 있었다. 그랬다. 나는 그 냄새가 설렁탕에서 풍기는 냄새인 줄 알았다. 음식이 상했나. 나는 설렁탕 그릇에 코를 가까이 갖다 대보았다.

그러나 설렁탕에서 나는 냄새가 아니었다. 반찬들에도 코를 가까이 갖다 대보았다. 역시 별다른 이상이 없었다. 어디서 나는 냄새일까. 나는 궁금했지만 담 너머 어딘가에서 흘러 들어온 냄새일 거라고 생각했다. 나는 개다리소반을 방문 앞에 내려놓고 일단 노크를 했다. 그러나 방 안에서는 아무런 기척이 없었다. 그때까지도 그 역겨운 냄새는 계속적으로 후각을 자극하고 있었다. 나는 방문을 열었다.

으악!

방문을 여는 순간 처참한 장면이 심장을 강타했다. 나는 모든 혈관이 싸늘하게 얼어붙는 것을 의식하면서 그 자리에 풀썩 주저앉아버리고 말았다.

처음에 나는 어떤 짐승이 타죽은 상태로 방 안에 누워 있는 줄 알았다. 도저히 사람이라고 생각하기 어려운 형상이었다. 그러나 눈여겨보니 사람이었다. 양쪽 무릎 아래 부분은 타지 않은 상태로 남아 있었다. 제영이는 어제까지만 하더라도 초록색 매니큐어로 발톱을 도포하고 발목에 순금 발찌를 착용한 상태였다. 하지만 초록색 발톱과 순금 발찌는 전혀 다른 색깔로 변색되어 있었다. 그래도 그것이 제영이의 시체라는 사실은 분명했다.

역겨운 냄새는 거기서 풍기고 있었다. 어떤 경로를 거쳐서 타죽었을까. 얼굴이 새까만 해골로 둔갑해 있었다. 눈동자까지 완전히 연소되어 버렸기 때문에 눈동자가 있어야 할 부분은 커다란 구멍만 남아 있었다. 구멍은 검은 공허를 담은 채 어딘가를 응시하고 있었다. 악다문 이빨까지도 시커멓게 그을려 있었다. 타서 엉겨 붙은 살점들이 흉측하게 해골의 표피를 뒤덮고 있었다. 왼쪽 이마 상단만 타지 않은 살점 일부가 남아 있었지만 그것도 흉측한 흑갈색으로 변질되어 있었다. 가슴 부위에는 검은색 갈비뼈들이 드러나 있었고 갈비뼈 사이에도 구멍이 뚫어져 있었다. 타서 엉겨 붙은 살점들이 갈비뼈 일부를 감싸고 있었다. 복부는 아예 함몰해 있었다. 그리고 내장들은 완전히 연소되어 찌꺼기들만 바닥에 엉겨 붙어 있었다. 끔찍했다.

벽에는 끈적이는 진액이 누렇게 도포되어 있었다. 연소가 중단된 그녀의 다리에도 점액질 같은 진액이 번들거리고 있었다. 진액은 벽에 걸려 있는 액자며 거울에도 방울져 흐르고 있었고 그녀의 명품 핸드백에도 방울져 흐르고 있었다. 도대체 그 진액은 무엇일까.

특히 이해할 수 없는 부분은 그녀가 누워 있는 방바닥 주변으로 그을음이 약간 번져 있기는 했지만 가구들은 전혀 불길의 침해를 받지 않았다는 사실이었다. 어떻게 이런 사태가 벌어질 수 있을까. 나는 전신이 후들거리고 있었다. 도저히 사태의 진상을 가늠할 수가 없었다. 나는 엉금엉금 기어서 내 방으로 돌아와 다급한 목소리로 119에 사건을 신고했다.

"사, 사람이 주, 죽어 있어요."

"진정하시고요, 사고현장이 어딘지 말씀해 주세요."

"다, 닭갈비집 금불알 아, 안채데요."

"신고해 주신 분은 누구신가요."

"다, 닭갈비집 주, 주인되는 사람입니다."

나는 통화를 끝내고 벌컥벌컥 냉수 한 사발을 들이켰다. 그래도 계속 목이 말랐다. 자꾸만 다리가 후들거리고 있었다. 나는 경찰서로 전화를 걸었어야 하는데 긴급구조대로 잘못 건 것이나 아닐까 걱정하고 있었다. 긴급구조대가 출동해도 이미 제영이가 죽어버렸으므로 구조할 건더기가 없을 것 같았다. 사람의 몸에서 연기가 나면 그것이 곧 재앙이니라. 노인의 예언이 귓전을 맴돌았다. 재앙을 당하는 장본인은 제영이였다. 비로소 모든 암호가 풀리기 시작했다.

예쁜 꽃부리 하나

(첫줄은 제영이의 이름이었다. 예쁠 제〔姼〕 꽃부리 영〔英〕. 나는 그 한자의 음훈(音訓)을 알고 있었다. 하지만 그녀가 죽고 난 다음에야 생각이 나는 이유가 무엇일까.)

속이 바싹 말라서

(정서가 메말라 있다는 의미였다.)

재앙을 스스로 불러들이네

(그녀는 정서보다 물질에 지나치게 집착하고 있었다.)

예쁜 꽃부리를

더욱 예쁘게 만들고 싶다면

목에 진주를 걸지 말고

가슴에 눈물을 적실 일이니

겉보다는 속이 중함을 알아야 하네

(값비싼 장신구로 자신의 외모를 아름답게 치장하는 일보다 가슴을 적시는 일이 더 시급하다는 뜻이 아니었을까.)

속이 마르고 마르면

(정서가 극도로 고갈되면)

결국 겉이 타버리는 법

(결국 육신이 타버릴 수밖에 없으니,)

그 이치를 알아

가슴을 눈물로 적실 때

지척지간으로 다가온 재앙이

만리지간으로 물러가리라.

(그 이치를 알고 미리 가슴을 적셔두면 재앙을 당하지 않을 수도 있다는 뜻이었다.)

첫줄이 제영이의 이름을 의미한다는 사실만 알았더라도 나머지를 해석하는 일은 그리 어렵지 않았을 것이다. 당사자라면 대번에 알아볼 수 있는 문장을 사용했노라고 노인이 말했지만 제영이는 첫줄이 자신의 이름을 의미하고 있다는 사실을 모르고 있었다. 분명히 그녀도 첫줄 정도는 읽었을 것이다. 하지만 그녀는 그것을 무시해 버렸을 것이다. 특히 그것들은 시적인 구조로 나열되어 있었다. 그녀의 관심을 끌었을 리가 만무했다. 신문보도에 의하면, 요즘은 대학 문창과나 국문과 학생들도 시인을 지망하거나 소설가를 지망하지 않는다. 거의가 드라마 작가나 시나리오 작가를 지망한다. 젊은 세대들은 그만큼 실리에 민감해졌다.

제영이는 오로지 명품에만 관심이 집약되어 있었고 문학이니 예술이니 하는 것들을 차라리 역겹게 생각하는 여자였다. 조금만 눈여겨 들여다보고 숙고해 보았다면 자기 이름에 해당하는 예쁜〔제(姼)〕 꽃부리〔영(英)〕를 그냥 치나쳤을 리가 만무했다.

그러나 재앙의 당사자가 자신이라는 사실을 알았다고 하더라도 과연 그녀가 물질에 대한 자신의 집착을 제어할 방도가 있었을까. 아무도 제어할 방도가 없었을 것이다. 나는 가평에 있는 여동생에게 전화를 걸었다. 찬수녀석에게 연락해서 제영이가 죽었으니 급히 오도록 하라는 전화였다. 잠시 후 긴급구조대가 도착하고 연이어 사복경관 두 명이 들이닥쳤다.

"신고하신 분이시오?"

"그렇습니다."

사복경관 하나가 내게로 다가와 재빨리 신분증을 제시해 보였다. 상대편에게 신분증을 오래 보여주다가 빼앗긴 경험이라도 있는 것일까. 미처 확인할 겨를도 없이 신분증을 주머니에 집어넣어 버렸다. 날카로운 눈초리에 다부진 체격을 가지고 있었다.

"목격 당시의 상황을 가급적이면 소상하게 말씀해 주시오."

사십대 중반으로 보이는 나이였다. 부드러운 기색이라고는 털끝만치도 없어 보이는 인상을 소유하고 있었다. 나는 사복경관의 요구대로 목격 당시의 상황을 최대한 소상하게 전달해 주었다. 다른 사복경관은 현장을 살펴보는 일에 골몰해 있었다. 나는 시체를 보고 싶지 않았다. 그래서 가급적이면 현장 쪽으로 시선을 돌리지 않으려고 노력하고 있었다. 계속해서 다리가 후들거리고 있었다.

"현장은 그대로 보존된 상태겠지요."

"물론입니다."

"당신은 사망자와 어떤 관계였소."

나는 사복경관에게 그녀가 이 집에 기거하게 된 사유를 요약해서 설명해 주었다. 사복경관은 의심이 번뜩이는 눈초리로 내게 질문을 던지기 시작했다. 목격자에게 질문을 던지는 분위기가 아니라 범인을 심문하는 분위기였다. 이때 긴급구조대는 자기들이 수

행할 업무가 없다고 판단되어 철수를 결정했으니 필요하면 다시 불러 달라는 말을 남기고 본부로 돌아가버렸다. 이상시체이기 때문에 검시가 끝나지 않으면 자기들이 손쓸 일이 없다는 것이었다.

"동생이라는 분은 어디 있소."

"한 달 전에 설악이라는 마을로 요양을 갔는데 급히 오라고 연락을 해두었습니다."

"당신은 저 여자가 어떻게 죽었다고 생각하시오."

"모르겠습니다."

"자살이라고 생각하시오 아니면 타살이라고 생각하시오."

"제가 어떻게 알겠습니까."

대부분의 여자들이 죽어서도 아름답게 보여지기를 소망한다. 하지만 지금 그녀는 너무나 처참한 모습으로 죽어 있다. 성형수술한 코도 숯덩이로 변해버렸다. 그런데 어떤 경로를 거쳐 그런 모습으로 타죽게 되었을까. 현장상황으로 추측해 보면 자살이라고 하기에도 석연치 않은 부분이 있었고 타살이라고 하기에도 석연치 않은 부분이 있었다.

"숨겨도 소용없어요. 수사해 보면 다 밝혀지니까."

"제가 무얼 숨겼다는 말씀입니까."

"영업이 끝난 후에는 당신도 밖에 나간 적이 없고 저 여자도 밖에 나간 적이 없다고 했는데 사실이오?"

"사실입니다."

"사람이 저 지경으로 타죽었는데 방 안의 가구들은 멀쩡하다.

당신은 말이 된다고 생각하시오?"

사복경관의 반문 속에는 내가 다른 장소에서 제영이를 살해하고 시체를 방 안에 옮겨놓았다고 자백해 달라는 의도가 확고하게 내재되어 있었다. 다시금 민중의 지팡이가 민중의 곰팡이로 보이는 순간이었다. 하지만 나는 반발할 기력조차 없었다.

"의문사로 보여지는데 검시의가 와야 확실한 가닥이 잡히겠어요."

"본서에 연락했나?"

"했습니다."

"보호자들한테는?"

"조금 전에 어머니라는 여자와 통화를 했는데 별로 놀라는 기색이 아니었습니다."

"사진은?"

"충분히 확보했습니다."

현장을 살펴보던 사복경관이 끼어들지 않았다면 방화살인 용의자로 지목되어 계속 심문을 당했을 것이다. 현장을 살펴보던 사복경관은 삼십대 중반의 나이였고 영동 출신의 악센트를 쓰고 있었다.

"시체가 저 정도로 타버렸는데 주변에 있는 것들은 전혀 불길에 영향을 받은 흔적이 없어. 상식적으로 생각해 보아도 이상하지 않아?"

"더 조사해 보아야 알겠지만 현재로서는 다른 장소에서 타살당한 다음에 이리로 옮겨졌다는 증거나 흔적이 발견되지 않았어요. 외관상으로 보면 시체는 연소된 상태 그대로를 유지하고 있는 것으로 보여집니다. 다른 장소에서 살해하고 저 상태로 시체를 연소시켜 부스러기 하나 손상시키지 않고 방 안까지 옮겨놓을 재간이 있을까요."

"요즘 범죄자들이 얼마나 지능적인가."

"그렇기는 하지만요."

"이 사람 동생이라는 이찬수가 개입했을 가능성도 생각해 보아야 하니까 신병부터 확보해 놓으라구."

"알겠습니다."

다부진 체격의 사복경관이 다시 내게로 고개를 돌리고 이번에는 다소 부드러운 목소리를 만들어 질문을 던지기 시작했다.

"저 여자 명품을 몇 가지 소유하고 있는 것 같던데 전부 진품이오?"

"저는 잘 모릅니다."

"낭비벽이 심한 여자 아니었소?"

예리한 관찰력을 가지고 있다는 생각이 들었다.

"닭갈비집 수입으로 저 여자 낭비벽을 감당하기는 힘들었을 것 같은데."

나는 다부진 체격의 사복경관이 어떤 저의를 가지고 있는지 충분히 간파할 수 있었다. 그는 지금 살해동기를 찾고 있음이 분명했다. 그녀의 낭비벽 때문에 다툼이 잦아지고 결국 살해하기로 작정해 버렸을 거라고 추측하는 분위기였다. 그는 끊임없이 질문을 던지고 있었지만 언제나 질문 뒤에는 네가 죽였지, 라는 우격다짐이 생략되어 있었다. 말 한 마디라도 잘못 뱉으면 꼼짝없이 살인자로 누명을 쓸 것 같은 느낌이었다.

그렇다고 섣불리 거짓말을 할 수는 없었다. 거짓말은 언제나 그것을 합리화시키기 위해 또다른 거짓말을 연쇄적으로 만들어내야 한다. 나중에 찬수녀석과 진술이 틀리면 더 큰 의심을 불러일으킬 우려도 있다. 나는 자초지종을 사실 그대로 털어놓았다.

"당신이 날마다 음식까지 차려다 주었단 말이오?"

"그렇게 하지 않으면 아마 굶어 죽었을 겁니다."

"당신이 무슨 성자요?"

"한편으로는 지겹기도 했지만 한편으로는 불쌍해 보였습니다."

"그동안 동생과 연락을 몇 번 취했다고 했는데 전달한 내용이 무엇이었소."

"서로의 안부를 전하는 정도였습니다."

"여자 얘기도 오갔을 거 아니오."

"여전히 두문불출하고 있다, 정도였습니다."

"강제로 끌어내본 적은 없었소?"

"없었습니다."

"당신이 보기에도 분신자살은 아닐 거요. 분신자살을 했다면 주변에 있는 사물들이 저렇게 멀쩡할 리가 있겠소. 당신이 생각하기에는 누구 소행인 것 같소."

"모르겠습니다."

검시의(檢屍醫)가 도착한 것은 두 시간 정도가 지나서였다. 그때까지 나는 사복경관의 끈질긴 유도심문에 포박당해 있었다. 가을의 황금빛 양광(陽光)이 마당 가득 도금되어 있었고 나는 지독한 외로움에 젖어들고 있었다. 어처구니없게도 이런 와중에 시를 쓰고 싶다는 충동이 치밀어 오르고 있었다.

검시의는 사십대 초반의 나이로 지적이면서도 창백한 이미지를 풍기고 있었다. 그는 주도면밀하게 시체를 살펴보고 있었다. 나는 가슴을 조이며 그의 일거수일투족을 주시하고 있었다. 그의 판단 여하에 따라 내가 용의자가 될 수도 있었고 참고인이 될 수도 있었다. 나는 철두철미한 검시를 기대하고 있었다. 그러나 의외로 검시는 간단하게 끝나버렸다.

"타살도 아니고 자살도 아닌 주검이요."

검시의가 내린 결론이었다.

"무슨 말씀이십니까."

사복경관이 어리둥절한 표정으로 묻고 있었다.

"시체는 엄청난 고열에 의해 연소된 상태입니다. 거울이나 벽면에 누렇게 착색된 진액은 사망자의 지방질이 고열에 기화되어 발생하는 현상이지요. 바로 여기가 사고현장이라는 사실을 입증해 주고 있습니다."

"다른 장소에서 살해당한 게 아니라는 말씀인가요."

"물론입니다."

"그럼 사인은 어떻게 됩니까."

"잘 알려져 있지는 않지만 바로 인체자연발화현상이라는 겁니다."

사복경관들은 이게 무슨 외계인 롯데껌 씹는 소린가 하는 표정으로 검시관의 얼굴만 멍하니 쳐다보고 있었다.

51
정서가 극도로 고갈되면 육신이 타버리는 현상

인체자연발화현상(人體自然發火現象)은 문자 그대로 인체가 자연적으로 발화되어 연소되는 현상을 말한다.

그러나 살아 있는 인간의 신체가 자연적으로 발화되어 연소될 가능성은 희박하다. 발화가 일어나기 위해서는 불과 같은 발화물질, 그리고 산소가 필수적으로 구비되어 있어야 한다. 사람의 신체가 보유하고 있는 지방과 메탄가스는 자연발화를 정당화시키기에는 턱없이 부족한 요소다. 신체의 대부분이 물이라는 사실도 결정적인 문제점이다. 단적으로 말해서 살아 있는 인간의 신체는 그리 쉽게 타버릴 수 있는 물질이 아니다. 실제로 시체를 화장하는 데는 엄청난 온도와 상당한 시간을 필요로 한다. 하지만 뼈를 녹여버릴 정도로 엄청난 온도를 가진 인체자연발화는 불과 같은 발화물질이 없는 상태에서도 일어난다.

신체가 자연적으로 발화될 수 있는 가능성을 몇 가지 추정해 보면, 사망자가 죽기 전에 어마어마한 분량의 건초를 먹었을 경우다. 이 경우에는 체내에 박테리아가 자라면서 발화를 일으킬 정도의 열을 발생시킬 가능성이 있다. 그러나 그런 경우에도 내장만 타버릴 공산이 크다. 그리고 사망자가 얼마간의 신문지를 씹어 먹었거나 얼마간의 오일을 마신 다음 난방이 아주 잘된 방에서 수주일 부패한 상태로 방치되어 있었다면 내장에서 발화가 일어날 가능성이 있다.

하지만 지금까지 일어난 자연발화현상들은 거의가 과학적으로 해명하기 힘든 현상들을 나타내 보이고 있다. 어쩌면 자연발화는 정신적인 요소들이 물질적인 요소들과 연계되어 어떤 작용을 일으키는 현상은 아닐까. 일부 학자들은 인체자연발화를, 인간의 정서가 극도로 메마르면 육신이 저절로 타버리는 현상으로 추정하고 있다.

한국의 경찰관들이나 소방관들은 이런 사건이 발생하면 대개 타살이냐 자살이냐를 염두에 두고 수사를 전개한다. 그리고 증거가 불충분하거나 용의자가 없으면 미제사건으로 처리해 버린다.

(월간 미스터리 김일중 편집장)

52 인체자연발화의 희생자들

이탈리아 코르넬리아 장가리 백작부인

부인의 나이는 62세. 그녀는 남편이 죽은 후 삭막하게 여생을 보내고 있었다. 하녀의 말에 의하면 그날도 부인은 기분이 별로 좋지 않은 기색이었다. 저녁식사를 끝내고 하녀를 침실로 불러 장시간 수다를 떨었고 마침내 잠이 들었다. 하녀는 부인이 잠든 모습을 보고 방에서 물러났다.

그런데 다음날 아침 부인이 일어날 시간이 되어도 기척이 없었다. 하녀는 이상한 생각이 들어 침실 문을 두드려보았다. 그러나 아무런 응답이 없었다. 하녀는 밖으로 나가 조심스럽게 부인의 침실 창문을 열었다. 방 안이 밝아지면 부인이 잠에서 깨리라는 생각에서였다. 그러나 하녀는 끔찍한 장면을 목격하고 말았다. 침대 위에 백작부인 대신 커다란 숯덩어리 하나가 놓여 있었다.

침대 옆에는 석유가 떨어진 오일램프가 놓여 있었다. 자다가 오일램프를 건드려서 화재가 발생했을 가능성도 있었기 때문에 단순 화재사건으로 오인될 가능성이 짙었다.

그러나 특이한 부분이 있었다. 모든 가구들이 멀쩡했으며 심지어 부인이 잠들어 있던 침대조차 멀쩡했다. 오로지 부인의 몸만 연소되어 있었다.

런던의 디스코 바에서 남자친구와 춤을 추던 소녀

런던의 디스코 바에서 남자친구와 춤을 추던 소녀가 갑자기 가슴에서 불꽃을 뿜어내며 연소되기 시작했다. 마치 소녀의 체내에서 가스라도 폭발한 것 같았다. 불꽃은 소녀의 등과 가슴에서 세차게 타올라 얼굴을 뒤덮고 머리까지 태워버렸다. 순식간에 소녀는 인간 횃불이 되어 겁먹은 친구들과 주변 사람들이 손을 쓸 겨를도 없이 타죽고 말았다.

불을 끄려고 시도했던 소녀의 남자친구도 화상을 입었다. 그는 검시 현장에서 다음과 같이 증언했다.

"무도장에는 담배를 피우던 사람도 없었습니다. 테이블 위에도 촛불은 없었고 드레스에 불이 옮겨 붙을 만한 인화물질도 없었습니다. 믿지 않으시겠지만 저는 분명히 그녀의 체내에서 불길이 튀어나오는 것을 보았습니다."

다른 목격자들의 증언도 마찬가지였다. 부정할 만한 근거를 찾아내지 못한 검사단은 원인불명의 화재로 인한 미제사건으로 처리할 수밖에 없었다.

플로리다 피터즈버그 매리 리서 노파

매리 리서의 나이는 67세. 아들인 로버트 리서는 때마침 그녀가 죽기 전날 어머니를 찾아갔다. 로버트 리서가 자기 집으로 돌아가기 전에 마지막으로 본 어머니의 모습은 침실의 푹신한 안락의자에 앉아 있는 모습이었다. 그녀는 불면증 때문에 수면제 두 알을 먹었고, 사람들에게 그날따라 약이 효과가 없어서 아무래도 두 알을 더 먹어야겠다는 이야기를 했다.

다음날 새벽. 그 집에서 식모로 일하고 있던 카펜터 부인이 어디선가 탄내가 난다는 사실을 자각하고 침대에서 벌떡 일어났다. 카펜터 부인은 아마도 차고에 있는 펌프가 과열되어 나는 냄새일 거라고 추측했다. 평소에도 그런 일이 가끔 있었기 때문에 그녀는 별로 의아하게 생각지 않았다. 졸음에 겨운 눈으로 비척비척 걸어가 펌프를 꺼버리고 다시 침대로 돌아와 잠들고 말았다.

아침이 되어 우체국에서 전보가 배달되었다. 카펜터 부인은 전보를 전달하기 위해 리서 부인의 방문을 두드렸다. 그러나 안에서는 아무런 응답이 없었다. 카펜터 부인은 방문을 열고 들어가기 위해 방문 손잡이를 잡다가 기겁을 했다. 방문 손잡이가 엄청나게 뜨거웠기 때문이다.

심상치 않은 사태가 발생했음을 직감한 그녀는 곧바로 밖으로 달려나갔고, 때마침 근처에서 페인트칠을 하고 있던 인부 두 명을 만났다. 그러나 인부들도 뜨거운 방문 손잡이를 잡을 수가 없었다. 그래서 문짝을 부수고 방으로 들어갈 수밖에 없었다. 방 안에는 엄청난 열기가 가득 차 있었다. 인부들은 재가 쌓여 있는 침실의 한쪽 코너와 리서 부인의 다리 한 짝을 발견하고 아연해지고 말았다.

안락의자가 놓여 있던 한쪽 코너만 제외하면 방 안의 다른 부분은 조금도 손상되지 않은 상태였다. 심지어 인화성이 강한 카펫조차도 그 부분을 중심으로 둥글게 그을러 있었고 다른 부분은 전혀 불길이 번진 흔적이 없었다. 그 코너에는 안락 의자 안에 들어있던 스프링이 보였다. 아직도 슬리퍼가 신겨져 있는 부인의 왼발과, 장기가 달라붙은 척추뼈, 그리고 가장 충격적인 것은 고열에 녹아서 야구공 사이즈로 줄어든 부인의 두개골이었다.

안락의자 바로 옆에 있던 전기 스탠드는 불타 있었지만 조금 떨어져서 놓여 있던 양초 두 개는 불이 붙지 않은 상태로 녹아서, 양초가 있던 부분까지는 화염이 번지지 않고 뜨거운 열기만이 전해졌다는 사실을 증명하고 있었다. 강한 열기 때문에 안락의자 주변에 있던 전기 콘센트도 녹아 있었으며 거울도 깨져 있었다. 바닥에서 1미터 정도를 경계로 하여 위쪽으로는 온통 기름기 많은 진액이 싯누렇게 도포되어 있었지만 반면에 아래쪽은 멀쩡했다.

전형적인 자연발화의 양상을 나타내 보이는 장면이었다. 사람의 육신만 타버리고 주변으로는 일절 불이 옮겨 붙지 않았다. 몸뚱아리만 타고 팔다리 일부분은 멀쩡하게 남아 있었으며, 방 안의 벽은 온통 기름기 섞인 연기진으로 도포되어 있었다.

도대체 얼마나 열이 강했으면 리서 부인의 두개골이 야구공만한 크기로 줄어들었을까. 그리고 불은 어디에서 기인했을까.

헝가리 부다페스트에서 시장을 보러 가던 주부

지독하게 추운 날씨였다. 헝가리 부다페스트에서 시장을 보러 가던 주부가 불길에 휩싸여 주위 사람들의 도움을 요청하는 사건이 발생했다. 발화를 목격한 사람들은 인근에 있던 눈을 퍼부어 불을 꼈고 부인은 자신의 다리로부터 뜨거운 불길이 발산되었다고 말하면서 정신을 잃었다.

잠시 후 부인은 구급차에 실려서 병원으로 이송되고 있었다. 그 때 다시금 부인의 몸이 화염에 휩싸였다. 구급차를 타고 있던 병원 관계자들은 극적으로 탈출했으나 부인은 결국 사망했고 구급차는 전소되고 말았다.

시드니 필립스 부인

시드니에서 일어난 사건이다.

노년의 필립스 부인은 알츠하이머 환자였으며 양로원에서 생활하고 있었다. 부인의 딸은 가까운 곳에 살고 있었다. 그래서 어머니를 찾아와 같이 외출할 기회가 많았다.

그날도 딸은 어머니를 태우고 운전을 했다. 그리고 필요한 물건을 사야 한다는 생각이 떠올라 차를 도로변에 정차시키고 가게로 들어갔다. 그때까지 필립스 부인은 혼곤한 모습으로 잠들어 있었고, 딸은 금방 돌아올 생각으로 어머니를 차 안에 남겨놓은 채 가게로 들어갔다.

그런데 잠깐 사이 차에서 연기가 피어오르더니 이내 화염이 혀를 널름거리기 시작했다. 사람들은 비명을 질렀고, 그 옆을 지나가던 한 용감한 시민이 차 안에 있던 필립스 부인을 끌어냈다. 부인은 비교적 침착했으며, 너무 뜨거워, 너무 뜨거워, 하는 소리만 되풀이했다.

부인은 심한 화상으로 병원에 입원가료 중이었으나 일주일 후 병원에서 사망하고 말았다. 소방서의 담당 조사관은, 어디서 불이 일어났는지 알 수가 없었다. 엔진은 꺼져 있었고, 그 어떤 촉매제도 없었으며, 차량의 배선도 아무 이상이 없었다. 부인도 딸도 담배를 피우지 않았다. 그날의 온도는 섭씨 16도 정도였다. 이 사건이 자연발화 현상이 아닐까 하는 기사가 시드니 데일리 텔레그라프에 실렸다.

미국 댈러스 스티븐스 부인

미국 댈러스의 스티븐스 부인이 조카가 운전하는 차에 타고 있다가 화염에 휩싸인 사건이다. 그녀의 나이는 75세. 조카가 음료수를 사러 잠시 가게에 들어간 사이 갑자기 부인이 화염에 휩싸였다. 사람들이 얼른 달려들어 부인을 차에서 꺼냈으나 8일 후 병원에서 사망했다. 당시 차는 멀쩡하고 오로지 부인에게만 갑자기 불이 붙었으며, 자살을 의심한 경찰과 소방관서에서 조사를 벌였으나 불의 원인을 찾아내지 못했다.

캐나다 에드먼턴 사핀 부인

이 사건은 캐나다 에드먼턴에서 일어났다. 사핀 부인의 나이는 61세. 그날 부인은 아버지와 식탁에 앉아 있다가 갑자기 푸른색 화염에 휩싸였다. 아버지는 얼른 그녀의 남편을 불러서 싱크대에 있는 물로 진화를 시도했으나 이미 그녀는 심한 화상을 입고 의식을 잃은 상태였다.

앰뷸런스에 실려간 그녀는 혼수상태로 목숨을 부지하다가 일주일 후 마침내 세상을 하직하고 말았다. 사건 당시 그녀의 다른 옷은 멀쩡했으며 입고 있던 붉은색 나일론 가디건만이 열에 녹아버렸다. 그녀는 배와 손, 얼굴에 심한 화상을 입었으며, 목격자인 가족들에 따르면 요란한 소리를 내며 불길이 일어났고 마치 용이 불을 뿜듯 입에서 불이 방사되었다고 한다.

노상방뇨를 하던 남자

부다페스트에서 북쪽으로 100킬로미터 정도쯤 떨어진 시골 마을의 길섶에서 일어난 일이다. 27세의 한 남자가 부인과 차를 몰고 가다가 잠시 소변을 보기 위해 도로변에 차를 세우고 밖으로 나가 10미터 정도를 걸어갔다. 차에 혼자 남아서 무심코 앉아 있던 부인은 갑자기 자기 남편이 푸른색 불꽃에 휩싸이는 장면을 목격했다. 기겁을 하면서 차문을 열고 달려갔지만 이미 남편은 쓰러진 후였다. 이상하게도 신발 한 짝이 멀찍이 날아가 있었다.

안절부절을 못하던 부인은 때마침 지나가던 버스를 세울 수가 있었다. 버스 안에는 공교롭게도 학회를 마치고 돌아가던 의사들이 가득 탑승해 있었다. 하지만 의사들은 남편이 이미 사망했다고 진단했다. 부검 결과 남자의 발바닥에 작은 구멍 하나가 발견되었고, 뱃속은 기이하게도 시커멓게 탄화되어 있었다. 그날의 기상은 흐렸으나 천둥 번개는 없었다.

53 천하가 학교이며 만물이 스승이다

"이헌수 씨를 만나러 왔는데요."

파장 무렵에 생면부지의 아이 하나가 가게로 들어와 찬수녀석을 붙잡고 이헌수 씨가 누구냐고 묻고 있었다. 초등학교 5학년 정도로 보이는 나이였다. 평범한 옷차림에 티 없이 해맑은 얼굴을 가지고 있었다. 가게는 한산한 편이었다. 나는 카운터에 앉아 아이의 동태를 지켜보고 있었다. 제영이의 죽음에 대한 충격이 거의 진정되어갈 무렵이었다.

"니가 이헌수 씨한테 무슨 볼 일이 있어?"

찬수녀석이 아이에게 물었다.

"아저씨가 이헌수 씨세요?"

아이가 반문하고 있었다.

"아니다. 나는 이찬수 씨다."

"그러면 무슨 볼 일인지 가르쳐드려도 모르실 거예요."

"건방진 놈일세."

"이찬수 씨는 아니고요, 저는 이헌수 씨를 만나야 해요."

"너 도대체 어디서 온 놈이냐."

"글쎄, 아저씨가 이헌수 씨가 아니면 무슨 말을 해드려도 모른다니까요."

"얌마, 니가 무슨 아마존 촌구석에 살고 있는 희귀종족이라도 된단 말이냐. 말 안하면 나도 이헌수 씨가 누군지 안 가르쳐줄 거야."

"저는 모월동에서 왔어요."

"모월동?"

"거봐요. 말해 드려도 모르시잖아요."

나는 모월동이라는 말을 듣는 순간 귀가 번쩍 뜨이는 느낌이었다. 혹시 모월동(慕月洞)이라고 표기되는 마을이 아닐까 하는 기대감 때문이었다. 세간에서는 천체 개념으로 쓰이는 달 월(月) 자가 완전히 사라져버렸다. 옥편(玉篇)에 달 월(月) 자로 음훈이 표기되는 글자가 있기는 했지만 그것은 천체 개념으로서의 달을 의미하는 글자가 아니라 날짜 개념으로서의 달을 의미하는 글자였다. 하지만 지명에 쓰이는 월(月)이라면 천체 개념으로서의 달일 가능성이 짙다는 생각이 들었다. 나는 아이를 카운터 앞으로 불러들였다.

"몇 학년이니."

"학교는 안 다니는데요."

"졸업을 했구나."

"아니요. 학교는 다닌 적이 없고요. 집에서 혼자 공부하고 있는데요."

"부모님이 안 계시니?"

"계시는데요."

"그런데 왜 너를 학교에 안 보내셨냐?"

"모월동에 사는 애들은 다 학교를 다니지 않아요."

"무슨 동네가 그러냐."

"천하가 다 학교이고 만물이 다 스승인데 꼭 바깥세상에 사는 애들처럼 비좁은 교실에 갇혀서 공부해야 하나요."

"천하가 다 학교이고 만물이 다 스승이라고 가르쳐주신 분이 누구니."

"그 정도는 누가 가르쳐주지 않아도 자라면서 저절로 알게 되잖아요."

나는 아이의 말에 그만 말문이 막혀버리고 말았다. 아이는 내가 살고 있는 세상을 바깥세상이라고 지칭하고 있었다. 모월동 사람들은 서로의 마음을 읽을 수가 있어서 아이들이 생각하는 것이나 어른들이 생각하는 것이 별반 다르지 않다는 설명이었다. 마을은 특수한 진법(陣法)으로 은폐되어 있기 때문에 바깥세상 사람에게는 보이지도 않을 뿐만 아니라 마음속에 선도(仙道)의 불씨를 간직하고 있지 않으면 출입도 허용되지도 않는다는 것이었다.

"대한민국에 정말로 그런 마을이 존재할 수 있을까."

"대한민국이니까요."

"글자를 알고 있니?"

"무슨 글자요."

"한글 말이다."

"한글도 알고 한문도 알아요."

"그럼 한문으로 모월동이라고 한번 써보아라."

나는 아이에게 볼펜과 메모지를 내밀었다. 아이는 능숙한 솜씨로 慕月洞이라는 세 글자를 써 보였다. 나는 아이에게 풀이를 해보라고 일렀다. 아이는 먼저 한자의 음훈부터 하나씩 손가락으로 짚어가면서 읽어주었다. 그리워할 모(慕), 달 월(月), 고을 동(洞). 낭랑한 목소리였다. 내 짐작이 틀림없었다. 갑자기 심장이 쿵쾅거리면서 모든 세포들이 술렁거리기 시작했다.

"그러니까 모월동은 달을 사모하는 사람들이 모여 사는 고을이에요."

나는 아이의 입에서 달이라는 단어가 튀어나오자 그만 자리에서 벌떡 일어서고 말았다.

"내가 이헌수라는 사람이다."

"소요 누나를 아세요?"

나는 갑자기 머릿속이 하얗게 표백되는 기분이었다. 일순 시간이 정지하면서 닭갈비를 먹는 사람들의 동작이 슬로비디오로 흐르기 시작했다. 꿈이 아닐까 하는 생각이 들었다. 그러나 분명히 생시였다. 나는 가까스로 정신을 수습하고 찬수녀석에게 가게를 부탁했다. 그리고 아이를 내 방으로 데리고 갔다.

"소요는 지금 어디 있니."

"도량산에서 입선수행을 끝내고 지금은 모월동에 내려와 있어요."

"왜 소요가 직접 오지 않고 너를 보냈지?"

"소요 누나는 내일 있을 중추절 잔치 준비 때문에 꼼짝달싹도 못해요."

아이의 말을 액면 그대로 받아들이면 모월동은 선계(仙界)와 속계(俗界)의 중간단계에 머물러 있는 마을이다. 마을 사람들은 대부분 무득청정(無得淸淨)하여 동물들이나 식물들과도 마음의 소통이 가능할 정도지만 아직 선계를 넘나들 경지는 아니다.

마을에서 유일하게 선계를 넘나들 수 있는 어른이 황학선인(黃鶴仙人)이다. 그 어른이 선계로 들어갈 때는 금빛 깃털을 가진 황학이 길을 안내해 준다. 그래서 마을 사람들은 그 어른을 황학선인이라고 부른다. 특히 황학선인은 달에 있는 신선들과 교분이 깊은 것으로 알려져 있다. 그래서 모월동 사람들은 중추절(仲秋節)에 가장 큰 잔치를 벌인다.

소요는 황학선인의 손녀로 속계를 돌아다니면서 사람들의 의식 속에 선도의 불씨를 파종하는 역할을 담당하고 있다. 그러나 속계를 돌아다니다 보면 자연히 마음의 빛이 흐려질 수밖에 없기 때문에 반드시 적당한 시기에 도량산(道場山)으로 들어가 입선수행(入仙修行)으로 마음의 빛을 보충해 주어야 한다.

아이의 이름은 오명일(吳明溢)이다. 소요가 도량산에서 입선수행하는 동안 차를 수발하던 다동(茶童)이었고 중추절까지 이헌수 씨를 모셔 오도록 하라는 소요의 부탁으로 여기까지 오게 되었다.

"모월동은 어디에 있니."

"화천에서 산속으로 삼십 리 정도 더 들어가면 있어요."

"버스가 다니냐."

"화천 시내까지는 버스를 타고 갈 수 있지만 버스에서 내리면 산속으로 삼십 리쯤은 걸어서 들어가야 해요."

나는 한시라도 빨리 소요를 만나보고 싶었으나 아이를 데리고 지금 출발하기는 무리일 거라는 생각이 들었다. 그러나 아이는 내 심중을 훤히 들여다보고 있는 것 같았다. 자기는 산중수련으로 단련된 몸이기 때문에 밤길이나 산길이나 별반 다름이 없지만 나는 그렇지 못하기 때문에 지금 출발할 수가 없다는 것이었다. 가는 도중에 절벽을 타야 하는 부분도 있어서 자칫 발이라도 잘못 디디면 큰 사고를 당할 위험이 있다는 것이었다.

"네가 여기까지 오는 데는 어느 정도나 시간이 걸렸냐."

"아침에 모월동에서 출발해서 점심때 시외버스 종점에 도착했어요."

"그럼 점심때부터 지금까지 나를 찾아서 춘천 시내를 이리저리 헤매 다녔겠구나."

"그렇지는 않아요. 아무려면 여기가 깊은 산중보다 복잡하겠어요. 여기는 몽땅 사람이 만들어놓은 것들뿐이잖아요. 사람이 만들어놓은 것들은 일견 복잡해 보이지만 저의만 간파하면 단순해요."

"네가 간파한 속계 사람들의 저의는 어떤 것이니."

"장래를 내다보지 않고 당장 눈앞에 있는 이득만 생각하는 거지요."

소요가 잠적한 다음 나는 대학으로 가서 학적부도 찾아보고 소요가 살았다는 퇴계동도 샅샅이 뒤져보았다. 그러나 일절 근거가 없었다. 대학에서 자퇴를 했다는 말도 퇴계동에서 자취를 했다는 말도 지어낸 이야기에 불과했을까.

"소요 누나는 사실보다 진실을 중요하게 생각했을 거예요."

"어디까지를 사실로 받아들이고 어디까지를 진실로 받아들여야 하는 거니."

"소요 누나가 속계 어디에도 소속되어 있지 않다는 것은 사실이고 아저씨에게 빛의 씨앗을 파종해 드리고 싶었던 것은 진실이었을 거예요."

"대학을 다녔다거나 퇴계동에서 살았다는 것은 사실무근이겠군."

"사실보다 진실을 중요하게 생각하세요."

"그렇다면 내게도 소요가 파종한 빛의 씨앗이 간직되어 있단 말이냐."

"아직은 달걀만 하지만요."

속계에서는 마음 안에 빛이 없는 사람들의 영향을 받아서 빛의 씨앗이 성장하기가 힘들지만 모월동에 가면 대번에 성장할 수 있다고 아이는 호언장담하고 있었다.

"밥은 먹었냐."

"일찍도 물어보시네요."

"닭갈비하고 공기밥 좀 갖다 줄까."

"생식에 익숙해서 아까 봉의산에 올라가 산열매들로 끼니를 대신했어요."

"일찍 오지 그랬냐."

"소요 누나가 일찍 찾아가면 영업방해가 될 테니까 늦게 찾아가라고 했어요. 저도 어쩌다 나와 보는 속계인데 구경 좀 해야지요."

"네 눈에는 속계가 어떻게 보였니."

"마음 안에 불씨를 간직하고 있는 사람들이 거의 보이지 않았어요."

"모월동 사람들은 마음 안에 불씨를 모두 간직하고 있겠구나."

"모두가 선법수련을 많이 하신 분들인데 겨우 불씨라니요."

"그래, 내가 잘못 말한 거 같다."

"마을 사람들 모두가 마음 안에 보름달만한 불덩어리를 간직하고 있어요."

"보름달만한 불덩어리를 간직하고 있으면 속계 사람들하고 무엇이 다르냐."

"모월동 사람들은 이 세상 어디에 거해도 십승지를 이루지요."

나도 십승지(十勝地)라는 말을 무슨 비결서(秘訣書)나 『정감록(鄭鑑錄)』 같은 책들을 통해 만나본 기억이 있었다. 편자(編者)들은 대개 환란을 당해도 피해를 입지 않는 열 군데의 장소쯤으로 풀이하고 있었다. 그래서 십승지는 어디어디라고 열 군데의 지명까지 열거한 책들도 있었다.

그러나 아이는 다르게 풀이하고 있었다. 아이의 풀이에 의하면 십승지는 마음 안에 빛이 가득한 사람이 머무는 장소였다. 마음 안에 빛이 가득한 사람이 어떤 장소에 머물면 능히 열 가지 재앙을 물리칠 수 있기 때문에 십승지라 일컫는다는 것이었다.

"네가 보기에는 소요가 나를 어떤 사람으로 생각하고 있는 것 같더냐."

나는 물어보고 나서도 약간 쑥스러움을 느꼈다.

"내일은 먼 길을 가야 하니까 그만 일찍 주무세요."

아이가 동문서답을 하고 있었다.

"언제 출발할 거냐."

"아저씨가 출발하자고 하면 그때 출발할 거예요."

"알았다."

아이는 어느새 나지막이 코를 골기 시작했다. 하지만 나는 잠이 오지 않았다. 온갖 잡념을 붙잡고 뒤척이다가 가까스로 새벽녘에야 잠이 들었다.

눈을 떴을 때는 해가 중천에 높이 떠 있었다.

어이없게도 시계가 열한 시 사십 분을 가리키고 있었다. 나는 허겁지겁 출발을 서두르기 시작했다. 그러나 아이는 태평천하였다. 오늘 일진으로 보아서는 해 떨어지기 전에 도착할 수 없다는 것이었다. 내가 한 시간 전에만 일어났어도 변수를 피해 갈 수 있었는데 이제는 변수를 피해 갈 수 없는 국면에 처하고 말았다는 것이었다. 변수가 무엇이냐고 물었더니 겪어보면 알 거라고만 대답했다. 아이는 험한 산길을 걸어야 하니까 아침을 든든히 먹어두라고 충언해 주었다. 자기는 내가 잠든 사이 봉의산에 올라가 아침식사를 해결해 두었다는 것이었다. 주객이 전도된 느낌이었다. 아이가 어른이 되어 있었고 어른이 아이가 되어 있었다.

서둘러 아침식사를 끝마치고 밖으로 나와 택시를 잡으려는데 오늘따라 택시가 잘 잡히지 않았다. 간신히 한 대를 잡아서 터미널까지 가는 동안 무려 세 차례나 군인들에게 검문을 당했다. 무슨 까닭인지 진입로마다 군인들이 깔려 있었다. 택시 운전수의 말에 의하면 전방 어딘가에서 괴한들이 순찰을 돌고 있는 초병들을 습격, 총기를 탈취해서 도주한 사건이 발생했다는 것이었다.

화천행 버스를 타고 춘천을 벗어나는 동안에도 여러 번 검문을 당해야 했다. 그러나 변수는 그뿐만이 아니었다. 춘천댐에 이르기도 전에 앞서 가던 차들이 정체현상을 보이기 시작했다. 조금 전에 춘천댐 부근에서 교통사고가 발생해서 도로가 막혀버렸다는 것이었다.

54
월인천강지곡(月印千江之曲)

"어디 있니."

산길로 접어들자 아이의 걸음은 평지보다 훨씬 빨라졌다. 산짐승이 아닐까 의구심을 불러일으킬 정도였다. 나는 수시로 어디 있니를 연발해야 했다. 잠깐 한눈이라도 팔면 금방 아이의 모습은 보이지 않았다.

"길이 없잖아."

아이는 길도 없는 잡목숲을 이리저리 잘도 빠져나가고 있었다.

"길이 없어도 짐승들은 잘만 다녀요."

"나는 사람이지 짐승이 아니다."

"그러니까 더 잘 다닐 수 있어야지요."

아이에게 불만을 토로해 보았자 본전도 못 찾기 일쑤였다. 나는 사람보다 짐승이 산길을 잘 다닌다는 생각을 가지고 있었지만 아이는 짐승보다 사람이 산길을 잘 다닌다는 생각을 가지고 있었다. 바깥세상에서는 내 생각이 옳을지 모르지만 자연 속에서는 아이의 생각이 무조건 옳았다. 아이는 몸소 그것을 증명해 보일 수가 있었다. 나는 이미 기진맥진해 있었다.

전신이 땀에 젖어 있었다. 시간이 지날수록 걷기가 불편했다. 다리를 움직일 때마다 허벅지와 종아리에 뭉쳐 있는 섬유질이 노골적으로 반감을 표출하고 있었다. 바지가 가시덤불에 걸려 찢어지고 얼굴이 나뭇가지에 긁혀 쓰라렸다. 나는 그때마다 나지막이 신음을 발했다.

"나무들과 어울리면서 움직여야지 계속 따로 움직이니까 부딪히잖아요."

아이가 딱하다는 표정으로 한마디를 던졌다. 이른바 자연과 혼연일체가 되어서 움직이라는 소리였다. 하지만 알아들었다고 실천할 수 있는 입장이 아니었다. 자연 속에 들어오자 나는 비로소 자신이 수준미달이라는 사실을 절감할 수 있었다.

"여기서 잠깐 쉬었다 가요."

계곡 하나를 앞에 두고 아이가 걸음을 멈추었다. 나는 펑퍼짐한 바위에 털썩 주저앉았다. 사방이 산들로 가로막혀 있었다. 산비탈마다 단풍들이 무더기로 불타고 있었다. 하늘을 쳐다보았다. 남빛 판유리같이 깨끗한 하늘 언저리, 새하얀 새털구름 한 자락이 걸려 있었다. 두 손으로 계곡의 물을 떠서 목을 축였다. 모세혈관까지 청명해지는 기분이었다.

"얼마나 남았니."

나는 아이에게 물어보았다.

벌써 몇 번째 물어보는 말이었다. 그때마다 아이는 조금만 가면 된다고 대답했었다. 그러나 이번에는 달랐다.

"앞에 보이는 절벽을 타고 모퉁이만 돌아가면 모월동 입구예요."

계곡 건너편에 깎아지른 절벽이 버티고 있었다. 그것을 타고 모퉁이를 돌아야 한다고 생각하니 현기증이 느껴졌다. 발 한 번 헛디디면 실족사였다. 살아서는 소요를 만나지 못하고 죽어서야 소요를 만날지도 모른다는 생각이 들었다. 해는 산머리에 한 뼘 정도 남아 있었다.

"잘 들으세요. 저 절벽을 타고 모퉁이를 돌아가는 방법은 한 가지 보법밖에 없어요. 물론 제가 발을 디디는 자리만 따라서 디디시면 별다른 문제가 없을 거예요. 절벽을 타시기 전에 우선 마음을 가라앉히세요. 그리고 아저씨가 절벽을 끌어안으면 절벽도 아저씨를 끌어안을 거라고 생각하세요. 절벽한테 목적지까지 무사히 도착할 수 있도록 도와 달라고 부탁해 보세요. 절벽도 아저씨 마음을 읽고 있어요. 겁먹지 마세요. 자연은 자기에게 말을 거는 사람을 너그럽게 대하는 법이니까요."

나는 아이가 시키는 대로 절벽에게 목적지까지 무사히 도착할 수 있도록 도와 달라고 마음속으로 빌었다. 그러자 이상하게도 절벽에 대한 두려움이 서서히 가라앉기 시작했다. 어디선가 청명한 목소리로 산새들이 울고 있었다.

아이가 보법을 구체적으로 설명하기 시작했다. 삼일이일, 삼일이일. 세 걸음 옆으로 걷고 한 걸음 위로 올라가고 두 걸음 옆으로 걷고 한 걸음 위로 올라가라는 것이었다. 겉보기에는 깎아지른 절벽 같지만 보법에 따라 움직이면 손가락을 걸 수 있는 틈바구니와 발을 디딜 수 있는 디딤판이 이어진다는 것이었다. 입구에 이를 때까지 가급적이면 아래를 내려다보지 말라는 충언도 덧붙였다. 그래도 나는 자신이 없었다.

아이가 먼저 절벽을 오르기 시작했다. 나는 아이의 보법을 따라 발을 조심스럽게 옮겨놓고 있었다. 발을 옮겨놓을 때마다 온몸의 세포들이 자지러지고 있었다. 아이는 매번 내가 정확하게 발을 옮겨놓은 상태를 확인하고 나서야 다음 동작을 구사했다. 삼일이일, 삼일이일. 나는 초긴장 상태에서 보법대로 걸음을 옮겨놓다가 일순 자신이 절벽과 혼연일체가 되어 있다는 사실을 깨달았다. 그때부터 보법대로 발을 옮겨놓는 일에 즐거움을 느끼기 시작했다.

산허리 중간쯤에서 절벽 모퉁이를 돌았다. 아이는 거기서부터 보법이 해제되었으니 자유로운 보폭으로 이동해도 무방하다고 가르쳐주었다. 절벽을 따라 비교적 발을 디디기 좋은 통로가 이어지고 있었다. 그러나 절벽을 끌어안고 발을 옮겨놓아야 하는 상황에는 변함이 없었다.

얼마를 이동했을까. 아이의 어깨 너머로 동굴이 아가리를 벌리고 있었다. 동굴 입구에서 흰옷을 입은 사내 하나가 우리를 기다리고 있는 모습이 보였다.

"외선께서 험한 길을 오시느라고 수고가 많으셨습니다. 저는 김운량이라고 하는 사람입니다. 구름 운 자에 밝을 량 자를 씁니다. 외선들의 접대를 담당하고 있지요. 우리는 바깥세상에서 빛의 씨앗을 간직하고 모월동으로 오시는 분들을 모두 외선이라고 부릅니다."

김운량(金雲亮)이라는 사내가 정중하게 허리를 숙여 보였다. 나도 얼떨결에 허리를 숙여 보였다. 외선(外仙)이라는 호칭이 지나치게 과분하다는 생각이 들었다. 사내의 몸에서 온화한 진기(眞氣)가 발산되어 부드럽게 내 몸을 감싸기 시작했다. 너무 해맑아 보여서 나이를 짐작하기 힘든 얼굴이었다.

"저를 따라오시지요."

사내가 앞장서 동굴로 들어서고 있었다. 갑자기 서늘한 기운이 전신을 휩싸고 있었다. 동굴 속에는 줄지어 등불이 걸려 있었다. 등불은 모두 둥근 형태를 가지고 있어서 마치 보름달을 걸어놓은 느낌이었다. 한참을 걸었다. 동굴은 아마도 산의 내부를 관통하고 있는 것 같았다. 얼마를 걸었을까. 어디선가 자욱한 물소리가 들리고 있었다.

한참을 걸어 들어가자 갑자기 폭포가 나타났다. 나무로 만든 다리 하나가 폭포를 가로지르고 있었다. 다리를 건너 모퉁이를 돌았다. 그러자 평탄한 길이 나타났다. 길 주변으로 이끼식물도 보였다. 멀지 않은 거리에 출구가 가슴을 활짝 열어젖히고 있었다.

나는 출구 앞에 이르러 바깥을 내다보았다. 산 밑으로 아담한 초가마을이 저녁놀에 잠겨 있었다. 마을 주변에는 단풍으로 불타는 숲들이 다투어 몸살을 앓고 있었다. 삼십여 가구로 추정되는 마을이었다. 사람들은 보이지 않았다. 저기 어딘가에 소요가 있다고 생각하니 가슴이 격렬하게 두근거리기 시작했다.

마을 앞에는 커다란 공터가 펼쳐져 있었다. 거기 짐승들 몇 마리가 저녁놀에 몸을 적시고 한가로운 모습으로 노닐고 있었다. 멀리서 보기에도 가축들은 아닌 것 같았다.

신화 속에 들어와 있는 것 같다는 생각이 들었다. 그때였다. 갑자기 어디선가 아름다운 종소리가 울려 퍼지기 시작했다. 마을 주변의 사물들이 일제히 우리 쪽으로 고개를 돌리고 있었다. 초가집 여기저기서 흰옷을 입은 사람들이 나타나기 시작했다. 그들도 우리 쪽을 보고 있는 것 같았다.

흰옷을 입은 사람들은 약속이나 한 듯이 공터로 모여들고 있었다. 그리고 공터에 모여들어 저마다 합장을 하면서 무릎을 꿇고 있었다.

"온 마을 사람들이 지금 하늘에 경배를 올리고 있습니다. 마음 안에 빛의 씨앗을 간직한 분이 모월동을 찾아오실 때마다 마을 사람들은 경건한 마음으로 저렇게 경배를 드립니다. 삼 년 만에 처음 있는 일이라서 마을 사람들의 기쁨도 각별할 거라는 생각이 듭니다."

이윽고 종소리가 그치자 마을 사람들이 자리에서 일어섰다. 그리고 저마다 두 손을 높이 들고 이쪽을 향해 환호성을 터뜨렸다. 마을 주변의 숲들도 덩달아 환호성을 터뜨리고 있었다.

우리는 오솔길을 따라 마을로 내려가고 있었다. 길섶에 엎드려 있던 호랑이 한 마리가 슬그머니 일어나더니 천천히 우리를 따라오기 시작했다. 이상했다. 전혀 무섭지 않았다. 마을로 들어서자 어느새 날이 저물고 있었다. 나는 문득 기시감에 사로잡히고 있었다. 언젠가 똑같은 상황을 경험했던 것 같았다. 그러나 현생에서는 똑같은 경험을 했던 기억이 없었다.

마을 사람들이 내게로 몰려들어 저마다 웃음이 가득한 얼굴로 인사를 던지고 있었다. 손을 잡아주는 사람들도 있었고 어깨를 감싸 안는 사람들도 있었다. 아이들도 있었고 어른들도 있었다. 남녀노소를 막론하고 한결같이 얼굴들이 해맑아 보였다. 역시 나이를 짐작하기 힘들었다. 모두가 하늘거리는 흰옷을 걸치고 있었다.

나는 그들의 인사에 화답을 하면서도 소요를 찾기에 여념이 없었다. 그러나 소요는 보이지 않았다. 나는 곁에 있는 사내에게 물어보고 싶은 충동을 억지로 참고 있었다. 아이도 보이지 않았다. 또래들한테 붙잡혀 속계에 다녀온 이야기를 들려주고 있을지도 모른다는 생각이 들었다.

순식간에 마을에 어둠이 깔리고 있었다. 공터 주변의 나무들마다 등불이 내걸리고 있었다. 공터 여기저기에 식탁이 놓여졌다. 그리고 식탁마다 진귀한 채소와 과일들이 쌓이기 시작했다. 노인들 몇 명이 처음 보는 악기들을 들고 기이한 음악을 연주하기 시작했다. 사람들이 움직일 때마다 노루며 승냥이 같은 산짐승들이 마치 애완동물처럼 쫓아다니고 있었다.

그런데 갑자기 악기소리가 끊어지더니 사방에 정적이 흐르기 시작했다. 사람들이 일제히 같은 방향의 하늘을 쳐다보기 시작했다.

"황학선인이 선계를 다녀오시나 봅니다."

사내가 조용한 목소리로 말했다. 사람들이 쳐다보는 하늘 저쪽에서 커다란 황학 한 마리가 날개를 너울거리며 날아오고 있는 모습이 보였다. 낮은 고도를 유지하고 있었다.

황학이 날아온 방향의 숲길을 따라 흰옷을 걸친 노인 하나가 걸어오고 있었다. 노인이 공터에 이르자 마을 사람들이 모두 정중하게 허리를 숙이며 예를 표하고 있었다. 황학은 마을 사람들의 머리 위를 세 번 선회한 다음 다시 날아왔던 방향으로 사라져가고 있었다. 노인이 곧장 내게로 걸어오는 모습이 보였다.

"외선께서는 나를 알아보시겠소?"

노인은 얼굴에 미소를 가득 머금고 있었다.

나는 대답 대신 땅바닥에 엎드려 노인에게 큰절을 올렸다. 비록 차림새는 달라졌지만 알아보지 못할 리가 없었다. 어둠 속에서 마지막 대화를 나누고 백자심경선주병에 달맞이꽃을 꽂아둔 채 사라져버렸던 노인. 지금은 너무나 거룩해 보여서 똑바로 얼굴을 쳐다볼 수가 없었다.

노인은 나를 일으켜 세우고 어깨를 가볍게 몇 번 두드려주었다.

그리고 준비된 의자에 앉아 조용한 모습으로 맞은편 산머리를 바라보기 시작했다. 점차로 어둠이 짙어지고 있었다.

"황학선인이 바라보시는 저 산이 모월봉입니다. 조금 있으면 저리로 보름달이 떠오를 겁니다."

사내가 조용한 목소리로 설명해 주었다.

사람들도 일제히 노인이 바라보는 산머리를 바라보고 있었다. 조금씩 모월봉(慕月峰) 능선 언저리가 밝아오기 시작하더니 보름달이 해맑은 이마를 드러내기 시작했다. 나는 심장이 터져버릴 것 같았다. 금빛 광채가 하늘에 확산되기 시작하면서 보름달이 온전한 모습을 나타내 보이고 있었다. 악기들이 평온한 음악을 연주하기 시작했다. 사람들이 다시 합장을 하면서 경건한 모습으로 달을 우러르고 있었다. 무슨 소망인가를 빌고 있는 것 같았다.

보름달이 높이 떠오르면서 사물들이 선명한 모습을 드러내기 시작했다. 숲들의 머리 위로 달빛이 눈부시게 쏟아져 내리고 있었다. 이파리마다 달의 비늘들이 반짝거리고 있었다. 보름달은 점차 고도를 높이고 있었다. 갑자기 사람들 입에서 탄성이 터져 나오면서 음악이 고조되기 시작했다. 보름달을 향해 시조새 한 마리가 빠른 속도로 날아오고 있었다.

소요다!

내 몸 속의 세포들이 일제히 부르짖고 있었다.

시조새는 보름달 부근에 이르자 속도를 낮추더니 유연한 곡선을 그리면서 선회하기 시작했다. 나는 심장이 환하게 밝아오는 것을 의식하면서 하늘을 향해 두 손을 모았다. 그리고 경건한 마음으로 소망을 빌었다. 하늘이시여, 비록 미욱하여 남을 위해 눈물 한 방울 흘린 적이 없는 사람이라 하더라도 부디 그 가슴까지 살피시어 오늘처럼 달빛이 충만하게 하소서.

〈끝〉

장외인간 · 2

초판 1쇄 2005년 8월 22일
초판 11쇄 2008년 4월 20일
제2판 8쇄 2013년 2월 5일

지은이 | 이외수
펴낸이 | 송영석

펴낸곳 | (株) 해냄출판사
등록번호 | 제10-229호
등록일자 | 1988년 5월 11일

서울시 마포구 서교동 368-4 해냄빌딩 5 · 6층
대표전화 | 326-1600 **팩스** | 326-1624
홈페이지 | www.hainaim.com

ISBN 978-89-7337-988-0
ISBN 978-89-7337-986-6(세트)